Silke Nowak

NOCTURNA

DIE TÖDLICHE SCHRIFT

W0321768

VIKTORIA PUBLISHING

NOCTURNA Die tödliche Schrift
Silke Nowak
© Silke Nowak, 2019
Viktoria Publishing, Bad Saulgau
Umschlag: Anja Jelly Zone für Gestaltung
Autorenfoto: Meli Straub Photodesign
Buchausgabe 1 | 2019
Druck: Kindle Direct Publishing (KDP)
ISBN 9781096178866

WARNHINWEIS

Diese Schrift hat auch mich durch ihr helles Licht angelockt.
Doch Achtung!
Dieses Buch enthält Visionen über die dunkelsten Kapitel der Menschheit.
Ich habe euch gewarnt, doch ihr seid ebenso tapfer wie ich.

Madame de Rochat

Personenliste

Ruby Fuchs, Inhaberin der Detektei *Fuchs & Bentwood*, wurde Privatdetektivin, weil sie als Kriminalkommissarin die Grenzen zwischen Gut und Böse überschritt. Ihr Plan, in Zukunft nur noch harmlose Überwachungsaufträge anzunehmen, scheitert im aktuellen Fall bereits an der betörenden Stimme von Madame de Rochat, die sie wie der Gesang der Sirenen anlockt – letztlich aber an Rubys Unfähigkeit, stillzustehen.

John Bentwood, Kollege von Ruby, zugleich bodenständig und aristokratisch. Im Fall *Nocturna* wird sein unterkühlter englischer Charakter durch zwei Faktoren stark erhitzt: Durch eine hartnäckige Grippe und eine Frau, die ihn nicht mehr klar denken lässt.

Sam Weber, Singer-Song-Writer, Lebenskünstler und Rubys Freund, außerdem ihre verwundbare Stelle. Da vier Jahre zuvor ihr Verlobter bei einem Polizeieinsatz erschossen wurde, reagiert Ruby gelegentlich über, wenn es um Sam geht. Oder ist der Sänger tatsächlich in Gefahr?

Nathalie de Rochat, lässt sich als „Madame de Rochat“ ansprechen. Die aktuelle Auftraggeberin von Ruby spielt mit widersprüchlichen Karten: Sie überzeugt mit Klugheit, verwirrt mit religiösem Schicksalsglauben, fängt ihr Gegenüber mit Verbindlichkeit ein und stößt es wieder ab. Doch ihr Trumpf ist die Versuchung.

Peter Zürner, Busfahrer der Linie 7537 Ravensburg-Meersburg, der am 27. Dezember unter tragischen

Umständen in der Schussen ertrank. Ein tragischer Unfall, heißt es.

Prof. Dr. Gunnar Adlerstamm, Chefarzt der Frauenklinik im St. Elisabethen-Klinikum Ravensburg.

Dr. Tyra Nilsson, seine Assistenzärztin.

Dr. Kim Tai Pham, Anästhesist im St. Elisabethen-Klinikum.

Die Kinder der Nacht: **Elias** (Saïd Campos), **Petrus** (Bernhard Aymon), **Sara** (Annika Roth) und **Ezechiel** (Stefan Müller).

Jakob Löwental, 91 Jahre, Pharma-Konzern-Erbe, zählt zu den reichsten Menschen der Schweiz, keine Kinder, fast blind.

Emil Zoran, Polizeihauptkommissar, Mann der alten Schule, ist seit der Aufklärung des Mordfalls *Alina O.* nachdenklicher geworden, verletzlicher und sich selbst fremder – aber er ist da, wenn Ruby seine Hilfe braucht.

Vera Lindt, Polizeirätin, hohes Tier bei der Kripo, Verkörperung von Vernunft und Aufklärung, um deren Dialektik sie zugleich weiß.

Paul Brandner, ehrgeiziger Kriminalkommissar, der Ruby auch in diesem Fall wieder das Leben schwermacht, das ohne ihn so viel leichter sein könnte.

Dr. Stefanie Lichtenstern, Polizeipsychologin, die schon lange das Gespräch mit Ruby sucht, allerdings erst im nächsten Fall damit Erfolg haben wird.

Elisabeth Fuchs, Rubys Mutter, die zusammen mit ihren Freundinnen **Brigitte** und **Krista** in einer Hippie-WG auf einem Bauernhof im Allgäu wohnt.

1.

Mit ihrer Stimme fing alles an. Sie war warm und melodiös und vereinte die Kraft der Verführung des französischen Akzents mit dem tiefen, rauen Klang des Schweizerdeutschen.

„Guten Abend", sagte sie, „spreche ich mit Ruby Fuchs, der Privatdetektivin?"

„Am Apparat", erwiderte ich.

Es war Donnerstag, der 3. Januar, als mich ihr Anruf spät abends erreichte. Ich lag in der Badewanne, plätscherte mit den Zehen im Wasser und schaute Sam beim Pizzabacken zu. In meiner Dachgeschosswohnung spielte sich alles in einem einzigen, großen Raum ab, von dem nur eine Toilette abgetrennt war – und mein Herz, wenn man es genau nahm. Denn diese Wohnung hatte ich damals zusammen mit meinem Verlobten bezogen, der kurz darauf im Polizeieinsatz erschossen worden war.

Um mich herum glitzerte der Schaum.

Wie lange war das jetzt her? Vier Jahre? Fünf? Wieder plätscherte ich mit den Zehen im Wasser. Egal, dachte ich. Letztlich war es egal; die Zeit lief nicht mehr geradeaus seitdem, sie war vielschichtiger geworden, tiefer.

„Es tut mir leid, wenn ich so spät noch störe", hörte ich die Stimme der unbekannten Anruferin wieder.

„Aber es ist wichtig." Plötzlich wechselte sie ins Französische und fügte hinzu: „C'est très important."

Mein Französisch war nicht das Beste, aber dass es anscheinend *sehr* wichtig war, verstand ich.

„Um was geht es denn?", fragte ich. Das Handy hielt ich einen Zentimeter vom Ohr entfernt, damit es nicht nass wurde.

„Ich habe einen Auftrag für Sie", kam die Unbekannte zur Sache. Dann wurde ihre Stimme leiser, zugleich noch rauer, als sie wieder auf Französisch hinzufügte: „C'est une question de vie ou de mort."

De vie ou de mort.

Eine Frage von Leben und Tod.

Das Unheilvolle und zugleich Zärtliche, das in ihrer Stimme mitschwang, alarmierte mich. Tief in mir drin löste dieser Sound etwas aus; etwas, das auf meinen Armen eine Gänsehaut hinterließ. Ich blickte zu Sam hinüber. Seit einem halben Jahr waren wir jetzt zusammen, ein halbes Jahr, in dem meine Gefühle für ihn mit jedem Tag gewachsen waren, ebenso wie meine Angst, ich könnte auch ihn wieder verlieren.

Das Badewasser war plötzlich kalt.

Die kleinen Schaumblasen zerplatzten.

Wenn meine Ängste überhandnahmen und ich beim kleinsten Geräusch ans Revers nach meiner Waffe griff, dann war es Sam, der mich mit seinem Lachen runterholte. Denn ich trug schon lange kein Revers mehr. Ich hatte meine Dienstwaffe abgegeben, nachdem ich meinen Job als Kriminalkommissarin gekündigt hatte.

„*Fuchs & Bentwood* soll die beste Detektei weit und breit sein, habe ich gehört“, sagte die Frau am Telefon.

„Mag sein“, antwortete ich, ohne Sam aus den Augen zu lassen.

Sam war ein Singer-Song-Writer, der mit seiner Gitarre und den goldbraunen Locken so sorglos durch die Welt ging, als bestünde sie nur aus Licht und Liebe. Auch jetzt summte er etwas vor sich hin, während er mit kurzen, kräftigen Bewegungen den Teig knetete, bis sich das Mehl, Wasser, Salz und Öl zu einer geschmeidigen Masse verbanden. In rhythmischen Abständen trat sein Bizeps deutlich hervor.

„Mit wem spreche ich denn?“, konzentrierte ich mich wieder auf das Telefonat.

„Mein Name ist Madame de Rochat“, antwortete sie. „Ich rufe aus Lausanne an.“

„Aus Lausanne“, wiederholte ich durchaus überrascht. Das erklärte zwar ihre deutsch-französische Zweisprachigkeit, doch zugleich warf es neue Fragen auf.

Sam knetete den Teig.

Die Detektei *Fuchs & Bentwood* lag in Ravensburg in der Nähe des Bodensees und damit am Dreiländereck Deutschland, Österreich und der Schweiz. Schweizer Kunden waren somit nichts Besonderes, doch bisher waren sie immer aus den angrenzenden, deutschsprachigen Gebieten gekommen. Dass sich jemand aus der französischen Schweiz an uns wandte, war ungewöhnlich.

Ich stieg aus der Wanne.

Ebenso ungewöhnlich wäre es, wenn diese Madame de Rochat wirklich einen großen Auftrag für die Detektei *Fuchs & Bentwood* hätte, geschweige denn einen, in dem es um Leben oder Tod ging. Denn die Zeiten, in denen sich Privatdetektive mit wirklich großen Dingen beschäftigten, waren längst vorbei. Das Hauptgeschäft von Detektiven bestand heutzutage in der Überwachung von Ehepartnern, Kindern oder Angestellten, deren größtes Verbrechen es war, die Schule zu schwänzen, eine Geliebte zu haben oder Urlaub zu nehmen, wenn er nicht zustand.

„Um was geht es denn genau?" Ich stand nackt auf dem Teppich, das Wasser lief an mir herab. Ungeduldig wechselte ich die Hand, in der ich das Handy hielt.

„Einen Moment, bitte", sagte Madame de Rochat. „Ich muss nur mal eben kurz …"

Dann waren schleppende Schritte zu hören, gefolgt von einer männlichen Stimme, die etwas sagte, das ich nicht verstand.

Ich angelte mir ein Handtuch vom Stuhl.

Sam wirbelte den Pizzateig durch die Luft.

Die Trivialität meiner Aufträge machte mir nichts aus. Im Gegenteil. Als ehemalige Kriminalkommissarin in der Abteilung für Organisiertes Verbrechen war ich viel zu lange in den Krisengebieten dieser Welt unterwegs gewesen. Dort endeten Konflikte nicht mit einer Abfindung oder Scheidung, sondern mit dem Tod. Mit einem grausamen Tod, der dunkle Löcher in den Körpern und Seelen der Menschen hinterließ.

„Hallo?", fragte ich. „Sind Sie noch dran?"

Keine Antwort. Mir gegenüber stand ein großer Spiegel mit einem Rahmen aus Blattgold. Ich ließ das Handtuch sinken und blickte hinein. Viel zu tief hatte ich schon in das Schwarze, das Hässliche der menschlichen Natur hineingeblickt. Manchmal, wenn ich wie jetzt mein Spiegelbild betrachtete, blickte es noch zurück.

Es ist vorbei, sagte ich mir.

Die Zeit spielte keine Rolle mehr, aber dass es vorbei war, war gut.

Meine langen, dunklen Haare hingen seitlich über meine Schulter nach vorne. Sie waren nass. Ein kleines Rinnsal floss herab. Die feuchte Spur führte über meine Brüste hinab über die Innenseite meiner Schenkel bis zu der Narbe, die rot und hässlich meinen rechten Fußknöchel entstellte.

Es ist vorbei.

„Frau Fuchs?", hörte ich Madame de Rochat wieder. „Können wir das persönlich besprechen?" Mit gedämpfter Stimme fügte sie hinzu: „Ich möchte nicht, dass Jakob etwas mitbekommt."

„Natürlich", entgegnete ich und legte mich aufs Bett.

Sam strich den Teig auf das Blech, seine Daumen arbeiteten flink, als er die Ecken festdrückte.

„Ich möchte Jakob erst damit konfrontieren, wenn ich mir ganz sicher bin", sagte Madame de Rochat. Als ich nicht sofort antwortete, fragte sie nach: „Vous comprenez?"

„Ich verstehe", antwortete ich.

Es handelte sich also um ein Eheproblem. In meiner Phantasie war Madame de Rochat nun die schöne

Ehefrau eines Schweizer Millionärs namens Jakob, der sie mutmaßlich betrog. Ich sah diese Frau in ihrer Villa mit Blick auf den Genfer See sitzen, einen Martini in der Hand, die Leere im Blick, das Misstrauen im Herzen. Natürlich würde das kein großer Auftrag werden; abgesehen von der Summe, die Madame de Rochat zu bezahlen bereit war. Zumindest hoffte ich das.

„Dann kommen Sie doch einfach bei mir in der Detektei vorbei", schlug ich vor. „Sie wissen aber schon, dass wir in Ravensburg sind? Von Lausanne aus ist das ein Stück."

„Je sais", sagte sie und übersetzte sogleich selbst: „Ich weiß."

Sam schob die Pizza in den Ofen und sah mich dabei an. Seine Augen waren Meeraugen, die hell wie das Wasser der Südseestrände funkeln konnten, doch manchmal, so wie jetzt, waren sie dunkel wie das tiefere Gewässer weit draußen.

„Ich habe in nächster Zeit ohnehin in Ravensburg zu tun", fügte Madame de Rochat noch hinzu.

Auf Sams Wange und auf seinem T-Shirt waren weiße Mehlflecken. Als er herüberkam, bemerkte ich, dass auch seine Jeans voller Mehl war. Er zog Shirt und Jeans aus, bevor er sich zu mir auf das Bett legte.

„Ich kann morgen früh um zehn bei Ihnen sein", schlug Madame de Rochat vor. „Passt das? C'est bien?"

„Morgen früh um zehn?", wiederholte ich.

Sam leckte mir den letzten Wassertropfen aus dem Bauchnabel.

„Okay, ja, das ist gut“, sagte ich schließlich und beendete das Gespräch. Dann schloss ich meine Augen, während sich der Duft von Oregano und Rosmarin im Raum ausbreitete.

2.

Am nächsten Morgen hing ein eisgrauer Himmel über der Stadt. Es war Freitag, der 4. Januar. Die Detektei *Fuchs & Bentwood* lag nur ein paar Hundert Meter von meiner Wohnung entfernt. Der Weg führte über Kopfsteinpflaster durch die verwinkelten Gassen der Altstadt, vorbei an Bäckerläden, aus denen es nach frischgebackenen Brezeln duftete. In den Cafés wurden um diese Uhrzeit bereits die Stühle zurechtgerückt und Tafeln neu beschriftet. Nur vor den kleinen Boutiquen waren die Gitter noch heruntergelassen.

Es war 09:25 Uhr.

Ich atmete die kalte Morgenluft ein. John Bentwood, mein Partner in der Detektei, war über Neujahr bei seiner Familie in England gewesen und kam erst heute Abend wieder zurück. So fand ich die Räume der Detektei *Fuchs & Bentwood* leer vor, als ich die Tür aufschloss. John fehlte ebenso wie die Risse in der Wand. Denn vor Weihnachten hatten wir die Räume frisch gestrichen; seitdem waren sie ungewöhnlich glatt, auch kahl. Bis auf das Foto meiner Mutter hatte ich noch keine Bilder aufgehängt.

Ich drehte die Heizung hoch. Es waren noch alte, weiße Heizkörper, die sofort zu gluckern begannen.

In einer halben Stunde würde meine Kundin aus Lausanne kommen. Ich stellte Getränke in der Sitzecke bereit, überprüfte die Infomappe und holte mir, nachdem alles zu meiner Zufriedenheit war, eine Tasse Kaffee aus der Küche. Damit setzte ich mich an den Schreibtisch und checkte meine Whatsapp-Nachrichten.

Warum kommt die extra aus Lausanne?, wollte John wissen.

John saß bereits am Flughafen in London Heathrow und wartete auf das Boarding.

Weiß ich auch noch nicht, antwortete ich. Dann fügte ich hinzu: *Weil wir die Besten sind?!*

John antwortete mit einem zwinkernden Smiley.

Ich nahm einen Schluck Kaffee und schickte einen lachenden Smiley zurück, gefolgt von einem angespannten Bizeps. Dann fragte ich: *Wann landest du genau?*

15:35 Uhr Zürich, kam die Antwort.

Und wann ist noch mal dein Vortrag?, fragte ich.

18:30 Uhr, schrieb er zurück.

Vor ein paar Wochen hatte John eine Anfrage aus Zürich erhalten, ob er vor jugendlichen Schulabgängern einen Vortrag über das Berufsbild des Privatdetektivs zu Beginn des 21. Jahrhunderts halten könne. Er hatte seinen Flug extra so koordiniert, dass er die Veranstaltung auf dem Rückweg mitnehmen konnte.

Guten Flug, wünschte ich ihm. *Und viel Spaß heute Abend!*

Thanks, schrieb er zurück.

Bis morgen früh, tippte ich noch. *Gibt übrigens viel zu tun!*

Dann beendete ich den Chat mit einem Kussmund.

John schickte einen angespannten Bizeps hinterher.

Nachdenklich legte ich das Handy beiseite und schmiegte beide Hände um die noch warme Kaffeetasse. Über Weihnachten und Neujahr war nicht viel los gewesen in der Detektei, doch in den ersten Januartagen hatte das Geschäft merklich angezogen. Bei vielen Leuten schienen die Feiertage nicht nur ein paar Kilo mehr auf den Hüften hinterlassen zu haben, sondern auch Zweifel an der Echtheit der Gefühle des Partners oder an der Herkunft des neuen Geländewagens des Schwagers.

Ich nahm einen Schluck Kaffee.

Es war 09:58 Uhr.

Vom Zweifel bis zur Überwachung war es dann nur noch ein kleiner Schritt – und der führte direkt zu uns: *Sie wollen Klarheit? Sie wollen endlich die Wahrheit wissen?,* stand auf unserer Seite im Internet. *Die Detektei* Fuchs & Bentwood *ist immer für Sie da!*

Ich trank den Kaffee leer.

Es war gut, dass John endlich zurückkam, zumal man seine versnobte Familie ohnehin nicht länger als drei Tage ertragen konnte. Sein Vater hatte mir bei unserer ersten Begegnung erzählt, dass der Stammbaum der Bentwoods bis zu Heinrich dem VIII. zurückreiche. Beeindruckend, hatte ich gesagt. Johns Familie schrieb ihm seit jeher vor, was sich für einen Bentwood gehörte – und was nicht. Privatdetektiv zu sein gehörte sich jedenfalls nicht; aber es war allemal besser als drogenabhängig auf Partys herumzulungern, was Johns alternativer Lebensplan gewesen wäre, wenn ich ihn damals nicht unter meine Fittiche genommen hätte. Damals, das war jetzt zehn Jahre her, hatte er unmotiviert eine Ausbildung zum Polizisten begonnen. Ich war seine Ausbilderin gewesen.

Draußen schlug die Liebfrauenkirche zehn Uhr.

Leise zählte ich mit.

Es waren vier helle und zehn dunkle Schläge, die durch die Gassen der Altstadt hallten und nun von den leicht verspätet einsetzenden Glocken der evangelischen Stadtkirche begleitet wurden. Ich trat ans Fenster und ließ meinen Blick über den Marienplatz schweifen. Unsere Detektei lag im zweiten Obergeschoss eines dreistöckigen Eckhauses, das nach vorne schmal zulief wie der Bug eines Schiffes. Von meinem Büro aus sah man auf den weitläufigen Marienplatz hinab, die Küche und das Bad gingen aber nach hinten hinaus und gaben den Blick auf die enge, dunkle Rosmarinstraße frei, in der es immer ein wenig nach Neapel roch, vor allem im Sommer.

Unten eilten die Leute vorüber.

Um mich herum standen die Türme still. Ravensburg galt als Stadt der Tore und Türme, von denen einige schon im Mittelalter erbaut worden waren. Ich ließ meinen Blick über den Grünen Turm gleiten, das Frauentor und hinauf bis zum sogenannten Mehlsack, einem dicken, runden Turm mit weißem Verputz.

Mehlsack – so hatten wir früher zu den Kindern gesagt, die fett und plump gewesen waren. Kinder konnten grausam sein.

Nur Erwachsene waren noch grausamer.

Fast direkt vor der Detektei *Fuchs & Bentwood* lagen mehrere Bushaltestellen, zwei auf unserer Seite und eine gegenüber. Dort warteten die Leute mit grauen Gesichtern und eingezogenen Köpfen, die Hände in den Jacken vergraben und die Sehnsucht tief in ihrem Inneren. Ein Bus kam um die Ecke gerollt, langsam fuhr er durch den Schneematsch und hielt an der vorderen Haltestelle. Die Scheiben waren beschlagen. Leute stiegen aus, andere stiegen ein. Nachdem der Bus wieder abgefahren war, bemerkte ich vier Gestalten, die die Straße überquerten. Sie trugen dunkle Umhänge mit Kapuzen, die ihnen weit ins Gesicht fielen.

Wie riesige Raben ragten sie aus der Menge.

Die Menschen machten ihnen Platz.

Plötzlich drehte sich der Größte von ihnen um. Ich stutzte. Er sah direkt zu mir hoch. Sein Blick war wie eine Rasierklinge, scharf und aggressiv. Instinktiv trat ich einen Schritt vom Fenster zurück. Mein Herz begann schneller zu schlagen. Mir war sofort klar, dass dieser Blick kein Zufall gewesen war. Es war eine Drohung; auch Snajdrom hatte mich so angesehen, als er versprach, mich zu töten.

Es ist vorbei.

Snajdrom war tot.

Trotzdem scannte ich im Geiste alle Auftragskiller des organisierten Verbrechens durch, von Ost nach West, alphabetisch von oben bis unten, aber das Gesicht des Rabenmannes war nicht dabei. Ich hätte es wiedererkannt, da war ich mir ganz sicher. Wie sein Blick war auch sein Gesicht auffällig scharf gezeichnet, die Nase sprang hervor wie ein Klappmesser, die Augenbrauen waren zwei spitze Bögen.

Das Vierergespann verschwand in Richtung Fußgängerzone aus meinem Blickfeld. Hinter ihnen her wehten die schwarzen Umhänge, die aussahen, als kämen sie aus einer vergangenen Zeit.

Ein Klingeln erlöste mich aus meiner Erstarrung.

„Fuchs & Bentwood“, sagte ich betont tatkräftig in die Sprechanlage, dann: „Hallo?“

Und da war sie wieder, diese dunkle, raue Stimme, die sagte: „Hier ist Madame de Rochat. Ich habe einen Termin bei Ruby Fuchs.“

3.

Ich hatte mich geirrt. Madame de Rochat war keine Frau, die ihren Mann überwachen ließ. Das war mir sofort klar, als ich sie sah. Sie hatte die schräg stehenden Augen einer Jägerin, den Mund einer Femme fatale und die Stirn einer Nonne. Zweifellos war sie schön, sehr schön sogar. Aber mehr noch als ihre Schönheit faszinierte mich die Intensität, die sie ausstrahlte – etwas, das mich in ihren Bann zog, ohne dass ich gewusst hätte, warum.

„Ich hoffe, Sie hatten eine gute Anreise?“, fragte ich, nachdem wir in der Sitzecke Platz genommen hatten.

„Haben Sie von dem Kind gehört?“, fragte sie unvermittelt zurück.

Ich nickte. Wahrscheinlich hatte sie in der Presse davon gelesen oder eines der Plakate gesehen, die überall in der Stadt aushingen. Wenn jemand in diesen Tagen von „dem Kind“ sprach, dann konnte es sich nur um den Säugling handeln, der am Morgen des 27. Dezembers auf dem Marienplatz ausgesetzt worden war. Eine gute Woche war seitdem vergangen. Jemand hatte das Baby in einem Weidenkorb an der Bushaltestelle abgestellt. Eine anonyme Hinweisgeberin rief daraufhin bei der Polizei an und meldete den Fund. Als die Polizei eintraf, war die Anruferin bereits verschwunden. Der Verdacht stand im Raum, dass es sich bei der Person um die Mutter handelte, über die allerdings nichts bekannt war, außer dass sie mit einem ausländischen Akzent gesprochen hatte. Mit hoher Wahrscheinlichkeit hatte ihr Anruf dem Säugling das Leben gerettet, denn an diesem Morgen hatte das Thermometer minus 14 Grad angezeigt. Wenn das Neugeborene auch nur eine Viertelstunde länger in der Kälte gelegen hätte, wäre es vermutlich erfroren. Aktuell befand es sich mit einer Lungenentzündung im St. Elisabethen-Klinikum. Jeden Tag wurden Geschenke und Blumen auf der Station abgegeben. Ganz Ravensburg fieberte mit dem Kind. Auf den Plakaten bat die Polizei die Bürger um Mithilfe. Es ging darum, Hinweise auf die Identität des Kindes zu erhalten, aber auch darum, ein Verbrechen aufzuklären. Laut Paragraph 221 des Deutschen Strafgesetzbuches wurde der Tatbestand der Aussetzung mit bis zu 15 Jahren Haft bestraft, wenn der Tod von Schutzbefohlenen dabei in Kauf genommen wurde.

„Sie meinen sicher das Neugeborene, das unten an der Bushaltestelle ausgesetzt wurde“, sagte ich schließlich.

„Finden Sie das nicht seltsam?“, fragte Madame de Rochat.

Ich sah sie an. Sie hatte helle Augen, die im Treppenhaus noch grünlich geleuchtet hatten, doch jetzt, da ein Sonnenstrahl sie traf, wie patiniertes Gold glänzten. Der Kontrast zu den roten, schulterlangen Haaren fesselte meinen Blick.

„Das ist doch seltsam“, sagte sie wieder.

„Was?“

„Dass uns das Kind ausgerechnet an Weihnachten geschenkt wurde“, antwortete sie. „Dass dieses Wunder geschieht! Ich kann das ja selbst kaum glauben! C'est vraiment incroyable. Eigentlich kann das doch gar nicht sein! Aber das Kind wurde uns tatsächlich geschenkt!“

„Geschenkt?“ Ich stutzte. Die Formulierung war seltsam. „Wenn eine Frau so verzweifelt ist, dass sie ihr Kind aussetzt“, erwiderte ich, „dann tut sie das doch nicht, um irgendjemand ein Geschenk zu machen. Aber wenn Sie damit meinen, dass es besser ist, ein Kind auszusetzen als es gleich bei der Geburt zu töten, dann gebe ich Ihnen recht.“ Nach ein paar Sekunden fügte ich hinzu: „Leben ist ein Geschenk.“

Etwas an ihrem Lächeln irritierte mich.

„Auch Moses wurde in einem Weidenkorb ausgesetzt“, sagte sie und strich sich das rote Haar aus der Stirn.

„Moses?“ Ich griff nach der Wasserflasche und fragte: „Meinen Sie den aus der Bibel?“

„Exactement", antwortete sie auf Französisch. Dann fuhr sie fort: „Moses ist die zentrale Gestalt des Pentateuch, der ersten fünf Bücher des Alten Testaments. Er war ein Prophet Gottes, dem es bestimmt war, sein Volk aus der Sklaverei zu führen."

Ich sah sie an.

Meine Irritation wuchs. Vorsichtig fragte ich: „Wollen Sie Kaffee?" Die Thermoskanne stand bereits auf dem Tisch, doch Madame de Rochat schüttelte den Kopf.

„Sie kennen ja sicher die Geschichte aus der Bibel", sagte sie. „Moses wurde nach seiner Geburt in einem Weidenkorb im Nil ausgesetzt, wo ihn die Tochter des Pharaos fand. Die Prinzessin nahm ihn als ihr eigenes Kind an und rettete ihm damit das Leben. Moses ist also ein Geretteter, der später selbst zum Retter wurde. Comme on dit en français: il est devenu le Sauveur."

Der Retter. Le Sauveur.

Es zischte, als ich die Wasserflasche öffnete.

Plötzlich kamen mir die Wände der Detektei noch kahler vor, aber vor allem weißer. Denn Madame de Rochat war ganz in Schwarz gekleidet, sie trug eine einfache, schmal geschnittene Hose und einen enganliegenden Rollkragenpullover, die ihre schlanke Figur gut zur Geltung brachten. Der Pullover war aus einem edlen Material, ich schätzte, Kaschmir.

„Damit deutet Moses bereits auf Jesus voraus", fuhr sie fort, während ich mir einschenkte. „Auch Jesus musste als Kind vor Herodes gerettet werden, und auch er, der Gerettete, wurde später zum Retter, zu unserem Erlöser."

Ich nahm einen Schluck Wasser.

„Doch der Bund, den Gott mit den Menschen durch seinen Sohn Jesus Christus vor zweitausend Jahren schloss, hat sich aufgelöst“, erklärte sie. Ihre Hände waren dauernd in Bewegung, sie fuhren durch die Luft wie Schwerte, doch jetzt zog sie damit einen waagrechten Strich, einen Cut, als sie sagte: „Durch die Gräueltaten des Jahrhunderts hat sich unser Bund mit Gott gelöst. Die Christenheit befindet sich in einer tiefen Krise. Und spätestens zur Jahrtausendwende hat der Teufel durch einen Trick die Weltherrschaft übernommen.“

Ich trank das Wasserglas in einem Zug leer.

Meinte sie das ernst? Noch bevor ich wusste, was ich entgegnen sollte, fuhr sie auch schon fort: „Wissen Sie, dass wir uns mitten in einer der größten Umwälzungen der Menschheitsgeschichte befinden? In einer Revolution?“

Perplex schüttelte ich den Kopf.

„Den meisten ist ja gar nicht bewusst, wie sehr sich ihr Leben gerade verändert“, sagte Madame de Rochat. „Das Internet und vor allem diese kleinen Computer, die wir ständig mit uns herumtragen, also diese Handys, die sind doch schon fast ein Teil von uns und wir von ihnen. Der Mensch, so wie wir ihn kennen, hat ausgedient.“ Plötzlich lachte sie, als hätte sie einen Scherz gemacht.

Ich sah sie einfach nur an.

„Zweitausend Jahre nach der Menschwerdung seines Sohnes Jesus Christus hat uns Gott deshalb ein zweites Kind geschickt“, sagte sie. „Sein Name ist Soterias. Das kommt aus dem Griechischen und bedeutet der Retter, der Erlöser." Dann fragte sie: „Verstehen Sie? Vous comprenez?"

Ich starrte auf ihren Mund, der rot und feucht glänzte, und suchte nach einer Erklärung. War Madame de Rochat etwa Mitglied einer religiösen Sekte?

„Sie meinen also", fragte ich vorsichtshalber noch einmal nach, „dass das neugeborene Kind unten von der Bushaltestelle ein Heiland ist, der Messias oder was weiß ich, auf jeden Fall jemand, der uns erlösen wird? Von was auch immer? So wie Moses und Jesus?"

„Exactement", sagte sie und lächelte wieder, doch jetzt war es eindeutig: Etwas stimmte nicht mit diesem Lächeln.

Oder war es mein Lächeln, das flackerte?

„Wissen Sie, ich glaube nicht an so etwas", sagte ich, drehte das leere Wasserglas in meiner Hand hin und her und überlegte, wie ich die Frau wieder loswerden konnte. Demonstrativ blickte ich auf mein Handy. Dann setzte ich mein schönstes und unverbindlichstes Lächeln auf und sagte: „Aber Sie sind doch sicher nicht extra aus Lausanne hierhergekommen, um mit mir über religiöse Fragen zu sprechen. Dafür gibt es ja andere Profis. Ich bin Privatdetektivin, und am Telefon meinten Sie, Sie hätten einen Auftrag für meine Detektei. Wenn das nicht der Fall ist, dann muss ich Sie leider bitten", wieder blickte ich auf mein Handy, „also ich habe viel zu tun und …"

„Mein Auftrag hängt mit dem Kind zusammen", unterbrach sie mich schroff. Und dann war sie es, die mir ihr schönstes Lächeln zeigte, als sie hinzufügte: „Um das zu erklären, muss ich allerdings etwas ausholen. Ich hoffe, Sie können noch fünf Minuten Ihrer Zeit erübrigen."

Ich hob das Glas gegen das Licht, blickte hindurch und murmelte: „Selbstverständlich."

„Es ist nämlich so", fuhr sie in der Art der besten Schulfreundin fort, die einem gleich ihr größtes Geheimnis anvertrauen wird. „Die Ankunft dieses Kindes wurde uns bereits vor fünfhundert Jahren prophezeit", sagte sie mit leicht nach vorne gebeugtem Oberkörper, „und zwar von keinem Geringeren als von Nostradamus." Sie sah mich an, als erwartete sie eine heftige Reaktion.

Ich blickte durch das Glas und beobachtete die Lichtreflexe. Kein Zweifel, vor mir saß eine Verrückte, die meine Zeit verschwendete.

„Sicher haben Sie schon von Nostradamus gehört", setzte sie nach. „Er war ein Prophet, ein Visionär des 16. Jahrhunderts, gesegnet und gestraft mit der Gabe, die Zukunft vorherzusehen. Eigentlich war er Apotheker, arbeitete aber als Astrologe. Heute ist er vor allem für seine prophetische Schrift der *Centurien* berühmt."

Ich sah sie aufmerksam an.

Ihre Augen funkelten.

„Doch Nostradamus hat noch eine zweite Schrift verfasst", sagte sie jetzt. Sie blickte sich um und sprach leiser, als sie hinzufügte: „Er nannte sie *Nocturna*, die Nächtliche. Diese Schrift war aber nur für einen kleinen Kreis an Auserwählten bestimmt."

Ich schenkte mir Wasser nach.

Madame de Rochat griff ebenfalls nach der Flasche, schenkte sich ein und trank gierig zwei Schlucke. Dann griff sie nach der roten Ledertasche, die neben ihr auf dem Boden stand, und holte eine Mappe heraus.

„Insgesamt gab es nur drei Exemplare von dieser Schrift", erklärte sie. „Alle drei sind von Nostradamus selbst geschrieben worden, natürlich von Hand, damals gab es ja noch keinen Computer." Wieder erschien dieses Lächeln auf ihren Lippen, während sie die Mappe öffnete und sagte: „Napoleon Bonaparte ließ ein Exemplar der *Nocturna* verbrennen, nachdem er darin von seiner Verbannung auf die Insel St. Helena erfuhr. Wahrscheinlich dachte er, so seinem Schicksal entgehen zu können."

Sie schüttelte den Kopf wie über ein törichtes Kind und fügte beinahe zärtlich auf Französisch hinzu: „Quel imbécile!"

„Imbécible?", wiederholte ich.

„Kleiner Dummkopf", sagte sie nur. „Das zweite Exemplar der *Nocturna* befand sich noch in den 1920er Jahren im Privatbesitz von Professor Jakobsen", fuhr sie dann fort. „Das war ein namhafter Theologe aus Berlin. Doch die Nazis verbrannten seine gesamte Bibliothek. Also blieb nur noch das dritte Exemplar, das aber lange Zeit als verschollen galt."

In der Mappe befanden sich mehrere Papiere. Madame de Rochat strich zärtlich über das Titelblatt und sagte: „Doch vor zehn Jahren im Sommer 2008 entdeckte eine Wissenschaftlerin dieses letzte Exemplar der *Nocturna* im Keller des ehemaligen Archivs der Stadt Lyon."

Sie sah mich auf eine Weise an, die keinen anderen Schluss zuließ.

„Und das waren Sie?“, fragte ich.

„Exactement“, entgegnete sie triumphierend. Dann fügte sie hinzu: „Sie sind wirklich schlau, Frau Fuchs. Très intelligente.“ Wieder dieses Lächeln, dann: „Für die altehrwürdige Nostradamus-Gesellschaft war dieser Fund natürlich eine Sensation. Sie haben lange geprüft und getagt. Doch schließlich konnte Professor Didier, der Leiter der Gesellschaft, die Echtheit des Manuskripts bestätigen. Seitdem befindet sich das Original im Besitz eines Schweizer Unternehmers und Geistesgelehrten, der es vorzieht, anonym zu bleiben.“ Wieder strich sie über das Papier, als sie sagte: „Ich habe nur noch diese Kopie.“

Sie blätterte durch die Papiere.

„Und ich soll jetzt nachforschen, ob Napoleon das andere Original vielleicht doch nicht verbrannt hat? Ob es sich vielleicht auf St. Helena befindet? Oder ob es sich einer der Nazis vielleicht doch unter den Nagel gerissen hat?“, fragte ich ungeduldig nach. „Oder wollen Sie herausfinden, wer dieser anonyme Schweizer ist?“

War es das, was sie wollte? War sie eine Exzentrikerin mit einer Obsession für alte Bücher?

„Nein“, entgegnete sie und sah mich an. „Darum geht es nicht.“

„Worum dann?“ Wieder blickte ich auf mein Handy.

„Sie sollen einen Mord verhindern“, sagte sie.

„Ich soll … wie bitte was?“

„Einen Mord verhindern“, wiederholte sie bestimmt.

Draußen schlug die Liebfrauenkirche halb elf.

Sollte ich sie jetzt bitten, zu gehen? Oder sollte ich einfach aufstehen? Irgendetwas musste ich tun. Also griff ich nach der Kaffeekanne und schenkte ein, zuerst mir und dann ihr. Es war mir egal, ob sie einen Kaffee wollte oder nicht. Dann stellte ich die Kanne wieder weg und sagte: „Das müssen Sie mir jetzt erläutern."

Anstatt einer Antwort schob sie mir ein Blatt über den Tisch. Es sah aus wie ein Gedicht, zumindest waren es zwei Strophen à vier Zeilen.

„Das ist aus dem letzten Kapitel der *Nocturna*", erläuterte sie. „Das Original wurde selbstverständlich auf Französisch verfasst, die deutsche Übersetzung stammt von mir. Dabei war es mir wichtiger, die Reimstruktur beizubehalten, anstatt wortwörtlich zu übersetzen."

Die deutschen Strophen waren mit dem Computer geschrieben, darunter befand sich das französische Original in einer alten Handschrift, die ich nicht entziffern konnte. Madame de Rochat griff nach ihrer Kaffeetasse, während ich las:

Ein Kind wird kommen in die Stadt der Türme,
um zu erlösen die Menschheit aus dem Zwischenreich.
Es wird kommen durch die Nacht der Stürme,
doch der düstre Fährmann stirbt sogleich.

Und noch bevor der Tag der Könige geht ins Land
muss auch der Adler im weißen Gewand
sterben, der Kreusa und dem Otto gleich,
sonst nimmt sich der Magier des Kindes Leich'.

Es klirrte. Ich sah auf. Madame de Rochats Hand zitterte so sehr, dass ein Teil der braunen Brühe auf den Tisch geschwappt war. Sie legte die Servietten darüber und blickte mich an.

Ich las die beiden Strophen noch einmal.

„Die Stadt der Türme", sagte ich dann. „Sie denken also, dass damit Ravensburg gemeint ist?"

„Ganz sicher", antwortete sie. „Es gibt zwar viele Städte, die Türme haben. Doch jetzt, nachdem sich die Prophezeiung erfüllt hat, staune ich mal wieder über die Präzision von Nostradamus' Visionen. Denn es gibt nur eine Stadt in Deutschland, ja sogar nur eine in Europa, die explizit als Stadt der Türme bezeichnet wird. Und das ist Ravensburg."

„Dann sind Sie deshalb hier?", fragte ich.

Sie nickte. „Exactement", sagte sie leise, kratzend.

Ich sah sie an.

Etwas an dieser Frau faszinierte mich noch immer, selbst wenn sie die unwahrscheinlichsten Dinge von sich gab.

„Und genau wie Nostradamus vorhergesagt hat", fuhr sie fort, „kam das Kind in der Nacht der Stürme zu uns."

„In der Nacht der Stürme?", fragte ich.

„Sie haben doch sicher von dem Sturm gehört, der in der Nacht vom 27. auf den 28. Dezember hier in dieser Region getobt hat?", fragte sie.

Ich nahm wieder einen Schluck Kaffee.

Tatsächlich hatte die gesamte Bodenseeregion über die Weihnachtsfeiertage mit heftigen Unwettern und

Stürmen zu kämpfen gehabt, doch was bewies das schon?

Wieder blickte ich auf mein Handy. Es war 10:42 Uhr.

„Madame de Rochat", hakte ich noch mal nach. „Das mag ja alles hochinteressant sein, aber ich weiß wirklich nicht, wie ich Ihnen helfen kann. Ich bin Privatdetektivin. Vielleicht sollten Sie sich an die Kirche oder an die Volkshochschule wenden und dort einen Vortrag über das Thema halten?"

Ihr roter Mund lächelte verächtlich.

„Es geht um diesen Mann", sagte sie und schob mir ein Foto über den Tisch.

Ich griff danach.

Das Bild zeigte einen Mann in seinen Fünfzigern, graue Haare, glänzende, braune Augen und ein sympathisches Lächeln. Ein George-Clooney-Typ. Ich drehte das Bild um. *Prof. Dr. Gunther Adlerstamm,* stand auf der Rückseite. *Chefarzt der Frauenklinik St. Elisabethen-Klinikum Ravensburg, geboren am 07.09.1964, wohnhaft in der Staufenstraße* in Ravensburg.

„Ein schöner Mann", sagte ich schließlich.

„Ein toter Mann", entgegnete sie. „Also so gut wie. Denn in der *Nocturna* steht geschrieben …"

„Madame de Rochat", unterbrach ich sie. „Bitte."

„Ich bin mir ziemlich sicher, dass eben dieser Professor mit dem Adler im weißen Gewand gemeint ist", entgegnete sie stur. Dann trank sie den Rest ihres Kaffees leer und fügte hinzu: „Also mit dem weißen Gewand wäre dann der Arztkittel gemeint, mit dem Adler der Nachname Adlerstamm. Außerdem steht dieser Mann in einem realen Bezug zu dem Kind: Er lebt in der Stadt der Türme und arbeitet exakt in dem Krankenhaus, in das sie das Kind gebracht haben, nämlich im St. Elisabethen-Klinikum."

So abstrus das alles war, was Madame de Rochat von sich gab, in einer gewissen Weise war es einleuchtend.

„Bitte", sagte Madame de Rochat mitten in mein Schweigen hinein. „Helfen Sie mir. Wir müssen den Arzt warnen."

„Wir?"

„Bitte", sagte sie wieder. „Die Schrift hat bereits einen Mann getötet. Letzte Woche. Noch am selben Tag, an dem das Kind ausgesetzt wurde, also am 27. Dezember, verunglückte Peter Zürner in Eriskirch am Bodensee tödlich. Er wurde von einem herabstürzenden Ast getroffen und ertrank in der Schussen."

„Ich kenne keinen Peter Zürner", sagte ich.

„Er war der Busfahrer", entgegnete sie und strich sich wieder die Haare aus der Stirn. „*Er* brachte das Kind nach Ravensburg. Die Linie 7537 setzt bei Meersburg mit der Fähre über den Bodensee."

Ich schüttelte ungläubig den Kopf.

„Verstehen Sie nicht?", fragte sie. „Peter Zürner ist der Fährmann, dessen Tod in der *Nocturna* prophezeit wurde! Deshalb musste er sterben. Ich kann das ja selbst nicht glauben, aber … Er ist tot! Er ist wirklich gestorben, nachdem er das Kind gebracht hat."

Nun schüttelte auch Madame de Rochat ungläubig den Kopf. Ihre roten Locken tanzten dabei wie Flammen umher.

„Bitte", insistierte sie. „Wir haben nicht mehr viel Zeit. Die Schrift wird auch den Arzt töten. Es steht geschrieben, dass er noch vor dem Tag der Könige sterben wird. Meines Erachtens kann es sich dabei nur um den Dreikönigstag handeln. Das ist am sechsten Januar. Und heute ist bereits der vierte."

Plötzlich sank sie in sich zusammen.

Die Energie, die sie ausgestrahlt hatte, schien aufgebraucht.

„Es tut mir leid", brachte ich schließlich hervor und presste meine Handflächen zusammen. „Die Detektei *Fuchs & Bentwood* kann nur Personen überwachen, und das auch nur, soweit sich die Überwachungsmaßnahmen im gesetzlichen Rahmen bewegen. Wenn Sie einen Mord aufklären oder verhindern wollen, müssen Sie zur Polizei gehen."

„Ich war bei der Polizei", erwiderte sie matt.

„Und?"

„Die halten mich für verrückt."

„Dann kontaktieren Sie Professor Adlerstamm persönlich."

„Ich war bereits bei ihm", sagte sie.

„Und?"

„Er hält mich für verrückt. Comme si j'étais folle." Dann fügte sie hinzu: „Und Sie tun das auch."

Ich sah sie an und überlegte, welches Schicksal dieser außergewöhnlichen Frau widerfahren sein mochte, dass sie sich in etwas hineinsteigerte, das derart absurd war.

„Das, was Sie da von sich geben, klingt ja auch ziemlich … seltsam", sagte ich dann sanft. Denn ich war zu dem Entschluss gekommen, dass es etwas Schreckliches sein musste, das ihr widerfahren war. „Eine Schrift kann nicht töten", fuhr ich fort. „Wie sollte das auch gehen? Über Gift, das an den Seiten klebt?" Ich schüttelte den Kopf. „Okay, im übertragenen Sinn vielleicht. Über Hasspredigten wie den berühmten *Hexenhammer* oder Hitlers *Mein Kampf* könnte man sagen, dass sie insofern töten, als sich ihre Worte in den Köpfen der Menschen festsetzen und unter bestimmten Bedingungen zur Tat führen können. Aber trotzdem ist es immer der Mensch, der tötet, nicht die Schrift."

Ich sah sie an.

„Falls Sie also einen konkreten Verdacht haben", fuhr ich dann fort, „dass jemand diesen Busfahrer getötet haben könnte oder einen Mordanschlag auf diesen Arzt plant, dann gehen Sie noch einmal zur Polizei. Erklären Sie vernünftig, worauf Ihr Verdacht sich begründet. Dann wird man Ihnen helfen, da bin ich ganz sicher."

„Bitte", sagte sie wieder. „*Sie* müssen mir helfen. Sie waren doch selbst mal Polizistin, Sie wissen doch, wie man Ermittlungen führt und ..."

Abrupt stand ich auf und sagte: „Es tut mir wirklich leid, Madame, aber ich kann nichts für Sie tun."

Für einen Moment schloss sie ihre Augen und atmete tief ein und wieder aus. Doch dann packte sie ihre Sachen zusammen, schweigend. Bevor sie die Mappe schloss, nahm sie allerdings ein Blatt Papier heraus und legte es auf den Tisch.

„Lesen Sie das in Ruhe", bat sie mich und zog ihren Mantel an. Dann ging sie in Richtung Tür, die Dielen knarzten. Doch plötzlich drehte sie sich noch einmal um, blickte in die Ferne und stürzte zum Fenster hinüber.

„Jemand muss das verhindern“, flüsterte sie und deutete hinab.

Ich stellte mich neben sie.

Was hatte sie gesehen?

Draußen ragten die spitzen Giebel der Häuser in den Himmel. Der Mehlsack stand bleich und verfroren herum. Mütter schoben ihre mit Lammfell ausgelegten Kinderwagen über den Marienplatz. Jugendliche standen in Gruppen zusammen und starrten in ihre Smartphones, Männer eilten vorüber, die Aktentaschen unter den Arm geklemmt, die Handys am Ohr.

Madame de Rochat drückte ihre Handfläche gegen die Fensterscheibe, so als wollte sie sich versichern, dass das Glas wirklich da war.

„Etwas passiert hier“, sagte sie dann. „Etwas, das mir Angst macht. Wenn wir nichts unternehmen, werden die Leute da unten sterben. Alle.“

4.

Ich stand noch immer am Fenster. Das leise Klack, mit dem Madame de Rochat die Tür hinter sich geschlossen hatte, war gerade erst verhallt. Endlich war sie fort. Doch sie hatte die Ruhe mitgenommen, die Sam mir in der Nacht geschenkt hatte. Ich zuckte zusammen, als die Liebfrauenkirche elf Uhr schlug. Vier helle Schläge, elf dunkle. Beim letzten Schlag der vollen Stunde löste ich mich vom Fenster. Entschlossen nahm ich das Blatt

Papier, das die selbsternannte Prophetin zurückgelassen hatte, zerknüllte es und warf es in den Mülleimer.

Eine tödliche Schrift. Was für ein Unsinn! Wie konnte ein erwachsener Mensch nur so etwas glauben?

Auf dem Tisch lag das Foto von Professor Adlerstamm, der mich noch immer mit seinem George-Clooney-Lächeln anlächelte. Das zieht bei mir nicht, rief ich ihm im Stillen zu. Dann zerriss ich das Foto und warf es ebenfalls in den Müll. Ich räumte die Gläser weg, holte einen Schwamm, putzte die braunen Kaffeeflecken vom Tisch, räumte die leeren Wasserflaschen in die Küche, stellte das benutzte Geschirr in die Spülmaschine, rückte die Sessel zurecht und lauschte. In der Ferne verhallte das Martinshorn eines Krankenwagens. Unruhig trat ich wieder ans Fenster und versuchte, das zerrissene Lächeln des Arztes zu vergessen.

Und noch bevor der Tag der Könige geht ins Land … muss er sterben … der Adler im weißen Gewand …

Draußen hatte es zu schneien begonnen. Kleine, fast unsichtbare Flöckchen tanzten in der Luft, sie fielen und stiegen, so als wollten sie nie den Boden berühren. An der Bushaltestelle drängten sich die Leute zusammen, schwer und erstarrt standen sie da, nur ein Kind hüpfte auf und ab und versuchte, die Schneeflocken mit der Zunge zu fangen.

Madame de Rochat, hämmerte es in meinem Kopf.

Madame de Rochat.

Madame de Rochat.

Etwas stimmte doch an der Geschichte nicht! Diese Frau wusste etwas, das sie mir verschwiegen hatte, etwas, das die ganze Geschichte plausibel machen würde. Etwas, das erklären würde, warum sie derart alarmiert gewesen war.

Aber vielleicht war sie auch wirklich nur verrückt.

Ich starrte hinab. Ein Bus kam an, die Leute stiegen aus, die Leute stiegen ein, der Bus fuhr wieder ab. Auf dem Schild im Rückfenster stand mit gelber Leuchtschrift *7537*. Das war die Linie Markdorf-Meersburg, die bei Meersburg über den Bodensee ging.

Wieder kamen mir diese Verse in den Kopf, doch ich bekam sie nicht mehr richtig zusammen. *Ein Kind … wird kommen durch die Nacht der Stürme … in die Stadt der Türme … Doch der Fährmann stirbt ganz bleich … muss sterben … bleich …* Oder hatte es geheißen: *gleich?*

Ich checkte meine Whatsapp-Nachrichten, checkte meine E-Mails und schließlich den Lack auf meinen Fingernägeln. Schon wieder diese Absplitterungen. Den rechten Zeigefinger hatte es am schlimmsten erwischt; obwohl ich mir am Vortag erst die Nägel lackiert hatte, war der Lack vorne schon wieder abgeblättert. Ob ich es mal mit Unterlack versuchen sollte? Daran dachte ich, denn ich verbot mir, an den Fährmann zu denken, an das Lächeln von George Clooney und an diese Frau mit den roten Haaren und den Augen einer vermaledeiten Sphinx.

Madame de Rochat.

Madame de Rochat.

Sie ging mir einfach nicht aus dem Kopf.

Kurz und gut: Ich ging zurück zum Mülleimer, nahm das zerknüllte Blatt heraus und strich es glatt. Das Schriftbild erinnerte an ein Gedicht, diesmal waren es aber sieben Strophen. Das Ganze war sauber mit dem Computer geschrieben und durchnummeriert. Darüber stand in einer ausdrucksstarken, aber trotzdem gut lesbaren Handschrift:

Zu Ihrer Information: Es handelt sich hier um das sechste und letzte Kapitel der Nocturna. *Es besteht aus sieben Strophen und trifft ausschließlich Vorhersagen für das 21. Jahrhundert. Die vorherigen Kapitel der* Nocturna *betreffen die vergangenen Jahrhunderte und sind für Sie im Moment ohne Bedeutung, Frau Fuchs.*

Frau Fuchs?

Langsam ließ ich mich in den Sessel sinken. Hatte Madame de Rochat also im Vorhinein gewusst, dass sie mir den Text dalassen und ich ihn erst lesen würde, wenn sie wieder weg war?

Für einen Moment schloss ich die Augen, dann las ich weiter: *Nostradamus sah den Weltuntergang für das Jahr 2020 voraus, das heißt exakt 500 Jahre nach der Niederschrift der* Nocturna, *die er im Jahr 1520 verfasst hatte. Deshalb handelt es sich bei diesem sechsten Kapitel nicht nur um das letzte Kapitel der* Nocturna, *sondern auch um das letzte Kapitel der Menschheit. Das Ende ist nahe. Doch lesen Sie selbst, was Nostradamus für uns zu Beginn des 21. Jahrhunderts prophezeit hat:*

NOCTURNA, Kapitel 6

Der Mensch ist tot. Sein Mund bleibt stumm.
Der Antichrist, er dreht es um:

und schafft ein Welten Simulacurum,
wo Unerlöste geh'n im Kreis herum.

Doch ein Kind wird kommen in die Stadt der Türme,
um zu erlösen die Menschheit aus dem Zwischenreich.
Es wird kommen durch die Nacht der Stürme
und der Fährmann stirbt sogleich.

Und noch bevor der Tag der Könige geht ins Land,
muss auch der Adler im weißen Gewand
sterben, der Kreusa und dem Otto gleich,
sonst nimmt sich der Magier des Kindes Leich'.

Doch mächtiger als sie ist Orpheus der Massen,
weil er die Menschen will glauben lassen,
sie wären selber Gott.
Darum schickt ihm der Herr einen schrecklichen Tod,
am Achten im Feuer im goldenen Boot.

Der letzte Kampf gilt der 666,
der Macht des Bösen, dem Chaos' Gewächs.
Am Tag der Rosen wird sein Herz getroffen,
ein kaltes Herz ohne Glauben und Hoffen.

Denn der Antichrist ist bloßer Schein, ist tote Zeit,
verloren ist die Christenheit.
Drum wird schicken der Herr eine Neue Pest,
halb Vogel, halb Schwein,
2020 wird der Letzte gestorben sein.

Nur wer glaubt wie die Kinder der Nacht
wird gerettet von SOTERIAS in all seiner Pracht.

SOTERIAS legt in des alten Löwen Bund
der Neuen Bewegung goldenen Grund.

Ich horchte auf. Wieder hallte das Martinshorn eines vorüberfahrenden Krankenwagens durch die Stadt. Nachdenklich ließ ich meinen Blick in der Detektei umherwandern. Draußen verdichtete sich das Schneetreiben. Der Himmel stand wie eine hellgraue Betonwand vor meinem Fenster, das Fensterkreuz teilte ihn in vier Teile. Das Foto von meiner Mutter stammte noch aus den sechziger Jahren. Damals war ich noch nicht einmal geboren gewesen. Meine Mutter hatte lange Haare gehabt, einen Blumenkranz im Haar und die Gitarre unterm Arm. Ihr Lächeln war strahlend gewesen. Ich blickte wieder auf den Text in meiner Hand. Doch Nostradamus' Visionen über die Zukunft der Menschheit waren düster: Wenn es nach ihm ging, lebten wir tot, stumm und unerlöst in einer vom Teufel erschaffenen Welt, die er als „Welten Simulacurum" bezeichnete.

Ich stand auf, setzte mich an meinen Computer und suchte nach dem Begriff *Simulacurum.*

Korrekt hieß das Wort *Simulacrum* oder *Simulakrum*, las ich. Der Ausdruck kam aus dem Lateinischen; *simulo* bedeutete das Abbild, Spiegelbild, Götzenbild oder auch Trugbild. Mit dem lateinischen Ausdruck *simul* bezeichnete man etwas, das *gleich* oder *ähnlich* war wie etwas anderes. Nostradamus hatte fünfhundert Jahre zuvor also geglaubt, dass wir heute in einer Welt leben würden, die ähnlich der realen Welt war, aber doch zugleich nur eine Simulation davon.

Ich starrte vor mich hin. Was konnte damit gemeint sein? Die Andeutungen, die Madame de Rochat gemacht hatte, legten nahe, dass sie in Nostradamus' Beschreibung des *Simulacrums* unsere heutige, digitale Welt wiedererkannt hatte – von mir aus auch die digitalen „Welten", in denen wir heutzutage lebten.

In der Wohnung über mir begann es zu poltern.

In der zweiten Strophe prophezeite Nostradamus dann die Ankunft eines Kindes, das die Menschheit aus diesem „Zwischenreich" erlösen würde.

Ich horchte auf. Das Stockwerk über der Detektei war strenggenommen gar kein Stockwerk, sondern nur ein ausgebautes Dachgeschoss. Dort setzte jetzt das übliche Getrampel ein, wenn die Enkel der Eigentümerin zu Besuch kamen. Mit dem Zeigefinger an der rechten Schläfe versuchte ich, mich wieder auf die *Nocturna* zu konzentrieren.

Das Kind war also als eine Erlöserfigur entworfen. So wie Moses sein Volk aus der Sklaverei geführt hatte, würde dieses Kind uns Menschen zu Beginn des 21. Jahrhunderts ebenfalls aus einer Sklaverei führen. Doch aus welcher? Wir waren ja schon lange keine Sklaven mehr, die Schwerstarbeit in Ägypten oder anderswo verrichteten. Nein. Die Sklaverei, die Nostradamus gemeint hatte, schien mit diesem diffusen Gefühl von Realitätsverlust zusammenzuhängen, mit der Sehnsucht nach einem echten Leben, das keine bloße Simulation von Leben war.

Ich zuckte zusammen, als es oben krachte.

Dann überflog ich noch einmal den Text. So einfach schien das mit der Erlösung aber nicht zu sein. Denn das Kind hatte mächtige Feinde, die genau das verhindern wollten: Vier große Männer mussten sterben, damit das Kind heranwachsen konnte.

Ich drückte den Zeigefinger fester gegen meine Schläfe. Über mir ging das Krachen in ein Hämmern über; es klang, als zerlegten die Kids gerade die Wohnung der Großeltern.

Ich nahm einen Textmarker und strich die Totgesagten an: Das war erstens der Fährmann, der in der „Nacht der Stürme" sterben sollte beziehungsweise, ging es nach Madame de Rochat, bereits gestorben war. Zweitens der „Adler im weißen Gewand", den noch „vor dem Tag der Könige" ein schreckliches Schicksal ereilen würde. Wenn Madame de Rochat recht hatte, war damit der Dreikönigstag gemeint.

Also übermorgen.

Ich ging zum Mülleimer, fischte die beiden Hälften des Fotos heraus, klebte sie mit einem Streifen Tesafilm zusammen und strich mit dem Zeigefinger zärtlich über den Sprung im Lächeln von George Clooney. Durch den Riss wirkte er fast noch interessanter.

Okay, erstens der Fährmann, zweitens der Arzt, drittens ein gewisser „Orpheus", und Nummer vier war eine Person, die mit der Zahl 666 verschlüsselt war.

Ich stand auf.

Unruhig ging ich im Büro hin und her, bis ich wieder am Fenster stehen blieb. Draußen lag bereits eine dünne Schneeschicht auf den Dächern. Unten auf dem Marienplatz eilten die Menschen mit gesenkten Köpfen vorüber und hielten die Arme eng an den Körper gepresst.

Oben schienen sie auf dem Parkett seilzuspringen.

Nostradamus hatte den Weltuntergang in Form einer Pandemie vorhergesehen, in einer Art „Pest“, die schon bald alle Menschen töten würde. Alle? Nein. Für eine kleine, auserwählte Gruppe hatte Nostradamus das Leben prophezeit. Die sogenannten „Kinder der Nacht“ hatten das Glück, von Soterias, dem Erlöser, gerettet zu werden

Draußen fielen die Flocken immer dichter.

Nostradamus’ Visionen folgten demnach dem Muster aller religiösen Erzählungen: Vorhergesagt wurde die Rettung von einem Leben, das als nicht besonders lebenswert empfunden wurde. Doch nicht alle Menschen sollten gerettet werden, sondern nur diejenigen, die schon vorher an den Erlöser geglaubt hatten und bereits Mitglied in einem Verein waren, der vor Mord und Totschlag nicht zurückschreckte.

Wieder knüllte ich das Papier zusammen und warf es in den Müll. Diesmal holte ich es nicht mehr heraus.

Lausanne ist gestorben, schrieb ich in einer Whatsapp an John.

Warum?, kam es prompt zurück.

Unseriös, kürzte ich die Sache ab.

Inwiefern?

Erklär ich dir dann. Also morgen früh um 9 Uhr im Café Central, ok?

John schickte einen Emoji: Daumen hoch.

Viel Erfolg heute Abend, wünschte ich ihm abermals, schickte einen Kussmund hinterher und legte das Handy beiseite. Dann setzte ich mich mit einer Tasse Kaffee an den Schreibtisch und ging die Mails durch.

Es gab eine neue Anfrage: Eine gewisse Frau Martina Krachler aus Freiburg fragte, ob wir ihren Mann Anton Krachler noch diesen Samstagabend überwachen konnten, an dem er kurzfristig in Ravensburg sein würde. Ich schrieb zurück, wir hätten noch Kapazität, und hängte die Preisliste an. Danach schloss ich einen Auftrag ab, der auf Wunsch unserer Mandantin unter dem Codewort „Frühlingserwachen" geführt worden war. Im Fall „Frühlingserwachen" hatte sich die Vermutung unserer Mandantin bestätigt, dass ihr Mann, Geschäftsführer eines großen Unternehmens, am Wochenende seine Sekretärin in Frankfurt getroffen hatte. Die Fotos waren gut geworden. Keine Mails, hatte die Mandantin gesagt. Deshalb steckte ich die Bilder zusammen mit der Rechnung in einen Briefumschlag und klebte ihn zu.

Es war 11:35 Uhr, als ich das Internet öffnete und die Begriffe *Eriskirch*, *Unfall* und *Busfahrer* in die Suchmaschine eingab. So stieß ich auf einen Zeitungsartikel vom 29.12.2018:

Schreckliche Zerstörungen

In der Bodenseeregion kam es in der Nacht vom 27. auf den 28. Dezember zu heftigen Unwettern und orkanartigen Böen. Besonders hart traf es die Region Friedrichshafen, Langenargen und Meersburg.

Schon über die Weihnachtsfeiertage tobten heftige Stürme über ganz Baden-Württemberg und der Schweiz, doch in der Nacht zum 28. Dezember erreichten die Windstärken in der

Region um das westliche Bodenseeufer einen Wert von bis zu 110 Kilometer pro Stunde (km/h). „Bei uns kamen tischtennisgroße Eiskugeln vom Himmel", meldete eine Nutzerin via Whatsapp. „Rund um Friedrichshafen hat heute Nacht der Sturm für rund 40 Einsätze der Freiwilligen Feuerwehr gesorgt", bestätigte ein Sprecher des Bodenseekreises die Angaben: „Entwurzelte Bäume auf Wegen und Straßen waren das Hauptproblem nach dem heftigen Sturm. Die Feuerwehr Friedrichshafen war mit allen Einsatzkräften im Einsatz, dasselbe galt für Meersburg und Langenargen."

Besonders bei Eriskirch, wo die Schussen in den Bodensee mündet, hinterließ das Unwetter heftige Zerstörungen. Mindestens zwanzig Bäume sollen in der Nacht durch die Extremwetterlage umgelegt worden sein. Die B31 wurde zu großen Teilen gesperrt. Insgesamt wurden 16 Menschen verletzt, drei davon schwer. Auch ein Unfall mit Todesfolge gab es zu verzeichnen: Auf einem Parkplatz bei Eriskirch traf ein herabfallender Ast einen Busfahrer, der daraufhin bewusstlos in die Schussen fiel und ertrank.

Am Säntis wurde nun bereits zum dritten Mal die „größte Schweizer Fahne der Welt" zerrissen …

Ich trank einen Schluck Kaffee. Ein Unfall also. Aber warum war der Busfahrer bei dem Wetter überhaupt ausgestiegen? Und wie konnte jemand direkt in die Schussen fallen, nachdem er vom Ast getroffen worden war?

Nachdenklich griff ich zu meinem Handy und wählte die Nummer von Kommissar Emil Zoran. Nach dem zweiten Klingeln nahm er ab.

„Emil“, sagte ich. „Hi, hier ist Ruby. Sag mal, hast du kurz Zeit?“

„Ruby.“ Er klang nicht überrascht. „Nein, Zeit habe ich keine, aber schieß los.“

Emil Zoran war Polizist in Wasserburg am Bodensee, das war ganz in der Nähe vom Unfallort. Außerdem war er ein Misanthrop, insbesondere ein Frauenhasser und Eigenbrötler, der zurückgezogen auf einem alten Bauernhof lebte. Doch seit ich ihm im vergangenen Sommer im Fall *Alina O.* das Leben gerettet hatte, stand er in meiner Schuld.

„Bei euch gab es doch letzte Woche wegen des Sturms einen tödlichen Unfall“, sagte ich.

„Du meinst den Busfahrer?“, fragte er zurück.

„Richtig. Weißt du da Genaueres?“

„Klar, der Mann hieß Peter Zürner, war ‘n guter Mann. Seit 36 Jahren im Dienst. Und dann so was. Blöd gelaufen.“

„Hm.“

„Warum interessiert dich das, Ruby?“

„Erzähl ich dir später. Sonst weißt du nichts?“

„Zürner fuhr die Linie 7537“, antwortete er, „das ist die Linie Ravensburg, Markdorf, Meersburg, die dort mit der Fähre über den See nach Konstanz geht.“

Ich hörte Schritte und kurz darauf das Knattern einer Kaffeemaschine. Offensichtlich nutzte Zoran das Telefonat für eine kurze Pause.

„Zürner kam von Ravensburg aus planmäßig um 07:41 Uhr in Meersburg an“, sagte er, während er mit Geschirr handwerkte. „Doch an diesem Tag fuhr die Fähre nicht, wegen dem Sturm. Da fuhr Zürner auf der B31 weiter in Richtung Langenargen. Bei Eriskirch war die Straße gesperrt, er hielt auf einem Parkplatz in der Nähe des Naturschutzgebietes, stieg aus, ein Ast traf ihn am Hinterkopf. Den Schlag hätte er wohl überlebt, wenn er nicht bewusstlos in die Schussen gefallen wäre. Zürner starb nämlich nicht an einem Schädel-Hirn-Trauma aufgrund des Schlages, sondern an dem Wasser in seiner Lunge.“ Es klirrte, Zoran sagte: „Will sagen, der Mann ertrank. Wirklich tragisch. War ’n guter Mann.“

Ich hörte Schritte, dann das Knarzen eines Stuhls.

„Waren noch Fahrgäste im Bus?“, fragte ich.

„Nein.“

„Bist du sicher?“

Wieder knarzte es. Dann fügte Zoran hinzu: „Wenn Fahrgäste im Bus gewesen wären, dann hätten sie ihn gerettet“, sagte Zoran. „In so einem Fall leistet man in der Regel Erste Hilfe.“

„Hm.“

„Auf was willst du hinaus, Ruby?“

Stille.

„Kann es sein, dass ihm jemand den Ast übergezogen hat?“, fragte ich. „Dass es ein Mord war, der als Unfall getarnt wurde?“

„Nein.“

„Dass er gar nicht in die Schussen fiel, sondern seine Leiche dort entsorgt wurde?“

„Nein."

„Die Frage ist doch, was Zürner überhaupt in Eriskirch wollte. Selbst wenn die Fähre nach Konstanz nicht fuhr, hätte er doch mit der Linie 7537 von Meersburg wieder zurück nach Ravensburg fahren müssen, oder nicht?"

Schweigen.

„Fahren die nicht immer hin und her, die Busfahrer, immer dieselbe Strecke?", fragte ich. „Müssen die das nicht sogar?"

„Zürner wohnte in Langenargen", entgegnete Zoran. „Vielleicht wollte er kurz nach Hause, um was zu holen, keine Ahnung, da gibt es viele Möglichkeiten."

Ich hörte, wie Zoran den Kaffee umrührte, der Löffel schlug klirrend an die Wandung seiner Tasse.

„Emil?", fragte ich.

„Hm?"

„Kann das sein?"

„Was?"

„Dass es Mord war?"

Wieder das leise Klingeln. Dann seine Antwort: „Sein könnte vieles. Sein könnte so einiges. Aber es gab keine Hinweise, dass es sich um eine Straftat handeln könnte. Der Fall wurde als Unfall abgeschlossen. In seinem Umfeld gibt es nichts und niemand, das auf eine Straftat hinweist. Warum hätte auch jemand den Mann umbringen sollen? War 'n guter Mann. Über 36 Jahre im Dienst – und dann so was."

„Sein Tod wurde in der *Nocturna* prophezeit", sagte ich.

„Wie bitte?"

„Erklär ich dir später“, sagte ich. „Demnach wäre Peter Zürner der Busfahrer gewesen, der am Morgen des 27. das Kind nach Ravensburg gebracht hat. Du weißt schon, das Neugeborene, das hier ausgesetzt wurde. Das, von dessen Eltern noch jede Spur fehlt.“

Es folgte Stille am anderen Ende der Leitung. Dann fragte Zoran: „Wer sagt das?“

„Eine Mandantin, die gerade bei mir war.“

Zoran trank, es folgte Schweigen. Dann nahm er noch einen Schluck und sagte schließlich: „In dem Fall hätte jemand Zürner als Zeugen loswerden wollen. Meinst du das?“

„Möglich“, sagte ich.

Zoran schwieg.

„Kannst du dich mal umhören?“, bat ich. „Ob jemand was gesehen hat?“

Zoran knallte die Tasse auf den Tisch, der Löffel klirrte. Das klang wie eine Abfuhr, doch er sagte: „Okay. Ich hör mich mal um.“

5.

Nach dem Besuch von Madame de Rochat war es an diesem Freitag, den 4. Januar, gar nicht mehr richtig hell geworden. Der Himmel war einfach ins Graue gekippt und hatte sich bereits ab zwölf Uhr mittags verdunkelt. Als ich um 17:30 Uhr die Detektei *Fuchs & Bentwood* verließ, war es draußen gefühlt bereits Nacht.

Mit einem dumpfen Klacken fiel die Tür hinter mir ins Schloss.

Ich trat auf den Marienplatz hinaus. In einer halben Stunde war ich mit meiner Mandantin im Fall „Frühlingserwachen“ auf einem Parkplatz in der Nordstadt verabredet, um ihr den Briefumschlag mit dem Fotomaterial zu überreichen. Über mir stand ein schwarzer Himmel, doch die Altstadt um mich herum war hell erleuchtet. Die Menschen hatten müde Feierabend-Gesichter und trugen Papiertüten mit Brot nach Hause, vielleicht auch etwas Käse und die Sorgen vom Tag. Manche aßen bereits im Gehen, andere drängten sich in den kleinen Imbissbuden zusammen, die es rund um den Marienplatz gab.

Ich bog in die Grüner-Turm-Straße ab. Das war eine kleine Straße, die am inneren Rand der alten Stadtmauer entlangführte. Früher war das mal die Judengasse gewesen, weil hier, am äußersten Rande der Stadt, die Juden von Ravensburg gewohnt hatten. Ich ging weiter. Während mein Blick über zweistöckige, windschiefe Häuser und bröckelnde Fassaden glitt, stolperte ich über einen aufgeplatzten Straßenbelag. Die Luft war eiskalt, ich presste die Arme enger an den Körper und atmete weißen Dampf aus. Zwischen einem Haus und den Resten der alten Stadtmauer führte ein kleiner Weg hinaus aus der Altstadt. Dort bog ich ab.

Ich blickte mich um.

Vor mir erhob sich ein kleiner Park, der mehr eine langgestreckte Grünfläche war. Fünfzig Meter weiter vorne führte eine vierspurige Schnellstraße entlang. Ich kniff die Augen zusammen, und die Autos verwandelten sich in rote und gelbe Lichterketten. Als ich die Augen wieder öffnete, sah ich Jugendliche, die unter den kahlen Bäumen standen, rauchten und mich anstarrten. Auf einer Bank lag ein Obdachloser, der seinen Blick abwandte.

Ich ging weiter.

Angst hatte ich keine.

Und doch fühlte ich, als ich an dem Stromkasten mit dem Graffiti vorbeiging, dass etwas nicht stimmte. Dunkle Schatten ballten sich am Rand meines Gesichtsfeldes zusammen und verwandelten sich in vier Gestalten, die auf mich zukamen. Es waren die vier Männer vom Morgen. Sie schienen hinter dem Mauervorsprung auf mich gewartet zu haben. Die Kapuzen an den schwarzen Umhängen fielen ihnen weit ins Gesicht hinab. Ich ging langsamer, zögerte, schließlich musste ich ganz anhalten.

Nur mein Puls beschleunigte sich.

Die Männer versperrten mir den Weg. Es war Rabenmann, ihr Anführer, der das Kinn reckte und sagte: „Hey, du bist doch Ruby Fuchs."

Breitbeinig stand er da, die Arme vor der Brust verschränkt, und grinste wie jemand, der Überlegenheit demonstrieren wollte. In seinem Blick lagen die Grausamkeit eines hungrigen Tieres und das Verlangen, mich zu treten. Die anderen drei positionierten sich hinter ihm.

Meine Muskulatur spannte sich an. Adrenalin schoss durch meinen Körper, und ich ballte die Hand in der Jackentasche zur Faust.

„Ja, das ist sie", sagte der Rabenmann. „Das ist Ruby Fuchs." Sein Atem dampfte vor seinem Gesicht. Dann drehte er sich zu den anderen um und sagte etwas, das klang wie: „Sisisi, Seladämo."

War das Französisch?

„Verpisst euch", sagte ich ruhig, doch mein Herz klopfte schnell.

„Rufst du sonst die Polizei oder was?", fragte Rabenmann und grinste. Auch der stämmige Typ neben ihm begann zu grinsen, er trug einen Vollbart und sah aus, als lebte er seit Monaten im Wald. Ich konnte jedes einzelne Barthaar an seinem Hals erkennen, außerdem die pochende Stelle, unter der seine Aorta lag. Dorthin musste ich treffen. Das Adrenalin versetzte mich in jenen Zustand, in dem ich hellwach war, überwach, in dem mein Körper in einen Modus umschaltete, in dem ich Angst vor mir selbst bekam. Ich checkte die beiden anderen ab: Der kleine, hagere Typ hatte ein vernarbtes Gesicht, die Pubertätsakne schien bei ihm schlimmer als der zweite Weltkrieg gewütet zu haben. Doch wenigstens grinste er nicht. Sein Gesichtsausdruck war ebenso hart wie sein Blick, mit dem er mich geringschätzig musterte. Der letzte Typ schien jünger zu sein als die anderen. Da sein Gesicht von der Kapuze fast vollständig bedeckt war, erkannte ich nur ein Stück Kinn, auf dem noch kein Bartwuchs zu sehen war.

„Verpisst euch", sagte ich wieder. „Wäre besser für euch Clowns. Fasching ist erst in ein paar Wochen."

Rabenmanns Grinsen fror ein.

„Deine Idee war übrigens gar nicht so schlecht", sagte ich zu Rabenmann. „Ich rufe jetzt die Polizei." Dann zog ich das Handy aus meiner Tasche und hielt es ans Ohr. Dabei winkelte ich den Ellenbogen so an, dass ich mich gegen den ersten Schlag verteidigen konnte, mit dem ich jeden Moment rechnete.

Doch dann geschah etwas, mit dem ich nicht gerechnet hatte.

„Nur keine Panik", sagte Rabenmann. „Wir wollen ja nur vorbei."

Rabenmann, Waldschrat und Pockennarbe gingen mit einem Abstand von über einem Meter an mir vorüber. Dabei grölten sie wie Betrunkene und riefen erneut diese Worte, die klangen wie: „Sisisi, Seladämo."

Waren sie wirklich nur Betrunkene?

Doch der Jüngste filmte das Ganze mit seinem Smartphone.

„Idioten", sagte ich und hielt meinen Arm nach oben, um der Kamera nicht ungeschützt ausgeliefert zu sein. Doch dann stutzte ich. Im Vorübergehen erkannte ich das Gesicht des vierten und jüngsten Mannes ganz deutlich. Das Licht einer Laterne fiel darauf. Ich sah, dass es gar kein Mann war, sondern ein Mädchen. Sie hatte sich die Augenbrauen im unteren Drittel abrasiert. Kleine, feine, rote Linien überkreuzten sich dort, so als hätte sie sich erst kürzlich mit einer Rasierklinge geritzt. Darüber schimmerten Metallringe, Piercings und entzündete Einstichlöcher. Das Mädchen wirkte teilnahmslos; als ich vorüberging trat sie zur Seite, als hätte sie mit der ganzen Sache nichts zu tun.

„Was geht hier vor?“, schrie plötzlich jemand durch den Park.

Ich blickte auf. Es war Madame de Rochat, die den Weg entlanggerannt kam. Ihr Atem ging schnell, als sie stehen blieb und auf Französisch auf die Männer einzureden begann. Es war ein hartes Französisch, das nicht mehr nach raffinierter Verführung klang, sondern einfach nur nach Wut. Ich verstand kein Wort. Nur der letzte Ausdruck kam mir irgendwie bekannt vor: „Casse-toi!“

„Casse-toi!“, schrie sie dem Rabenmann noch einmal ins Gesicht.

Verpiss dich!

Tatsächlich verschwanden die vier Gestalten in Richtung Altstadt.

„Es tut mir sehr leid“, sagte Madame de Rochat immer noch schwer atmend. „Wirklich. Je suis vraiment désolée.“ Wir standen uns gegenüber. In dem Dämmerlicht wirkte sie jünger als am Morgen, ihre Augen waren zwei große, dunkle Spiegel. „Genau das hätte nicht passieren sollen“, flüsterte sie.

„Waren das welche aus der Bewegung?“, fragte ich. „Die sogenannten *Kinder der Nacht*?“

Für einen Moment umspielte ein Lächeln ihre Mundwinkel, als sie antwortete: „Richtig. Wie ich sehe, haben sie die *Nocturna* gelesen.“ Dann schluckte sie und fuhr mit sorgenvoller Miene fort: „Die *Nocturna* prophezeit ja das Aufkommen einer neuen Bewegung. Und ja, diese Bewegung hat Nostradamus die *Kinder der Nacht* genannt.“

„Was ist das genau für eine Bewegung? Eine Sekte?“

Sie machte einen Schritt auf mich zu, automatisch trat ich einen zurück.

„Ursprünglich waren wir nur eine kleine Gruppe von Schriftgelehrten“, sagte sie. „Wir trafen uns, um über die *Nocturna* zu diskutieren, mehr nicht. Vom Selbstverständnis her sind wir keine Sekte, wenn dann eher eine Geheimgesellschaft.“

„Eine Geheimgesellschaft“, wiederholte ich.

Gemeinsam setzten wir den Weg fort.

„Doch als die *Nocturna* dann online ging“, sagte Madame de Rochat, „wuchs die Bewegung. Immer mehr Leute interessierten sich für die Schrift, vor allem junge Leute, Studenten.“

Der Boden, auf dem wir gingen, war gefroren. Wir erreichten die Schnellstraße. Die Fußgängerampel sprang gerade auf Rot.

„Auf der Seite der *Nocturna* im Internet können Sie sich selbst ein Bild machen“, sagte sie, während wir warteten. Dann zog sie eine Visitenkarte aus ihrer Tasche und fügte hinzu: „Das Passwort lautet *Nocturna2020*.“

Ein Lastwagen bretterte vorbei.

„Die Lehre der *Nocturna* verherrlicht keine Gewalt“, sprach Madame de Rochat gegen den Straßenlärm an. Beinahe schrie sie. „Aber als die Bewegung wuchs, haben sich ein paar Extremisten herausgebildet, die nun zu einem echten Problem geworden sind.“ Sie schüttelte ungläubig den Kopf und fügte hinzu: „So muss es sein. Das ist die einzige Erklärung.“

Ich sah sie an. War diese Frau doch nicht verrückt?

„Sie glauben also, dass jemand von diesen Extremisten Professor Adlerstamm ermorden könnte?“, fragte ich.

„Das wäre die einzige Erklärung“, sagte sie und nickte.

Die Ampel sprang auf Grün. Gemeinsam überquerten wir die Straße und bogen in eine ruhige Seitenstraße ein, die in Richtung Nordstadt führte. Der Straßenlärm verhallte, nur noch das dumpfe Tackern unserer Schritte auf dem Gehsteig war zu hören.

„Aber Sie selbst gehören doch auch zu dieser Bewegung?“, fragte ich schließlich. „Oder zu dieser Geheimgesellschaft oder wie immer Sie das nennen wollen.“

Madame de Rochat nickte.

Ich sah sie an und stellte die nächste Frage: „Und Sie glauben doch auch an die Visionen, die Nostradamus in der *Nocturna* niedergeschrieben hat, oder?“

Sie nickte wieder, diesmal aber zögerlicher als zuvor.

„Sehen Sie“, fügte ich hinzu. „Das verstehe ich nicht. Dann glauben Sie doch auch, dass Professor Adlerstamm ein Feind des Erlösers ist. Also müssten Sie doch auch wollen, dass der Arzt stirbt.“

Ihre Schritte verlangsamten sich. Sie wich meinem Blick aus, als sie sagte: „Ich bin gegen Gewalt. In jeglicher Form. Bisher sind Dinge geschehen, die ich mir nicht erklären kann. Aber sie legen den Schluss nahe, dass noch mehr Unheil geschieht.“

Ich zog mein Handy hervor und las die Uhrzeit ab. Es war 18:24 Uhr.

„Bitte“, sagte Madame de Rochat und legte mir für einen Moment ihre Hand auf den Arm. „Sprechen Sie mit Professor Adlerstamm. Parlez avec lui, s’il vous plaît. Ihnen wird er glauben. Wir müssen es versuchen. Das ist die einzige Chance.“

Ich blickte suchend zu dem Parkplatz hinüber, ob meine Mandantin im Fall „Frühlingserwachen“ schon wartete.

„Dreitausend Euro“, sagte Madame de Rochat plötzlich.

„Nur dafür, dass ich mit ihm spreche?“, fragte ich. Dann spähte ich in die andere Richtung, konnte sie aber nirgends entdecken.

„Fünftausend“, sagte Madame de Rochat.

„Okay“, sagte ich schließlich. „Ich werde das mit meinem Kollegen John Bentwood besprechen.“

Wir standen im Schatten eines Gebäudes, in dem ihre roten Haare dunkel wirkten, beinahe schwarz, als sie hinzufügte: „Aber Sie wissen ja. Übermorgen ist Epiphanias, das Fest der Erscheinung des Herrn. Wir nennen es den Dreikönigstag“, sagte sie und blickte sich um, als könnte uns jemand gefolgt sein. Dann fuhr sie mit plötzlich veränderter Stimme fort, die nun wieder klang, als spräche sie von einer Bühne herab: „Und in der *Nocturna* steht geschrieben: Noch bevor der Tag der Könige geht ins Land, muss er sterben, der Adler im weißen Gewand.“

6.

„Aber warum haben die dich fotografiert?“, fragte Sam und schob seinen leeren Teller beiseite. „Das verstehe ich nicht.“

Es war kurz nach 21 Uhr. Wir hatten uns die Reste der Pizza vom Vortag warmgemacht und einen Salat dazu. Beim Essen hatte ich so viel geredet, dass das letzte Stück Pizza auf meinem Teller kalt geworden war. Sam schenkte mir seine Aufmerksamkeit, außerdem einen liebevollen Blick; ich war froh, dass er heute Nacht bei mir bleiben würde.

„Keine Ahnung“, sagte ich. „Aber es kam mir vor wie eine Drohung, eine Art Machtdemonstration.“

Sam nahm sein Weinglas und schwenkte es herum. Beide beobachteten wir die Schlieren, die wie unsichtbare Narben an der Innenseite herabliefen.

„Im Sinn von: Wir haben jetzt dein Foto, deshalb haben wir auch Kontrolle über dich“, versuchte ich eine Erklärung, die mich selbst nicht ganz überzeugte.

„Aber warum drohen die dir überhaupt“, fragte Sam. „Die sind doch vom gleichen Verein wie diese Madame de Rochat, habe ich das schon richtig verstanden?“

Ich kaute auf einem Stück Rinde herum und dachte nach. Dann sagte ich: „Die scheinen intern massiv Probleme zu haben. Madame de Rochat will nicht, dass noch mehr Leute sterben, aber die Jugendlichen sehen das wohl nicht so eng.“

„Wie alt sind die genau?“, fragte Sam.

„Also das Mädchen war höchstens vierzehn, schätze ich. Die Jungs so um die zwanzig."

„Also wirklich noch Kinder." Sam fuhr sich durch die Haare, dann sah er mich aus seinen Meeraugen an und sagte: „Irgendwie habe ich kein gutes Gefühl bei der Sache. Du hast doch mal gesagt, du machst nur noch so einfache Überwachungssachen. Das fand ich eigentlich einen ganz guten Plan."

„Apropos", sagte ich: „Der Fall Frühlingserwachen ist abgeschlossen."

„Ich hoffe, erfolgreich", sagte Sam und lachte.

„Der Frühling ist zumindest erwacht", erwiderte ich und lachte ebenfalls.

Als wir das Geschirr wegräumten, alberten wir noch etwas herum, so als wollten wir uns damit beweisen, dass alles in Ordnung war. Doch dann setzte ich mich mit meinem Laptop auf das Bett und tippte die Internetadresse ein, die mir Madame de Rochat gegeben hatte.

Unter *www.nocturna.ch* öffnete sich ein Bild. Es war das Foto einer alten Handschrift, die wie ein erstarrter Fluss wirkte; die Buchstaben drängten sich steil aneinander, zerrissen und doch mit einzelnen, weit ausschweifenden Bögen, in denen etwas darauf zu lauern schien, dass jemand die Schrift wieder zum Leben erweckte.

„Ist das die Seite?", frage Sam und setzte sich neben mich.

„Komisch."

„Was?" Er rückte näher an mich heran.

Ich glitt mit der Maus über das Foto, doch nichts passierte. Es schien keinen Navigationsbereich zu geben, nicht mal ein Menü, das sich öffnete. Die Website schien nur aus diesem Standbild zu bestehen.

„Ich sehe nichts“, sagte Sam.

„Ich auch nicht“, entgegnete ich. „Das ist es ja.“

Und dann geschah doch etwas: Das Foto wurde dunkler. Zuerst glaubte ich, der Ruhemodus des Bildschirms habe bereits eingesetzt, doch plötzlich erschien ein rotes Dreieck mit einem schwarzen Ausrufezeichen. Darunter stand: *Warnhinweis.* Das Dreieck verschwand wieder und die Seite wurde immer dunkler, bis sie vollkommen schwarz war.

„Abgestürzt?“, fragte Sam.

Ich drückte auf ein paar Tasten. Nichts. Der Bildschirm sah aus wie tot. Gerade als ich die Seite schließen wollte, begann etwas zu leuchten: Es waren drei Linien, die immer heller wurden, immer klarer, bis sie sich als geschriebene Zeilen entpuppten, die sich weiter aus der Dunkelheit schälten. Am Ende stand da blendend hell zu lesen:

Diese Schrift hat auch mich durch ihr helles Licht angelockt.
Doch Achtung!
Dieses Buch enthält Visionen über die dunkelsten Kapitel der Menschheit.
Ich habe euch gewarnt, doch ihr seid ebenso tapfer wie ich.

Von einer Sekunde auf die nächste verschwand der Text. Ein Kästchen erschien, in das man ein Passwort eingeben musste.

Nocturna2020, tippte ich.

Erst jetzt öffnete sich eine klassische Website mit einem Menü, das aus fünf Kategorien bestand. Sie hießen: *Die Schrift*, *Nostradamus*, *Die Übersetzerin*, *Die Bewegung* und *Das Forum*. Das Ganze machte einen professionellen Eindruck, so als hätte jemand viel Geld und Zeit hineingesteckt.

Sam schob seine Hand unter mein T-Shirt.

Ich klickte auf Die *Schrift*. Die *Nocturna* war hier im Original hochauflösend eingescannt worden, außerdem gab es eine Transkription und eine Übersetzung ins Deutsche, beides stammte von Madame de Rochat. Zudem hatte sie den Text mit Fußnoten, alternativen Lesarten und Kommentaren versehen, die dem Standard einer wissenschaftlichen Edition entsprachen. Insgesamt war die *Nocturna* kürzer, als ich sie mir vorgestellt hatte. Die ganze Schrift bestand nur aus achtzehn Seiten.

„Gab's diesen Nostradamus eigentlich wirklich?", fragte Sam.

„Ein bisschen höher, bitte, ja, genau da", sagte ich. Und dann: „Sag bloß, du hast noch nie von Nostradamus gehört."

Ich klickte auf *Nostradamus*. Während Sam seinen Daumen in die Mulde unter meinem Schulterblatt drückte und versuchte, meine verhärtete Muskulatur zu lockern, las ich vor, was da über den Propheten stand: Nostradamus wurde am 14. Dezember 1503 als Michel de Nostredame in Saint-Rémy-de-Provence geboren, das war eine Stadt in der Provence in Frankreich. Der Name Nostradamus war eine latinisierte Version seines französischen Nachnamens Nostredame. Auf

Französisch bedeutete sein Geburtsname „Unsere Dame" oder „Dunkle Dame". Auf Latein kam eine andere Bedeutung hinzu: Denn Nostradamus bedeutete zugleich „unsere Strafe". Das sei auch der Grund, stand auf der Seite geschrieben, weshalb Nostradamus sich für die latinisierte Version seines Nachnamens entschieden habe. Denn das, was Nostradamus vorhergesagt habe, sei eine von Gott gesandte Strafe für die Menschheit.

„Oh Mann", sagte Sam.

„Ja, da, bitte noch mal."

Nostradamus sei gelernter Apotheker gewesen, fuhr ich fort zu berichten, er habe später aber vor allem als Arzt und Sternenfreund gearbeitet.

„Sternenfreund?"

„Früher waren die Sterne noch seriöse Erkenntnisinstrumente", sagte ich, während ich den Rest des Textes überflog. „Nostradamus bezog wohl einen Großteil seines Einkommens aus der Sterndeutung, er erstellte Horoskope und Prognosen."

Sams Hand wanderte meine Wirbelsäule hinab.

Nostradamus sei nicht reich geboren worden, sagte ich, aber die Ehe mit einer vermögenden Frau habe ihm schließlich das Schreiben ermöglicht. Erst mit fünfzig habe er mit der Niederschrift seiner berühmten prophetischen Gedichte begonnen, den sogenannten *Centurien*. „Dabei handelt es sich um gedichtartige Vierzeiler, von denen er insgesamt hundert Stück schrieb. Daher tragen diese berühmten Strophen auch den Titel *Centurien*, also von *cent* Lateinisch gleich *hundert*. Nostradamus starb bereits mit 62 Jahren in der

Nacht vom ersten auf den zweiten Juli 1566 an einem Herzinfarkt." Er sei exakt den Tod gestorben, den er sich selbst prophezeit habe.

„Et voilà", sagte ich, nachdem ich in der Rubrik *Die Übersetzerin* ein Foto geöffnet hatte: „Das ist Madame de Rochat."

Sams Hand bewegte sich nicht mehr.

„Wow", sagte er schließlich. „Tolle Frau." Dann fügte er hinzu: „Aber irgendwie auch künstlich."

Madame de Rochat wirkte auf diesem Foto tatsächlich wie das Geschöpf eines Malers des Fin de Siècles; die Haare glänzten rot, das Gesicht war perfekt symmetrisch, der Mund war eine geöffnete Frucht, und die Augen strahlten wie zwei Smaragde. Allein das Foto machte klar, dass es sich hier um mehr als um eine bloße Übersetzerin handelte. In dem dazugehörigen Text berichtete sie dann auch, wie sie bereits als Kind von Visionen heimgesucht worden sei. Deshalb habe sie sich schon früh dem Studium der prophetischen Schriften gewidmet. Madame de Rochat sei 1979 als Nathalie Rochat in Clichy-sous-Bois geboren worden, stand da. Aus ärmlichen Verhältnissen stammend habe sie es später trotzdem über Stipendien auf die besten Universitäten von Frankreich geschafft, unter anderem auf die *École Normale Supérieure* in Paris. Dort habe sie 2005 eine Doktorarbeit über Nostradamus' *Centurien* begonnen; bei ihren Recherchen sei sie in einem Tagebuch von Nostradamus auf einen Hinweis auf die Existenz einer bisher unveröffentlichten Schrift gestoßen, der sogenannten *Nocturna*.

Sams Hand bewegte sich wieder, doch sein Blick war immer noch starr auf Madame de Rochat gerichtet.

Der Gedanke an diese geheime Schrift habe sie nicht mehr losgelassen, schrieb Madame de Rochat. Tatsächlich habe sie das verschollene Manuskript 2007 in einem Keller in Lyon gefunden. Voller Stolz und Naivität habe sie die ersten Seiten des Manuskripts ihrer Universität vorgelegt. Doch daraufhin sei der „Schock“ erfolgt, wie Madame de Rochat es nannte: Ohne Angabe von Gründen sei Madame de Rochat einfach exmatrikuliert worden. Die Originalseiten habe sie nie mehr zurückbekommen. Eine Zeitlang habe sie noch „gegen die kriminelle Vereinigung der politischen und kulturellen Elite in unserem Land“ angekämpft, schrieb sie, „einer Elite, die aus bloßem Eigeninteresse darüber entschied, welche Informationen sie der Öffentlichkeit zukommen lässt und welche nicht.“ Doch gegen diesen „geheimen, mächtigen Apparat“ habe sie letztlich keine Chance gehabt, schrieb sie weiter, vor allem, weil man sie „finanziell“ habe „ausbluten“ lassen, indem man ihr keine Stelle und keine Stipendien mehr gegeben habe. Schwer enttäuscht habe Madame de Rochat daraufhin der Universität den Rücken zugekehrt und als Pressesprecherin für ein großes Unternehmen in der Schweiz zu arbeiten begonnen.

„Glaubst du, das stimmt?“, fragte Sam. „Würde der Staat so eine Schrift wirklich verschwinden lassen?“

Ich las weiter.

Madame de Rochat sei froh, dass sie bei der Universität nur die ersten drei Originalseiten der

Nocturna eingereicht habe. Denn so sei sie immer noch in Besitz der anderen fünfzehn Seiten gewesen, die sie nach langen Verhandlungen schließlich der renommierten Nostradamus-Gesellschaft überlassen habe. Die Nostradamus-Gesellschaft habe unter der Leitung von Professor Didier auch die Echtheit des Manuskripts aus dem 16. Jahrhundert bestätigt.

Sam gähnte. „Es ist gleich elf", sagte er, legte sich auf den Rücken und meinte: „Mach dann mal Schluss."

„Gleich", entgegnete ich und las weiter.

2014 habe sich Madame de Rochat dann entschieden, die *Nocturna* auf eigene Faust im Internet zu veröffentlichen, und zwar auf der Grundlage der Fotos vom Original, die sie habe anfertigen lassen.

Ich klickte wieder zurück zur *Nocturna*. Die Prophezeiung bestehe aus sechs Kapiteln, schrieb Madame de Rochat, wobei die sechs Kapitel exakt den sechs Jahrhunderten entsprächen, um die es darin gehe: Das erste Kapitel behandle das 16. Jahrhundert, in dem Nostradamus noch selbst gelebt habe, das zweite das 17. Jahrhundert, das dritte das 18. Jahrhundert und so weiter. Das sechste und letzte Kapitel der *Nocturna* beschäftige sich also mit dem 21. Jahrhundert, zumindest mit einem kurzen Teil davon, denn Nostradamus habe in der *Nocturna* den Weltuntergang für das Jahr 2020 vorhergesehen.

„Das ist nicht mehr lang", sagte Sam und grinste. „Wir sollten unsere Zeit besser nutzen", fügte er hinzu und streckte die Hand nach mir aus.

Ich lachte. „Einen Moment noch", erwiderte ich.

Denn ich war auf ein Video gestoßen. Nachdem ich auf *Play* geklickt hatte, erschienen zunächst ein Porträt von Nostradamus, danach eine Zeichnung der Stadt Lyon und schließlich ein Foto der Handschrift der *Nocturna*. Der Film war eine bloße Aneinanderreihung von Bildern, die etwa alle drei Sekunden wechselten: Bilder von brennenden Städten, von Kriegen, von sterbenden Kindern und von Umweltkatastrophen. Dazu erklang die dunkle, raue Stimme von Madame de Rochat aus dem Off, die sagte:

„Alles, was Nostradamus in der *Nocturna* vorhergesagt hat, ist genau so eingetroffen. Das längste und dunkelste Kapitel ist das fünfte, in dem Nostradamus die Katastrophen des 20. Jahrhunderts vorhersah. Nostradamus war ein gläubiger Christ; für ihn bedeuteten die Massenmorde und Kriege des 20. Jahrhunderts auch die Zerstörung des Bundes zwischen Gott und den Menschen. Vor diesem Hintergrund erklärt sich, weshalb Nostradamus den von Gott abgefallenen Menschen des 21. Jahrhunderts als ‚tot' bezeichnete. Nostradamus kannte zwar noch nicht unsere Begriffe, aber das, was er als ‚Zwischenreich' und als ‚Welten Simulacurum' beschrieben hatte, entspricht exakt dem, was wir heute mit der Digitalisierung erleben."

Das Video endete mit Bildern, auf denen Menschen mit grauen Gesichtern vor Computern saßen oder in ihre Smartphones starrten. Danach wurde der Text der *Nocturna* Strophe für Strophe eingeblendet, und Madame de Rochat begann, die Schrift vorzulesen.

Ich legte mich neben Sam.

Während Madame de Rochats dunkle, melodiöse Stimme aus dem Lautsprecher drang und die Katastrophen der Geschichte aufzählte, schliefen wir miteinander. Beim großen Brand von London aus dem Jahr 1666 beugte ich mich über Sam und küsste ihn, beim Untergang der Galeone *Santissimo Sacramento* im Jahr 1868 strich ich ihm das verschwitzte Haar aus der Stirn. Das portugiesische Schiff war, genauso wie Nostradamus es vorhergesagt hatte, aufgrund eines Navigationsfehlers der Lotsen auf ein Riff gelaufen.

Bei der Spanischen Grippe, die zwischen 1918 und 1920 fünfzig Millionen Todesopfer gefordert hatte, war mir Sam so nahe, dass ich ein Staubkorn erkannte, das über seine Iris schwamm. Und dann, endlich, nach den Katastrophen des 20. Jahrhunderts lagen wir erschöpft nebeneinander, Hand in Hand, und starrten in den Himmel, der sich verfinstert hatte. Das Dachfenster war ein schwarzes Rechteck geworden, auf dem der Schnee dreckige Schlieren hinterlassen hatte.

7.

Am nächsten Morgen, es war Samstag, der 5. Januar, betrat ich um kurz nach neun das *Café Central.* John war schon da. Er saß an einem runden Marmortisch vorne an der Fensterfront und blickte versonnen auf den Platz hinaus. Auf seinem Tisch standen eine Tasse Kaffee und ein Glas frisch gepresster Orangensaft. Etwas stimmte nicht mit ihm. Ich weiß nicht genau, an was es lag, vielleicht an der Art, wie er seine Hände hielt, oder an dem Orangensaft, den er sonst nie trank, doch ich wusste es sofort: Etwas war anders an diesem Samstagmorgen.

„Geht's dir gut?", fragte ich zur Begrüßung.

„Ruby", sagte er und umarmte mich. Dann platzte er auch schon damit heraus: „Stell dir vor: Ich habe jemanden kennengelernt."

„Kennengelernt?", wiederholte ich misstrauisch. „Und wen?"

„Eine Frau", bestätigte er meine Ahnung. „Sie heißt Laura."

Ich schälte mich aus den Winterklamotten und setzte mich.

Johns Augen glänzten, seine Wangen glühten und auf seinen Lippen lag ein kindliches Lächeln, das den ansonsten unterkühlten Spross aus adligem Hause geradezu debil wirken ließ. Es kam nicht oft vor, dass John von einer Frau erzählte, und schon gar nicht derart ausschweifend: „Sie war auch auf der Veranstaltung gestern, du weißt schon, für die Schulabgänger, die nicht wissen, was sie machen sollen. Der Vortrag lief übrigens echt gut. Ich dachte schon, oh Gott, das sind sicher bloß so Null-Bock-Kids, aber nein, die waren alle total interessiert", sprudelte es aus ihm hervor. „Also danach stand man noch etwas zusammen, ich wollte mir am Buffet was holen, ging einmal um den Tisch herum, und was soll ich sagen, ich kam von rechts, sie kam von links – und es machte Rums."

„Rums", wiederholte ich ungläubig.

Verliebtheit war ein Zustand, von dem ich angenommen hatte, dass er Johns Natur zuwiderlief. Als echter englischer Adliger hatte er mir bisher immer Vorträge gehalten, dass Liebe allgemein überschätzt werde und letztlich nur die Vernunftehe Bestand habe, die von den Eltern oder der Dorfgemeinschaft arrangiert wurde.

„Diese Frau ist etwas ganz Besonderes“, sagte John, nahm einen Schluck von seinem Orangensaft und verzog das Gesicht. „Pah, ist das sauer“, sagte er, und begann sogleich, die Geschichte von Neuem zu erzählen: „Wir sind am Buffet zusammengestoßen! Ich meine, das muss man sich mal vorstellen! Am Buffet!“ Er lachte. „Das war ein riesiger Tisch, ich ging einmal herum, den Blick auf das Essen gerichtet, und was soll ich sagen, ich kam von rechts, sie kam von links und es machte …“

„Rums“, sagte ich. „Den Teil habe ich verstanden.“

Ich bestellte mir eine Latte Macchiato und eine Butterbrezel.

John nieste. „Sie heißt Laura“, begann er wieder.

„Das hast du auch schon gesagt.“

„Sie ist Schweizerin“, sagte er und nieste erneut.

„Erinnere mich nicht an die Schweiz“, entgegnete ich trocken.

„Laura hat gesagt, sie kommt mich in Ravensburg besuchen. Sie hat hier in nächster Zeit ohnehin zu tun.“

„Praktisch.“

John sah mich an. „Sag mal, ist alles in Ordnung mit dir?“, fragte er nun.

„Ich bin gestern Abend fast zusammengeschlagen worden“, antwortete ich. „Aber sonst geht’s mir prima, danke.“

„Wie, zusammengeschlagen?“ John riss die Augen auf. „Von wem?“

„Die nennen sich *Die Kinder der Nacht*.“

„Von Kindern?“

„Danke“, sagte ich zu dem Ober, der meinen Kaffee und die Brezel brachte. Während ich den Milchschaum von meiner Latte löffelte, fügte ich hinzu: „Nein, die Gruppe nennt sich so. Die Geschichte hat mit dieser Mandantin aus Lausanne zu tun. Erinnerst du dich an Madame de Rochat? Trotz Rums?“

John nickte. Das Morgenlicht fiel ihm unerbittlich ins Gesicht. Er sah schlecht aus, fand ich, beinahe fiebrig. Während ich ihm von der *Nocturna* erzählte, von diesen vier Gestalten in Umhängen und von Madame de Rochats Auftrag, durchsuchte John seine Jacke. Schließlich zog er ein Taschentuch hervor und fragte: „Und wir sollen jetzt einfach nur mit diesem Adlerstamm reden?“

„Genau“, bestätigte ich.

„Hast du die Spinner mal gecheckt?“, fragte er und schnäuzte sich die Nase.

„Dem Verfassungsschutz sind die bisher nicht bekannt“, antwortete ich und biss in meine Butterbrezel. Nachdem ich gekaut und geschluckt hatte, fügte ich hinzu: „Auch bei der Polizei liegen keine Anzeigen vor, zumindest nicht in Deutschland.“ Ich biss noch einmal von der Brezel ab, kaute, schluckte,

sagte: „Gestern Abend habe ich noch eine Auskunftsanfrage nach
Frankreich geschickt, aber du weißt ja selber, wie lange das dauert.“

Beide blickten wir durch die hohe Fensterfront auf den Marienplatz hinaus. Die Menschen trugen Körbe und Stofftaschen durch den grauen, kalten Morgen. Samstagmorgen war Markttag in Ravensburg, und die Altstadt füllte sich langsam.

Johns Handy lag auf dem kleinen, runden Marmortisch. Es vibrierte. Das Display zeigte den Eingang einer Nachricht an, die er sofort hektisch öffnete und beantwortete.

„Okay“, sagte er dann und tat, als ob nichts geschehen sei. Doch sein Grinsen verriet ihn. „Diese Sekte glaubt also …“

„Nicht Sekte“, warf ich ein. „Bewegung, nennen die sich. Oder Geheimgesellschaft.“

John verdrehte die Augen. „Ist doch egal“, sagte er dann. „Also die finden das Leben heutzutage irgendwie schlecht und finden es deshalb gut, wenn alle sterben und sie dann was Neues aufbauen können. Hab ich das jetzt richtig verstanden?“

Ich zuckte mit den Achseln. „Im Prinzip schon. Nostradamus glaubte, dass die Menschen der Zukunft, also du und ich, gar keine richtigen Menschen mehr seien, sondern nur noch eine bloße Simulation davon.“

„Warum das denn?“, fragte John und zog beide Augenbrauen nach oben.

Ich schob ihm mein Smartphone über den Tisch und sagte: „Hier, lies mal. So fängt das an.“

Der Mensch ist tot. Sein Mund bleibt stumm.
Der Antichrist, er dreht es um:
und schafft ein Welten Simulacurum,
wo Unerlöste geh'n im Kreis herum.

„Unerlöste?", fragte John und legte die Stirn in Falten. Doch in diesem Augenblick vibrierte sein Handy abermals. Johns Gesichtsausdruck hellte sich schlagartig auf. Er las die eingegangene Nachricht, grinste und hielt mir nun sein Smartphone hin.

„Hier, lies du mal", sagte er strahlend. „Von Laura."

Ich freue mich auf dich, stand da. Und dann, darunter: *Ich glaub ich habe mich echt verliebt!* Ihren Gefühlen gab sie Ausdruck mit einem Stern, einem Regenbogen, einem Herzen und einem errötenden Smiley.

„Geht das nicht etwas schnell?", gab ich zu bedenken.

„Laura studiert übrigens Pharmazie", sagte John und tippte eine Antwort in sein Smartphone.

„Pharmazie?", wiederholte ich nachdenklich. „Dann frag sie doch mal, ob sie es für realistisch hält, dass heutzutage noch mal eine Epidemie von der Größenordnung der Pest ausbrechen könnte", sagte ich. Als ich wieder Johns Aufmerksamkeit hatte, fügte ich hinzu: „Nostradamus prophezeite eine Neue Pest, halb Vogel, halb Schwein."

John nieste, schnäuzte sich und sagte: „Fuck, ich glaub, mich hat's erwischt." Er trank seinen Orangensaft leer. „Und was soll das mit dem Schwein?", fragte er dann.

Wir zahlten.

„Madame de Rochat bezieht diese Stelle auf die Vorhersage eines neuen, tödlichen Virentyps“, sagte ich schließlich, trank meinen Kaffee leer und blickte John forschend ins Gesicht. Er sah wirklich nicht gut aus. „Dieser Todesvirus entsteht aus der Kreuzung zweier Virentypen, also Schweinegrippe und Vogelgrippe. Vor allem die Schweinegrippe mit dem Virustyp H1N1 ist wohl hoch ansteckend. 2008 hat die Weltgesundheitsorganisation deshalb schon einmal die höchste Pandemiestufe ausgerufen. Damals starben wohl Tausende von Menschen, doch irgendwie bekam man das in den Griff. Wenn sich H1N1 nun aber kreuzt, dann gute Nacht um sechs.“

„Und was machen wir jetzt?“, fragte John.

„Ich werde mit Professor Adlerstamm sprechen“, sagte ich. „Heute noch.“

„Soll ich mitkommen?“

„Nein“, antwortete ich. „Du hast heute Abend noch den Krachler-Auftrag, vergiss das nicht. Ich habe Frau Krachler zugesagt. Sie verlässt sich auf uns.“

„Stimmt.“

John checkte abermals sein Handy.

Anton Krachler würde an diesem Abend in Ravensburg übernachten. Seine Frau hatte die Reservierungsbestätigung vom *Gasthof Engel* gefunden, wo ihr Mann online gebucht hatte. Blöd war nur, dass er ihr erzählt hatte, er werde zu seiner Schwester nach Stuttgart fahren. Warum also die Geheimniskrämerei? Der Auftrag war nicht schwer. Wir mussten nur herausfinden, was Anton Krachler in Ravensburg machte.

„Das ist sie übrigens“, sagte John und hielt mir sein Handy hin. „Laura. Das ist Laura.“

Ich starrte auf das Foto. Um mich herum begannen die Lichter des Kristallleuchters zu tanzen.

„Was ist los?“, fragte John.

Ich starrte auf das Bild. Laura hatte kurze, blonde Haare, ein edles Gesicht und wirkte mädchenhaft zart, beinahe schwindsüchtig. Doch das blieb eine Vermutung, denn ihre Figur steckte unter einem langen, schwarzen Umhang.

„Dieser Umhang“, brachte ich mühsam hervor.

„Ja und?“

„Die Kinder der Nacht tragen auch solche Umhänge.“

„Ja und?“ John schnäuzte sich wieder. „Viele Menschen tragen solche Umhänge.“

„Diese Veranstaltung gestern“, fuhr ich fort. „Die war doch für Schulabgänger. Warum war Laura dann dort? Die studiert doch Pharmazie, hast du gesagt.“

John sah mich mit fiebrig glänzenden Augen an. „Was willst du damit sagen?“, fragte er gereizt, hustete und krächzte: „Langsam mache ich mir echt Sorgen um dich, Ruby.“ Er schüttelte den Kopf. „Was willst du damit sagen?“, fragte er dann wieder, diesmal eine Spur aggressiver. „Laura gehört sicher nicht zu diesem Spinnerverein!“

8.

„Tut mir leid, Professor Adlerstamm ist momentan nicht zu sprechen“, sagte die Sprechstundenhilfe am Telefon. „Er gibt auch keine Interviews mehr“, fügte sie hinzu. „Bitte akzeptieren Sie das.“

Mit diesen Worten legte die Dame auf.

Es war jetzt kurz vor halb elf. John war nach unserem Frühstück direkt nach Hause gegangen. Er wollte sich kurz hinlegen und hoffte, dass es ihm danach besser ging. Ich war also wieder allein in der Detektei *Fuchs & Bentwood* und vor allem war ich – unruhig. Was sollte ich jetzt tun? Am Telefon hatte ich mich als „eine gute Bekannte“ ausgegeben, die Gunnar Adlerstamm dringend sprechen müsse. Das war offensichtlich die falsche Strategie gewesen. Wie es aussah, hatte die Sprechstundenhilfe mich für eine aufdringliche Journalistin gehalten.

Ich blieb am Fenster stehen und blickte hinab. Auf dem Marienplatz wuselten die Menschen wie die Ameisen hin und her. Nachdenklich ließ ich meinen Blick in Richtung der Marktstände schweifen.

Verdammt! Nicht schon wieder.

Da standen sie.

Gegenüber neben der Bushaltestelle standen Rabenmann, seine beiden Schergen und das Mädchen. Sie trugen wieder diese Umhänge. Die Menschen hielten instinktiv Abstand zu dem seltsamen Quartett.

Rabenmann starrte zu mir hoch. Instinktiv verspürte ich den Impuls, vom Fenster zurückzuweichen, doch dann blickte ich demonstrativ zurück. Ich winkte ihm sogar zu. Da zog er sein Smartphone aus dem Umhang und hielt es in meine Richtung. Ich griff ebenfalls nach meinem Smartphone, hielt es in seine Richtung und machte ein paar Fotos. Wütend packte er das Mädchen am Arm und schleifte sie mit sich fort; Waldschrat und Pockennarbe folgten den beiden.

Es war 10:36 Uhr.

Ich ging in die Küche. Das zerrissene Lächeln von George Clooney begrüßte mich, als ich die Milch aus dem Kühlschrank holte. Ich hatte das Foto mit einem Magneten an die Kühlschranktür geheftet. Während ich mir einen Kaffee machte, ging mir wieder dieser Todesvers durch den Kopf:

> Noch bevor der Tag der Könige geht ins Land
> muss auch der Adler im weißen Gewand
> sterben, der Kreusa und dem Otto gleich,
> sonst nimmt sich der Magier des Kindes Leich'.

Ich nahm meine Lieblingstasse aus dem Schrank, stellte sie unter die Kaffeemaschine und drückte auf Start. Dann lauschte ich auf das vertraute Mahlen der Maschine, auf ihr Rattern und Knattern. Der Kaffee tröpfelte nur langsam in die Tasse.

Kreusa und Otto?

Die Namen sagten mir nichts. Wahrscheinlich kamen Kreusa und Otto aus der Bibel. Doch mir fielen keine biblischen Figuren ein, die so hießen.

Ich trank den ersten Schluck noch im Stehen, den zweiten bereits an meinem Schreibtisch, während ich erneut die Seite der *Nocturna* aufrief. *Diese Schrift hat auch mich durch ihr helles Licht angelockt,* erschien wieder der Warnhinweis. *Doch Achtung! Dieses Buch enthält Visionen über die dunkelsten Kapitel der Menschheit. Ich habe euch gewarnt, doch ihr seid ebenso tapfer wie ich.*

Ich gab das Passwort ein und trank noch einen Schluck Kaffee. Dann klickte ich mich durch bis zum Kommentar zu Kapitel 6, Strophe 3.

Mit Kreusa kann hier nur Glauke gemeint sein, schrieb Madame de Rochat. *Glauke war die Tochter des Königs Kreon von Korinth. Denn Kreusa ist vor allem durch ihren spektakulären Tod bekannt geworden. Der altgriechische Dichter Euripides beschreibt in seiner Tragödie* Medea *ihr außergewöhnliches Sterben: Medea schickte ihrer Rivalin Kreusa ein mit Pflanzengift getränktes Hochzeitskleid, das ihre Haut so stark entzündete, dass sie verbrannte. Medea tat dies aus Rache. Das Gift war so wirksam, dass auch Kreon wenige Stunden nach seiner Tochter Kreusa starb, denn er war ihr zur Hilfe geeilt und hatte das Kleid berührt.*

Ein Giftmord also.

Ich blickte auf mein Handy. Es war 10:47 Uhr.

Im Unterschied zu Kreusa ist der Name Otto ein sehr häufiger Name, der vor allem für Herrscher vergeben wurde, las ich weiter. *Daher ist es schwierig, diese Stelle auf eine konkrete Person zu beziehen. Versteht man die Aufzählung von Kreusa und Otto allerdings als die Aufzählung von zwei bekannten Persönlichkeiten, die beide einen ähnlichen Tod gestorben sind, dann kommt hier meines Erachtens nur Kaiser Otto III. infrage, der von 980 bis 1002 lebte und 996 zum römisch-deutschen Kaiser gekrönt wurde. Denn auch Otto III. erhielt ein tödliches Geschenk: Als Rache für den Mord an Crescentius schickte ihm die Witwe über Dritte kostbare Handschuhe, die sie mit Arsen eingerieben hatte. So gelangte das Gift in Kaiser Ottos Haut und in seine Blutbahn. Er starb nach nur wenigen Tagen an Fieber und im Delirium.*

Ich nahm noch einen Schluck Kaffee.

Zwei Giftmorde.

In dieser Strophe prophezeit Nostradamus also, dass der „Heiler", der allerdings nicht die Absicht hat, das Kind zu heilen, sondern es zu töten, selbst getötet werden wird. Diesen wird dasselbe Schicksal ereilen wie einst die Braut Kreusa oder den Kaiser Otto III.: Er wird durch ein vergiftetes Geschenk sterben.

Ich stellte den Kaffee weg.

Plötzlich schmeckte er bitter.

Madame de Rochat schrieb: *Im Original steht an dieser Stelle nicht das französische Wort für Geschenk (cadeau), sondern Nostradamus benutzt hier den englischen Ausdruck (gift). Damit ist ihm ein Kunstgriff gelungen, der eine Botschaft an den „Adler im weißen Gewand" enthält: Ein Geschenk wird sich für den deutschen Magier als tödliches Gift erweisen.*

Ich schüttete den Rest Kaffee ins Spülbecken.

Um 10:54 Uhr zog ich meinen Mantel an und verließ die Detektei.

9.

Das St. Elisabethen-Klinikum lag im Norden der Stadt auf einer Anhöhe. Es war ein großflächiges Areal, auf dem riesige, moderne Gebäudewürfel dicht beieinanderstanden, in denen über 15 Kliniken mit insgesamt über 500 Betten untergebracht waren. Dazwischen gab es viel Grün, einen künstlich angelegten See, ein Café und eine Apotheke.

Rechts und links des Haupteingangs standen Leute, die rauchten.

Akademisches Lehrkrankenhaus der Universität Ulm, Brustkrebszentrum, las ich im Vorübergehen auf einem Schild. Die Eingangshalle war hell und freundlich, die Dame hinter der Information strahlte, Kinderzeichnungen lachten von der Wand, doch das alles konnte nicht darüber hinwegtäuschen, dass es hier nach Krankheit und Tod roch, selbst der Geruch von Desinfektionsmitteln und der Duft von frisch gebrühtem Kaffee vermochten das nicht.

Ich ging weiter.

Glastüren öffneten und schlossen sich, eine Frau im Bademantel kam mir mit einem Infusionsgerät entgegen, ich fuhr mit dem Aufzug nach oben und ging einen langen Gang entlang. An seinem Ende öffnete sich wieder eine Glastür: *Frauenklinik*, stand auf dem Schild, dem ich nun bis zur Anmeldung folgte.

„Ruby Fuchs", sagte ich. „Ich habe einen Termin bei Professor Adlerstamm."

Die Dame musterte mich mit strengem Blick, bevor sie meinen Namen in ihren Computer eintippte. Ihr Hals war lang und dünn, die Stimme spitz, als sie zurückfragte: „Fuchs?"

„Ich komme von der Universität Ulm", log ich. „Es geht um das Forschungsprojekt über Brustkrebs-Früherkennung. Wegen der beantragten Gelder.

Professor Adlerstamm wollte mich sprechen, er meinte, gegen halb zwölf wäre es ganz gut."

Die Dame rang sich ein Lächeln ab. „Tut mir leid", sagte sie. „Der Professor befindet sich gerade in einer schwierigen Geburt." Sie deutete in Richtung Kreißsaal. „Ich weiß nicht, wie lange das dauert. Sie können warten, wenn es so dringend ist, aber ich übernehme keine Garantie."

Ich ging in Richtung Kreißsaal, bis mir eine Tür den Weg versperrte. Davor standen vier Stühle in einer Reihe, ich setzte mich und zog mein Handy aus der Tasche.

Du kommst aber heute Abend, ja?, hatte Sam geschrieben.

Das Schiffbauunternehmen *Navis Sol* feierte heute sein fünfzigstes Firmenjubiläum mit einer Musiknacht, die in einer riesigen Industriehalle stattfand, wo sonst Schiffe gebaut wurden, Jollen, Segeljachten und so. Sam war als DJ engagiert, spielte aber auch eigene Lieder.

Klar, antwortete ich und fügte hinzu: *Aber John geht's nicht so gut. Ich hoffe, er wird jetzt nicht krank ... dann muss ich arbeiten.*

Ich konnte Frau Krachler doch so kurzfristig nicht mehr absagen. Sam war immer noch online. Er hatte meine Nachricht gelesen, die beiden Häkchen waren blau, doch er antwortete nicht. Ich blickte auf. Hinter der Glastür blieb alles ruhig.

Leider, fügte ich hinzu.

Sam ging offline.

Oder dann komme ich halt später, schrieb ich noch, doch Sam hatte sein Handy jetzt ausgeschaltet.

Langsam ließ ich meinen Blick wieder zur Glastür wandern. Zwei Personen kamen den Gang entlang. Obwohl der Mann eine grüne Haube und einen OP-Kittel trug, erkannte ich ihn sofort. Seine Augen verrieten ihn: Adlerstamm kam in Begleitung einer jungen Ärztin direkt auf mich zu, die Glastür öffnete sich und das Brüllen eines Säuglings war zu hören.

„Professor Adlerstamm", sagte ich und sprang auf.

Adlerstamm war größer, als ich gedacht hatte. Aufmerksam richtete er seine braunen Augen auf mich, die Ärztin neben ihm verschränkte die Arme vor der Brust.

„Kann ich Sie kurz sprechen?", fragte ich.

Die Glastür schloss sich wieder, das Brüllen verstummte.

„Sind Sie Journalistin?", fragte er und zog sich die Haube vom Kopf. „Oder Bloggerin? Presse?"

„Nein."

„Geht es um das Kind vom Marienplatz?", fragte er.

„Nicht direkt, es ist …"

„Ich habe keine Zeit", sagte er knapp, nickte seiner Begleiterin zu, und die beiden eilten weiter. Die junge Ärztin streifte mich mit einem verächtlichen Blick und bemühte sich, mit dem Professor Schritt zu halten.

„Herr Adlerstamm", rief ich ihm hinterher. „Jemand will Sie ermorden."

Beide drehten sich um. In den Augen der jungen Ärztin stand Entsetzen. Der Professor fuhr sich mit der Hand langsam durch die grauen Locken, sah mich dabei durchdringend an und fragte: „Ermorden?"

„Also möglicherweise", erwiderte ich und versuchte mit einem Lächeln die Sache nicht ganz so grausam erscheinen zu lassen.

„Ermorden?", fragte er wieder.

Die Dame von der Anmeldung schielte herüber.

„Ich bin Privatdetektivin", sagte ich und reichte ihm meine Karte: *Ruby Fuchs, Hauptkommissarin a.D., Detektei Fuchs & Bentwood.*

„Das müssen Sie jetzt aber erklären", sagte er und drehte die Visitenkarte hin und her.

Ich blickte zu der jungen Ärztin, die blond war und extrem dünn. Ihr Kopf wirkte zu groß für den kindlichen Körper.

Adlerstamm folgte meinem Blick und sagte: „Das ist meine Assistentin Doktor Tyra Nilsson. Sie hat mein vollstes Vertrauen."

„Okay", erwiderte ich und versuchte, mich kurz zu fassen: „Gestern kam eine Mandantin zu mir mit einem ungewöhnlichen Auftrag. Sie bat mich, Sie zu warnen, Herr Adlerstamm. Die Dame geht davon aus, dass Ihr Leben in Gefahr ist."

Tyra Nilsson riss ihre Augen auf, sie waren himmelblau und mit Schrecken gefüllt.

„Wie berechtigt diese Sorge ist, kann ich leider nicht vollkommen beurteilen", fuhr ich fort. „Aber es handelt sich um eine Art Sekte, möglicherweise eine gewaltbereite Sekte, die dahintersteckt."

An der Wand hing eine Uhr, deren Minutenzeiger in diesem Moment lautstark eine Minute nach vorne rückte. Es war 11:35 Uhr.

Adlerstamm fuhr sich wieder mit der Hand durchs Haar. „Um zwölf beginnt meine *Sectio chirurgica*“, sagte er dann mit Blick auf die Uhr. „Bis dahin sollte ich noch eine Kleinigkeit gegessen haben. Wollen Sie mir nicht Gesellschaft leisten, Frau“, er blickte auf die Visitenkarte, „Frau Fuchs?“

„Gern“, sagte ich.

An seine Assistentin gewandt fügte Adlerstamm hinzu: „Tyra, wir sehen uns dann direkt drüben im OP. Bereite schon mal alles vor, die Kamera diesmal frontal leicht erhöht.“

Tyra Nilsson eilte davon, versäumte aber nicht, mir einen kalten Blick aus ihren hellblauen Augen zuzuwerfen. Ich sah ihr hinterher. Der blonde Pferdeschwanz wippte im Takt ihrer Schritte.

10.

„Ich weiß, das klingt ziemlich verrückt“, sagte ich, nachdem ich Adlerstamm alles erzählt hatte.

Wir saßen in einer Cafeteria des St. Elisabethen-Klinikums im obersten Stockwerk. Für einen Moment ließ ich meinen Blick weit über die Stadt schweifen, die sich trüb und grau in die Talsenke schmiegte wie jemand, der beschlossen hat, heute nicht mehr aufzustehen.

Im Unterschied dazu wirkten Adlerstamms Augen wach und klar, als er sagte: „Das Kind, das sie ausgesetzt haben, soll also der Erlöser sein. Und ich soll den Säugling umbringen wollen? Das klingt in der Tat verrückt. Vollkommen verrückt."

Er tippte sich mit dem Zeigefinger an die Stirn, um anzudeuten, was er von der Sache hielt.

Ich schob ihm mein Smartphone über den Tisch, damit er die Stelle selbst lesen konnte:

> Noch bevor der Tag der Könige geht ins Land
> muss auch der Adler im weißen Gewand
> sterben, der Kreusa und dem Otto gleich,
> sonst nimmt sich der Magier des Kindes Leich'.

„Ich habe mit diesem Kind doch gar nichts zu tun", sagte Adlerstamm und verschränkte die Arme vor der Brust. „Der Säugling befindet sich drüben im Perinatalzentrum, die behandelnde Ärztin ist Doktor Horn-Scheiterer, eine Oberärztin mit Schwerpunkt auf der Neonatologie."

Adlerstamm sprach leise, doch die beiden Ärzte am Nebentisch hatten aufgehorcht. Als ich zu ihnen hinüberblickte, tranken sie ihren Kaffee. In der Ecke saß eine Frau im Bademantel, offensichtlich eine Patientin, die mit regelmäßigen Schaufelbewegungen ein großes Stück Sahnetorte verspeiste. Eine Frau mit roten Locken wischte die Tische ab.

„Ich bin Frauenarzt", fuhr Adlerstamm fort. „Das heißt, ich begleite Frauen bis zur Geburt. Mit Kindern habe ich nichts zu tun. Das ist Aufgabe eines Kinderarztes." Seine braunen Augen blitzten, als er fragte: „Also wie bitte kommen diese Leute auf mich?"

„Ihr Nachname", erwiderte ich. „Die Prophezeiung spricht von einem Adler. Adlerstamm passt da zwar nicht zu hundert Prozent, aber mit etwas Phantasie kann man eine Verbindung herstellen. Bei Horn-Scheiterer wäre das schwieriger gewesen."

Am Nebentisch klapperten die Kaffeetassen.

Adlerstamm las die Strophe abermals, dann blickte er zum Fenster hinaus. Der Mehlsack hatte dieselbe Farbe wie der Himmel, ein blasses, verwaschenes Weiß.

„Im Telefonbuch von Ravensburg sind siebzehn Personen mit dem Nachnamen Adler gemeldet", fuhr ich fort. „Die hätten eigentlich besser gepasst. Doch keiner davon ist Arzt oder Naturheiler oder so etwas. Das sind nur Sie. Außerdem arbeiten Sie in dem Klinikum, in dem das Kind liegt."

Adlerstamm starrte noch immer in den bleichen Himmel. Erst als die rothaarige Dame an unseren Tisch kam, drehte er den Kopf.

„Was darf's denn sein, der Professor? Champagner?", schlug die Rothaarige vor und zwinkerte mir dabei zu. Ihre Wangen waren fast so rot wie ihre Haare, die Hände waren kräftig.

„Champagner", antwortete Adlerstamm und lächelte schwach. „Na klar. Wie immer."

„Also ein Croissant mit Kaffee für den Professor", resümierte sie. „Und die Dame?"

„Dasselbe", sagte ich und blickte ihr nach.

Mit kokettem Hüftschwung entfernte sie sich. Bevor sie in der Küche verschwand, drehte sie sich noch mal um und warf Adlerstamm einen vielsagenden Blick zu.

„Der Tod, der Ihnen prophezeit wird, ist ein Giftmord“, sagte ich und griff nach dem Zuckerstreuer, der auf dem Tisch stand. „Ich denke, diese Information ist wichtig. Denn damit können Sie sich schützen.“ Ich schob den Zuckerstreuer hin und her, während ich fortfuhr: „Seien Sie in nächster Zeit besonders vorsichtig, wenn Ihnen jemand ein Kleidungsstück schenkt, egal was, das kann ein Werbegeschenk sein, ein Arztkittel, ein Bademantel, vielleicht aber sogar ein Handtuch oder so. Wenn meine Mandantin doch recht haben sollte, dann versuchen die das möglichst so zu machen, wie es in der *Nocturna* prophezeit wird. Sie werden Ihnen ein Gift geben, verstehen Sie?“

„Ein Gift?“

„Gift bedeutet auf Englisch das Geschenk.“

Adlerstamm fuhr sich mit beiden Händen durch die grauen Locken. Er hatte feine Chirurgenhände, die nicht zitterten.

„Verstehe“, sagte er schließlich.

„Aber wissen Sie, was ich nicht verstehe?“ Ich schob den Zuckerstreuer wieder von links nach rechts: „Wie kann jemand nur annähernd auf die Idee kommen, dass Sie des Kindes Leich’ wollen, also die Leiche, meine ich.“

Adlerstamm sah wieder zum Fenster hinaus. Ich tat es ihm gleich. Ganz hinten am Horizont zog ein bläulicher Dunst vom Bodensee her in Richtung Stadt.

„Das könnte mit der *Sectio chirurgica* zu tun haben“, sagte Adlerstamm schließlich. Er hatte leise gesprochen.

Ich blickte ihn an. „Sectio chirurgica?“, flüsterte ich.

Die beiden Ärzte am Nebentisch horchten auf.

Adlerstamm räusperte sich. Dann griff er nach dem Zuckerstreuer und erklärte mir, dass es sich bei einer *Sectio chirurgica* um eine Operation zu Lehrzwecken handele, die an einer Leiche durchgeführt werde. So etwas habe es schon immer gegeben, seit dem Mittelalter und davor, doch er mache das Ganze heutzutage via Live-Übertragung im Internet. Das habe den großen Vorteil, dass die Transportwege wegfielen: Weder der Arzt noch die Leiche müssten in die nächste Universitätsstadt in einen Hörsaal gebracht werden. Die Lehrstunde könne vom Heimatkrankenhaus aus erfolgen. Die Internetoperationen erfreuten sich immer größerer Beliebtheit, erklärte er. Zuerst habe man sie in Tübingen erfolgreich eingeführt, mittlerweile sei das St. Elisabethen-Klinikum das vierte Klinikum in Baden-Württemberg, das sich daran beteilige.

„Und woher haben Sie die Leichen?“, fragte ich.

„Körperspender“, entgegnete er. Dann fügte er hinzu: „Selbstverständlich freiwillig.“

Die Rothaarige stellte unsere Tassen und die Croissants auf den Tisch. Sie hatte den Lippenstift nachgezogen und wünschte einen Guten Appetit.

Adlerstamm nahm einen Schluck Kaffee.

Die Ärzte am Nebentisch standen auf und grüßten zum Abschied.

„Dann haben Sie auch schon die Leichen von Kindern operiert?“, fragte ich jetzt und nahm ebenfalls einen Schluck Kaffee. Ich verzog mein Gesicht. Die braune Brühe schmeckte bitter, irgendwie nach Spülmittel.

„Nein“, sagte er. „Aber ich habe schon mit der Leiche einer Schwangeren gearbeitet. Gerade heute habe ich wieder so einen Fall.“ Adlerstamm blickte auf seine Uhr, biss in sein Croissant und kaute.

„Und die Filme kann dann jeder sehen?“, wollte ich wissen. „Bei Youtube und so?“

Adlerstamm schüttelte den Kopf. „Man muss an einer deutschen Universität in Humanmedizin immatrikuliert sein“, antwortete er, „nur dann kann man einen Zugang beantragen.“

Adlerstamm nahm noch einen Bissen Croissant, kaute und spülte alles mit Kaffee hinunter. Er sah mich nachdenklich an, als er meinte: „Letzte Woche war so ein Blogger bei mir, er bat mich um ein Interview. Da es ein gut gemachter Medizin-Blog war mit vielen Followern, habe ich spontan zugesagt.“

Ich biss in mein Croissant.

„Zuerst lief alles normal“, fuhr Adlerstamm fort. „Wir sprachen darüber, wie sich das Medizinstudium heutzutage durch die Digitalisierung verändert und welche Chancen darin liegen. Doch plötzlich fragte er, warum ich Kinder hasse.“ Adlerstamm schluckte. „Und ja, er nannte mich Adler, nicht Adlerstamm.“ Er trank Kaffee, schluckte wieder und meinte: „Das fiel mir gerade wieder ein.“

Auf dem Tisch stand ein Plastikkännchen mit Dosenmilch. Ich goss fast die Hälfte davon in meinen bitteren Kaffee.

„Ich war so verdutzt, dass ich mich zunächst ernsthaft verteidigt habe“, erklärte Adlerstamm. „Ich fragte den jungen Mann, wie er denn darauf käme, ich würde doch keine Kinder hassen und so weiter. Doch da platzte er schon mit der nächsten unverschämten Frage heraus: Warum ich dann vorhabe, das Kind vom Marienplatz zu obduzieren? Ob ich mir damit einen Fortschritt für die Wissenschaft versprach? Oder ob ich mit dem Teufel im Bund wäre." Er tippte sich gegen die Stirn: „Mit dem Teufel!"

Wir sahen uns an.

„Da wurde mir natürlich klar, dass ich es mit einem Spinner zu tun hatte", fuhr er fort. „Ich brach das Interview ab. Ich habe ihm gedroht, meinen Anwalt einzuschalten, wenn er auch nur eine Sekunde von diesem Schwachsinn veröffentlichte. Ich bestand darauf, dass er das Material vor meinen Augen löschte."

„Und?", fragte ich. „Hat er gemacht?"

Adlerstamm nickte.

„Wie heißt der Typ?", fragte ich.

„Elias", sagte er. „Elias ohne Nachnamen. Sein Blog *VisionMed* ist immer noch online."

„Elias", wiederholte ich. „So wie der Prophet."

Beide blickten wir zum Fenster hinaus. Der blaue Dunst legte sich langsam über die Stadt und drückte sie tiefer in die Senke hinein.

„Der Mann ist Ende zwanzig", sagte Adlerstamm, ohne den Blick aus der Ferne zu nehmen. „Vermutlich Medizinstudent, groß, spitze Gesichtszüge. Wenn er zu dieser Sekte gehört, dann ergibt sein Auftritt hier Sinn."

„Spitz?", fragte ich. „Spitze Gesichtszüge? Oder eher scharf?"

„Kantig", sagte Adlerstamm. Er blickte mich jetzt an und formte mit dem Daumen und Zeigefinger der rechten Hand einen Winkel. „Aggressiv", sagte er dann.

Ich holte mein Handy heraus und zeigte ihm das Foto, das ich vom Rabenmann geschossen hatte.

„Das ist er", sagte Adlerstamm. Dann blickte er auf die Uhr, wischte sich ein paar Brösel vom Hemd und erhob sich, ohne zu zahlen.

„Lassen Sie mal", sagte er zu mir. „Das geht aufs Haus."

Gemeinsam eilten wir durch die Gänge. Vor einer der vielen Glastüren hielt Adlerstamm noch einmal inne, sah mich an und fragte: „Soll ich etwa zur Polizei gehen? Das ist doch Zeitverschwendung, was können die schon tun." Dann eilten wir weiter bis zu einem Operationssaal im Erdgeschoss.

Am Ende eines Gangs standen ein paar Ärzte herum, die höflich grüßten; sie wirkten so blass, als hätten sie nächtelang nicht geschlafen. Ein Mann mit asiatischen Gesichtszügen hielt dem Professor die Tür zum OP auf. Niemand protestierte, als ich mich unter die wenigen Zuschauer mischte, die die Sectio *chirurgica* vor Ort mitverfolgten.

11.

„Meine Damen und Herren", sagte Adlerstamm und lächelte in die Kamera, die vor dem OP-Tisch auf einem Stativ befestigt war. Seine Augen funkelten, als er mit Blick in das Objektiv fortfuhr: „Ich begrüße Sie herzlich zu einer neuen Folge der *Sectio chirurgica* hier live aus dem St. Elisabethen-Klinikum in Ravensburg. Mein Name ist Professor Gunnar Adlerstamm, und das ist meine Assistentin Doktor Tyra Nilsson."

Adlerstamm und Frau Dr. Nilsson lächelten gleichzeitig in die Kamera. Wir Zuschauer standen halbmondförmig auf der anderen Seite des Tisches, alle trugen wir Hauben, einen dünnen Mundschutz und grüne Kittel über der Kleidung.

Im Saal stank es nach Formaldehyd.

„Heute geht es um eine grundlegende Operation, die jeder von Ihnen beherrschen sollte, und zwar aus dem Effeff", fuhr Adlerstamm fort. Wieder funkelten seine Augen. Erst hier, mitten im OP-Saal, kam sein Charisma voll zur Entfaltung. Mit einer geschickten Bewegung streifte er sich den Mundschutz über und rückte das Mikrofon zurecht, das am Kragen seines OP-Kittels befestigt war. Sein Blick war in die Kamera gerichtet, und seine Stimme klang trotz Mundschutz klar, als er sagte: „Ich werde Ihnen heute eine klassische *Sectio caesarea* demonstrieren. Wir führen den Pfannenstilschnitt direkt oberhalb des *Mons pubis* durch."

Adlerstamm deutete auf den Venushügel der weiblichen Leiche. Ihr Gesicht war mit einer grünen Plane abgedeckt, sonst war sie nackt.

„Bei der Körperspenderin handelt es sich um eine 28-jährige Frau", erklärte er. „Sie war in der 21. Schwangerschaftswoche. Tod durch Erfrieren,

Silvesternacht. Als man sie fand, waren Mutter und Kind schon tot."

Alle senkten den Kopf. Ich fragte mich, wie man heutzutage noch erfrieren konnte. War es ein Selbstmord? Eine Obdachlose? Ein Unfall beim Wandern? Ich blickte auf die Wölbung ihres Bauches. Wie lange mochte das Baby noch gelebt haben, nachdem die Mutter gestorben war?

Der Gestank von Formaldehyd wurde immer schärfer.

Ruhig atmen, ganz ruhig.

„Bereit?", fragte Adlerstamm und sah Tyra an. Sie nickte. In ihrer Hand befand sich ein Stab, der über ein Kabel an einer Apparatur befestigt war. Das musste die Kamera sein, mit der man ins Körperinnere der Patientin vordringen konnte.

Tyra schaltete das Gerät ein.

Es blinkte.

„Okay", sagte Adlerstamm. „Lassen Sie uns beginnen. Als Erstes", er stülpte sich ein Paar Latexhandschuhe über und wollte nach dem Skalpell greifen. Doch plötzlich stutzte er. Lächelnd fügte er hinzu: „Als Erstes stellen Sie sicher, dass Ihr Material in Ordnung ist."

Ein Handschuh war gerissen. Adlerstamm machte einen Witz über Live-Sendungen, während Tyra ein paar neue Handschuhe aus einem Schrank besorgte. Sie reichte ihm das Päckchen.

„Danke", sagte Adlerstamm.

„Keine Ursache", entgegnete Tyra kokett.

Wieder lächelten sich die beiden an. Dann riss Adlerstamm die Verpackung auf, streifte sich die neuen Handschuhe über und griff nach dem Skalpell.

Instinktiv drehte ich mich um. Der asiatische Arzt senkte schnell den Blick. *Dr. Kim Tai Pham*, stand auf dem Namensschild an seinem Kittel.

„Sie setzen das Skalpell zwei Zentimeter oberhalb des Schambeins an“, erklärte Adlerstamm, beugte sich über den Unterkörper der Leiche und setzte das Messer an. Die Haut spannte sich unter dem Druck des Skalpells, dann glitt die Klinge hinein wie in Wachs. Es blutete nicht, als Adlerstamm in die Haut der toten Frau schnitt.

„Jetzt führen wir einen circa 20 Zentimeter langen Pfannenstil-Querschnitt durch“, erklärte Adlerstamm, während er mit dem Skalpell langsam und gleichmäßig über den Venushügel der Toten glitt. „Anschließend gehen Sie durch das Unterhautfettgewebe und eröffnen die Muskelfaszie scharf nur im mittleren Anteil.“

Ich blickte auf den Monitor, der an der Wand hinter dem OP-Tisch befestigt war. Dort wurden jetzt die Bilder aus dem Körperinneren der Frau übertragen, dann wechselte die Kameraeinstellung wieder und Adlerstamm war zu sehen. Es war derselbe Film, der live ins Internet übertragen wurde.

„Alles Weitere wird stumpf durch Dehnen eröffnet“, hörte ich Adlerstamm sagen. Auf dem Bildschirm sah ich, wie er zwei Finger in die Wunde schob. Tyra blieb mit der Kamera dicht dran. Wieder blickte ich zum Monitor hinüber. Die Bilder aus dem Körperinneren waren weiß und rötlich, knorpelig und glitschig. Ich konnte kaum etwas unterscheiden.

Doktor Kim Tai Phan machte sich Notizen.

Adlerstamm hustete. Obwohl es in dem Raum eiskalt war, hatten sich Schweißperlen auf seiner Stirn gebildet. Das Ganze war für ihn also anstrengender, als es den Anschein hatte.

„Nach Eröffnen des Peritoneums“, fuhr er fort und hustete, „also des Bauchfells, machen Sie vorsichtig im unteren Uterinsegment einen circa zwei Zentimeter breiten Schnitt und …“ Er atmete hörbar ein und aus. Seine Stimme klang angestrengt.

Das Formaldehyd wurde mit jedem Atemzug schärfer.

Ich hielt mir den Ärmel vor die Nase.

„Und dann … dann sehen Sie auch schon …. die Fruchtblase“, stieß Adlerstamm hervor. Es war beinahe ein Keuchen gewesen, ein schmerzvolles Stöhnen. Ein Schweißtropfen rann ihm die Schläfe hinab.

Ich sah mich um.

Hier stimmt etwas nicht.

Auch die Ärzte hinter mir blickten irritiert in Richtung OP-Tisch.

„Moment“, sagte Adlerstamm undeutlich. Dann wischte er sich mit dem Ärmel über die Stirn, auf dem grünen Stoff blieb ein dunkler Fleck zurück. „Sie erweitern den Schnitt stumpf mit zwei Fingern“, sagte er, „und dann holen Sie das Kind …“

Der Atem des Professors ging stoßweise. Das Mikrofon verstärkte den Klang unheilvoll. Tyra sah ihren Chef an.

Adlerstamm krächzte: „Und … dann holen Sie … das Kind … heraus."

Doch er holte das Kind nicht heraus. Adlerstamm stützte sich auf den OP-Tisch und warf mir einen Blick zu.

Oh Gott, nein.

„Einen Moment, bitte", rief ich und trat nach vorne.

In diesem Moment fiel das Skalpell klirrend zu Boden. Adlerstamm lockerte den Kragen seines Hemdes, dabei riss er das Mikrofon herunter.

„Gunnar", rief Tyra. „Was ist …?"

Adlerstamm hob seine Hände nach oben in das grelle OP-Licht, als wollte er zu Gott beten. Dann brach er zusammen.

„Scheiße", schrie Tyra. Ihre Stimme war schrill. „Verdammte Scheiße! Macht die Kamera aus."

Die Ärzte standen wie erstarrt da. Nur ich taumelte um den OP-Tisch herum und kniete mich neben Adlerstamm. Tyra kniete bereits auf der anderen Seite und fühlte seinen Puls. Er war noch bei Bewusstsein, seine Lippen waren bläulich und bewegten sich als wollte er etwas sagen. Ich hielt mein Ohr näher an seinen Mund.

„Die Handschuhe", flüsterte er und versuchte mit einer verzweifelten Bewegung, die Latexdinger abzustreifen. Doch er zitterte so sehr, dass es ihm nicht gelang.

Ich starrte auf die Handschuhe. In dem kalten Licht schimmerte der Latex weißlich, fast silberfarben. Dort, wo die Handschuhe aufhörten, ragten Adlerstamms Handgelenke hervor – sie waren knallrot.

Der Formaldehyd brannte sich durch mein Gehirn.

Die Tränen brannten in meinen Augen.

„Dihaschue“, hörte ich Adlerstamm wieder.

„Was ist mit den Handschuhen?“, schrie Tyra und zog die Dinger mit einer entschiedenen Bewegung von den Händen ihres Chefs. Adlerstamm stöhnte auf. Seine Hände waren fleischfarben.

Ich erhob mich. Um mich herum begannen grün maskierte Gesichter im Kreis zu tanzen.

„Schnell!“, schrie Tyra. „Das Beatmungsgerät.“

Jemand schob eine Liege heran, jemand hob den Professor darauf, jemand kam mit einem Sauerstoffgerät, jemand legte eine Infusion, jemand schaltet die Maschinen an, jemand telefonierte mit der Notambulanz.

Ich stand unnütz herum und starrte auf die Mutterleiche, die mit offenem Bauch auf dem OP-Tisch lag. Tief in ihr drin konnte ich den Kopf des ungeborenen Kindes erkennen. Sogar ein paar Haare waren schon drauf.

Ein weiterer, deutlich älterer Arzt betrat den Raum und übernahm das Kommando. Ich begann zu zittern.

Reiß dich zusammen, Ruby. Atme tief ein!

Ich atmete durch die Nase ein, hielt die Luft im Bauch fest und zählte bis vier. Dann atmete ich langsam durch den Mund wieder aus. Noch einmal zählte ich bis vier, hielt den Atem auf vier und wiederholte das Ganze. Danach wurde es besser. *Tactical Breathing* nannte man diese Atemtechnik, die ich bei Elitesoldaten gelernt hatte. Doch die hatten die Rechnung ohne das Formaldehyd gemacht. Denn plötzlich tropfte etwas aus meiner Nase. Als ich den Mundschutz abnahm, waren rote Flecken darauf. *Mist.* Ich nahm die Haube vom Kopf und presste sie vor meine Nase.

„Der Professor wurde vergiftet", sagte ich zu dem leitenden Arzt. Dann zog ich das Blut durch die Nase einfach wieder hoch. Es fühlte sich gut an, wieder die Kontrolle zu haben. „Führen Sie einen Blutschnelltest durch", sagte ich zu dem Mann. „Vielleicht gibt das einen Hinweis auf die Art des Gifts, und wir können ein Gegengift verabreichen."

Der Grauhaarige sah mich nur kurz an, nickte und wendete sich an einen jüngeren Kollegen. „Blutentnahme", gab er die Anweisung. „Screen Multi Test 5X."

Erst draußen auf der Toilette übergab ich mich.

12.

Noch bevor der Tag der Könige geht ins Land … wird er sterben, der Adler im weißen Gewand …

Während ich auf die Uhr an der Wand starrte, es war immer noch Samstag, der 5. Januar, mittlerweile aber 14:01 Uhr, geisterten die Zeilen aus der *Nocturna* durch mein Gehirn. Ich drückte beide Zeigefinger gegen die Schläfen, so als könnte ich damit die Prophezeiung stoppen. Denn noch war Adlerstamm nicht tot. Noch kämpften die Ärzte auf der Intensivstation um sein Leben. Die Sauerstoffsättigung in seinem Blut war aber dramatisch schlecht – und sie wurde von Minute zu

Minute schlechter. Inzwischen war klar, dass kein Fremdkörper seine Atemwege oder seine Lunge blockierte; es war tatsächlich Gift, an dem er zu ersticken drohte, ein Kontaktgift, das über seine Hände in die Blutlaufbahn gelangt war.

„Wer tut denn nur so etwas?“, fragte Tyra.

Ich starrte an die Wand. Es war noch immer 14:01 Uhr.

Es handelte sich um ein Pflanzengift, so viel stand bereits fest, doch im Labor suchte man noch immer fieberhaft nach der genauen Zusammensetzung des Toxins. Anteile von Belladonna waren darin, aber das entscheidende Zellgift, das die Sauerstoffverarbeitung in Adlerstamms Zellen blockierte, musste eine seltene, exotische Pflanze sein.

Die Zeit schien stillzustehen. Noch immer war es 14:01 Uhr.

Tyra und ich warteten in einem kleinen Untersuchungszimmer auf die Polizei. Die Uhr an der weiß getünchten Wand war dieselbe, die auch im Krankenhausgang hing: Der Minutenzeiger bewegte sich nach jeder Minute plötzlich und lautstark nach vorne.

Tack.

Ich zuckte zusammen. Es war 14:02 Uhr geworden. Ein Ruck war durch den Raum gegangen; ein Ruck, als hätte der Todesengel mit seinen Flügeln geschlagen.

„Wer tut denn nur so etwas?“, fragte Tyra wieder.

„Diese Uhr ist furchtbar“, sagte ich.

Ich saß auf einem Schreibtisch, Tyra lag auf der Liege an der Wand, die mit Papier abgedeckt war. Zwischen uns stand ein Ultraschallgerät, außerdem war da noch die Angst, jemand könnte zur Tür hereinkommen und sagen, Adlerstamm sei gerade gestorben.

Tack.

„Ich meine, wer ist bloß so krank, dass er die Handschuhe mit Gift präpariert“, sagte Tyra. „Kapierst du das?“

Tyra und ich waren zum Du übergegangen, der Schock hatte uns zu Verbündeten gemacht. Sie lag auf dem Rücken, sie hatte die Hände auf der Brust verschränkt und starrte zur Decke hinauf wie eine Tote. Ich hingegen starrte auf Tyras Hände – die roten Flecken erinnerten an Mohnblüten, die langsam aufgingen.

„Vielleicht hat Adlerstamm ja Glück“, sagte ich. „Ich hoffe es. Ich hoffe so sehr, dass er es schafft.“

„Wer tut denn nur so etwas?“, fragte Tyra wieder.

Tack.

14:04 Uhr.

„Wer?“, fragte Tyra. „Wer ist so krank, dass er so etwas tut?“

Plötzlich richtete sie sich auf und sah mich an. Der Blick aus ihren hellblauen Augen war verschwommen, doch ihre Worte waren klar. „Bitte“, sagte sie. „Auf dem Gang hast du vorhin was von Terroristen erzählt. Haben die damit was zu tun?“

„Nicht direkt Terroristen“, antwortete ich nachdenklich. „Das heißt, ich weiß nicht genau, was das für eine Gruppe ist. Sie selbst bezeichnen sich als Geheimgesellschaft. Mir kommen die eher wie eine Sekte vor. Auf jeden Fall glauben die an eine prophetische Schrift, in der Adlerstamms Tod vorhergesagt wird. Dort heißt es, er wird durch ein vergiftetes Kleidungsstück sterben, und zwar noch bevor der Tag der Könige geht ins Land."

„Der Tag der Könige?"

„Morgen ist Dreikönig, der 6. Januar."

Wir schwiegen. *Tack*. Auf dem Gang klapperte ein Geschirrwagen.

„Was hast du damit zu tun?", fragte Tyra. „Bitte, ich muss das wissen. Sonst drehe ich noch durch."

Tyra sah mich an, ihre Augen weiteten sich, als hätte sie etwas gesehen, das sie nicht hätte sehen sollen. Ihre Beine zuckten. Die Frau war nervlich am Ende. Nachdem sie oben auf der Intensivstation zusammengebrochen war, hatte man sie weggeschickt. Sie legte sich wieder auf die Liege und versuchte, ihre Beine ruhig zu bekommen, indem sie sie massierte.

Tack.

14:06 Uhr.

„Okay", sagte ich und fuhr mit dem Finger über die Blutkruste am inneren Rand meiner Nase. „Gestern, oh Gott, war das erst gestern? Also gestern kam eine Frau in meine Detektei. Sie stellte sich als Madame de Rochat aus Lausanne vor und erzählte von einer geheimen Schrift, die sie wiederentdeckt habe. Diese Schrift stammt aus dem 16. Jahrhundert, sie heißt *Nocturna*."

„Nocturna", wiederholte Tyra.

„Kennst du Nostradamus?", fragte ich.

Keine Reaktion. Nur das Zucken von Tyras Beinen.

„Nostradamus gilt als Urheber der *Nocturna*“, fuhr ich fort. „Er schrieb darin dunkle Visionen auf, sah schreckliche Katastrophen auf die Menschheit zukommen, die sich dann tatsächlich so ereignet haben. Möglich, dass die politische Elite damals entschied, diese Schrift geheim zu halten, damit keine Panik ausbrach. Napoleon soll sogar ein Originalmanuskript verbrannt haben.“

Wieder das Klappern eines Geschirrwagens.

„Meine Mandantin hat nun das letzte noch vorhandene Manuskript vor ein paar Jahren in Lyon in einem Keller entdeckt“, sagte ich. „Nachdem man ihr von offizieller Seite aus klargemacht hat, dass die Schrift nicht erwünscht war, hat sie die *Nocturna* selbst veröffentlicht, online.“

„Und darin wird der Tod von Gunnar vorhergesagt?“, fragte Tyra, während sie ihre Beine lockerte.

„Richtig“, erwiderte ich.

„Das verstehe ich nicht“, sagte sie, kratzte sich die Hände und fügte hinzu: „Ich meine, so berühmt ist Gunnar doch auch wieder nicht.“

„Das hat mit dem Kind zu tun“, klärte ich sie auf. „Die denken, Gunnar will das Kind umbringen. Also das Kind, das auf dem Marienplatz ausgesetzt wurde. Die denken, das Kind sei der Erlöser der Menschheit. Gunnar sehen die also eher auf der Seite des Bösen.“

Tyra fluchte in einer Sprache, die ich nicht verstand. Ihrem Aussehen nach zu urteilen war es Schwedisch, auf jeden Fall klang es ziemlich vulgär. Dann blickte sie mich wütend an, aber auch ratlos. Ihre hellblauen Augen lagen wie zwei Spiegel in ihrem Gesicht. Darin erkannte ich jetzt eine junge Ärztin, die Angst vor einer Zukunft hatte, in der sie immer dünner werden würde.

Tack.

Der Zeiger rückte vor auf 14:07 Uhr.

„Hast du mit diesem Blogger eigentlich auch gesprochen?“, fragte ich schließlich.

„Elias?“, fragte Tyra und setzte sich wieder auf. „Du meinst, *der* war das?“ Gedankenverloren griff sie nach der Tasse Tee, die auf dem Ultraschallgerät stand und umklammerte sie mit ihren langen, knochigen Fingern.

„Das muss die Polizei herausfinden“, sagte ich. „Hoffentlich kommen die bald.“ Ich blickte zur Uhr hinauf.

Tack.

Es war 14:08 Uhr.

„Tyra“, sagte ich und deutete auf ihre Hände. „Du bist mit dem Kontaktgift in Berührung gekommen. Vielleicht solltest du …“

„Ach das“, wiegelte Tyra ab und stellte die Tasse zurück. „Ich habe Neurodermitis. Bei Stress ist es besonders schlimm. Das kommt von diesem ständigen Desinfizieren.“ Sie legte ihre Hände in den Schoß, wo sie sich wie zwei rote, schuppige Echsen ineinander verkeilten.

Tack.

14:10 Uhr.

Vom Gang her näherten sich Schritte. Tyra und ich zuckten beide zusammen, als die Tür abrupt aufgerissen wurde.

Oh nein. Bitte nicht!

Es war Hauptkommissar Paul Brandner, der eintrat. Er war in Begleitung eines jungen Polizisten, der aussah wie eine Kopie von ihm selbst.

„Ruby Fuchs!“, rief Brandner. „Das glaube ich jetzt aber nicht, gell.“ Sein Grinsen wurde breiter, als er hinzufügte: „Auf die Erklärung bin ich mal gespannt, was unser Sherlock Holmes hier macht.“

13.

Ich hatte Paul Brandner seit dem Odermatt-Fall im vergangenen Sommer nicht mehr gesehen, aber kaum etwas hatte sich verändert: Er trug nach wie vor einen dunkelblauen Maßanzug, dazu die Krawatte eines Bankers und das kurze Haar eines Soldaten. Nur sein Gesicht war vielleicht eine Spur breiter geworden, feister. Brandner war der lebende Beweis dafür, dass Schönheit vom Charakter bestimmt wurde. Denn allein von den körperlichen Grundlagen her hätte er ein gutaussehender Mann sein können. Doch er schaffte es, sich derart glatt zu präsentieren, dass jeder Reiz der Schönheit fehlte.

Tack.

Brandner stand neben mir. Ich drehte den Kopf von ihm weg, um meine Nasenschleimhaut zu schonen. Noch immer umgab ihn eine Wolke Aftershave, von der mir übel wurde.

„Ruby Fuchs“, sagte er wieder.

Auch von seinem Grinsen wurde mir immer noch übel. Brandner schnappte sich einen Stuhl, drehte ihn um und setzte sich rittlings darauf. Sein Adjutant stand breitbeinig in der Tür. Der Junge würde einmal dasselbe Gesicht bekommen, das Brandner schon hatte. Brandner hatte immer nur Kopien seiner selbst eingestellt.

„So, dann wollen wir mal, Frau Fuchs." Brandner schnalzte mit der Zunge, bevor er fragte: „Sie waren also rein zufällig in der Frauenklinik, als Professor Adlerstamm in der Vorlesung zusammenbrach?"

Er grinste.

Ich sah ihn an und folgte seinem Blick in Richtung Ultraschallgerät, das einen länglichen Schallkopf zur vaginalen Untersuchung hatte, über dem ein Kondom steckte.

„Oder sind Sie etwa schwanger?", fragte Brandner und ließ seinen Blick weiter schweifen zu der Babygalerie an der Pinnwand. „Hat unser Rockstar ganze Arbeit geleistet, was? Das ging aber fix."

„Ich muss gleich kotzen", sagte ich.

Brandners Grinsen wurde eine Spur breiter, aber auch kälter.

Tyra starrte uns an. Ihr Mund öffnete sich wie zu einer Frage, doch dann nahm sie einen Schluck Tee und schwieg. Sie konnte nicht ahnen, dass Brandner und ich früher Kollegen bei der Polizei gewesen waren – und in einer kurzen Nacht auch mal mehr.

Tack.

Wie lange war das jetzt her? Zehn Jahre? Länger? Noch heute spürte ich Brandners mechanische

Bewegungen auf mir wie in einem absurden Theater. Mehr aus Mitleid als aus dem echten Wunsch heraus hatte ich ihm danach angeboten, Freunde zu bleiben. Natürlich hatte er abgelehnt. Er wollte keine Freundschaft, Brandner wollte den Schmerz. Auch das Siezen gehörte zu seinen sadistischen Machtspielchen, denn selbstverständlich waren wir längst per Du.

„Lass gut sein, Paul", sagte ich matt. „Das ist jetzt nicht der rechte Zeitpunkt für Spielchen." Mit Blick auf die weißgetünchte Wand fügte ich hinzu: „Natürlich bin ich nicht zufällig hier."

„Nun bin ich aber gespannt", entgegnete er.

„Ich wollte Adlerstamm warnen."

„Warnen?" Breitbeinig saß er da. „Warnen?", fragte er dann wieder. „Vor dir oder was?"

„Dass möglicherweise ein Giftanschlag auf ihn geplant ist", erwiderte ich.

Tack.

14:18 Uhr.

„Herrgottsack", fluchte Brandner. Dann war es seine Stimme, die matt klang, als er sagte: „Du kommst ins Klinikum, um Professor Adlerstamm vor einem Giftanschlag zu warnen. Und prompt wird er vergiftet. Also die Story musst du mir genauer erklären."

Brandner brauchte lange, um die Geschichte zu begreifen, was ich ihm nicht verübeln konnte. Vor allem das mit der Prophezeiung war ja nicht einfach zu erklären. Tyra lag die ganze Zeit über reglos auf der Liege, nur ihre zuckenden Beine verrieten, dass sie aufmerksam zuhörte. Brandners Adjutant stand vor der Tür und fokussierte ein unsichtbares Ziel in der Ferne.

Nach einer Viertelstunde stellte Brandner die richtigen Fragen.

„Hast du die Adresse von dieser Frau Rochat?“, fragte er.

„Ja.“ Ich schrieb sie ihm auf einen Zettel.

„Elias, dieser Blogger“, sagte Brandner: „Wie heißt der Typ mit Nachnamen?“

„Er hat nur den Vornamen genannt“, antwortete ich. „Elias, so wie der Prophet aus der Bibel.“

Brandner tippte sich an die Stirn. „Prophet, Prophetenschrift! Was für eine gequirlte Kacke. Wer glaubt denn so was. Ein Buch kann niemand töten, das wissen wir beide. Und wir wissen auch, dass niemand einen Mord vorhersehen kann, nicht mal unsere besten Profiler.“

Ich fixierte die Uhr.

Sein Wir-Gelaber gefiel mir nicht. Jetzt legte Brandner auch noch seine Hand auf meinen Arm und sagte: „Mir fällt nur eine Möglichkeit ein, wer einen Mord vorhersehen kann.“

Ich riss mich los.

Plötzlich war mir dieser Typ unerträglich.

„Nur der Mörder kann das“, sagte er und packte wieder meinen Arm. Er kam näher, als er flüstert: „Nur der Mörder kann vorhersagen, wen er umbringen wird. Niemand weiß das besser als du, Ruby.“

Tack.

„Habe ich recht?“, fragte er, erhöhte den Druck seiner Hand und sagte dann laut: „Nur der Mörder weiß, wen er als Nächstes umbringt!“

Wir sahen uns an.

Brandners Augen veränderten sich nie, egal ob er in einem Verhör war oder mitten beim Sex: Sie blieben klein, fokussiert und kalt.

„Mir wird schlecht“, sagte ich.

„Dann werde ich diesen Sektenspinnern mal auf den Zahn fühlen“, sagte Brandner und ließ meinen Arm los.

Ruckartig wendete er sich Tyra zu.

Sie kratzte sich die Hände.

„Wer hat dem Professor eigentlich die Handschuhe gegeben?“, fragte er dann.

„Ich“, brachte Tyra krächzend hervor. Mühsam richtete sie sich auf. „Ich habe … Gunnar … die … Handschuhe gegeben.“

„Ach, Sie waren das“, sagte Brandner. Er wusste es längst. „Und wo hatten Sie die Handschuhe her?“

„Die lagen in dem Karton.“

„In welchem Karton?“

„In dem Karton im Schrank.“

„Und wie viele Handschuhe liegen da normalerweise drin?“

„Zehn, zwanzig Paar.“

„Dann war es also Zufall, dass Sie ausgerechnet dieses Paar gegriffen hatten?“

„Heute lag nur ein Paar darin“, antwortete sie.

„Wollen Sie damit sagen, jemand hat alle anderen Handschuhe entfernt, damit sie auf jeden Fall dieses Paar greifen?“

Tyra kratzte sich die Hände.

„Der Eingang zum OP-Saal wird durch zwei Kameras überwacht“, fuhr Brandner fort. „Wenn jemand

Fremdes dort hineingegangen wäre, dann müsste das auf den Bändern aufgezeichnet sein, richtig?"

Tyra nickte.

„Es ist aber niemand Fremdes auf den Bändern zu sehen", sagte Brandner. Dann fügte er hinzu: „Nur Sie haben den OP vorher betreten, Frau Doktor."

Brandner saß mit dem Rücken zu mir, doch ich wusste genau, dass er grinste. Dieser Mann war und blieb ein Idiot.

„Ich bin …", sagte Tyra und blickte hilfesuchend zu mir. Ihre Augen wirkten fiebrig.

„Tyra Nilsson hat die vergifteten Handschuhe angefasst, als sie ihrem Chef geholfen hat", sagte ich. „Es ist ein Kontaktgift. Damit hat sie sich in Lebensgefahr gebracht." An Tyra gewandt fügte ich hinzu: „Du solltest jetzt wirklich in die Notaufnahme gehen, Tyra."

„Aber ich …"

„Frau Fuchs hat recht", erwiderte Brandner zu meiner Überraschung. „Wir wissen nicht, welche Dosis ausreicht, um ernsthafte Gesundheitsschäden hervorzurufen."

Tack.

Es war 14:28 Uhr, als draußen jemand schrie. Schritte waren zu hören, die Tür wurde aufgerissen, und der koreanische Arzt stand da. Auf seinem Namensschild stand *Dr. Kim Thai Pham*. Mit schockgefrorener Miene sagte er: „Gunnar ist gestorben. Wir konnten nichts dagegen tun."

Eine Tasse fiel zu Boden. Tyra krümmte sich auf der Liege zusammen wie ein Säugling und versuchte, mit ihren zitternden Fingern das Gesicht zu bedecken. Unter dem weißen T-Shirt stach ihre Wirbelsäule hervor wie ein Nagelbrett.

„Sie braucht etwas zur Beruhigung", sagte ich zu dem Arzt.

„Nein", schrie Tyra. „Lasst mich! Ich brauche nichts!"

Sie setzte sich auf und versuchte, ihre zitternden Hände und Beine unter Kontrolle zu bekommen. Es gelang ihr erstaunlich gut. Dann sagte sie entschieden: „Ich will ihn sehen! Ich will Gunnar noch mal sehen!"

Kim Thai Pham nickte. Er stützte Tyra wie eine Witwe, als sie zusammen zur Tür hinausgingen. Niemand hielt die beiden auf, selbst Brandners Adjutant gab die Tür frei.

„Ich fress'n Besen, wenn diese Nilsson dem Professor nicht einen geblasen hat", sagte Brandner, nachdem die beiden weg waren.

Ich sah ihn an. Er grinste.

Diesmal schaffte ich es nicht mehr zur Toilette. Ich übergab mich direkt auf Brandners glänzende Schuhe.

14.

„Adlerstamm ist tot", sagte ich. Die Hand, in der ich mein Smartphone hielt, zitterte.

„Verdammt!", fluchte Madame de Rochat: „Merde alors!" Dann folgte Schweigen am anderen Ende der Leitung.

Die Villa, vor der ich parkte, machte einen verwahrlosten Eindruck, der Putz bröckelte, die Fensterläden waren morsch. Ich wartete geduldig, aber es kam keine Antwort. Nur das Klirren eines Löffels war zu hören, der auf einen Steinboden gefallen war.

„Adlerstamm wurde vergiftet", sagte ich schließlich. „So wie Kreusa und Otto."

„Merde alors", fluchte Madame de Rochat wieder. „Das ist unmöglich. C'est pas possible. Genau so, wie es in der *Nocturna* steht! Das gibt's doch gar nicht! Das ist doch nicht möglich!"

Madame de Rochat begann, die Verse aus dem sechsten Kapitel der *Nocturna* zu zitieren, ihre melodiöse, dunkle Stimme ließ mich erschaudern, während ich auf die Visitenkarte starrte, die sie mir am Vortag gegeben hatte. *Erlenweg 145.* Dann blickte ich wieder zur Villa hinüber. Das war die Adresse. Hier hatten die Kinder der Nacht ihr Quartier bezogen, nicht weit vom St. Elisabethen-Klinikum entfernt. Die Gardinen im Erdgeschoss waren zugezogen.

„Madame de Rochat", unterbrach ich sie. „Ich muss mit Ihnen sprechen. Sind Sie zu Hause?" Wieder blickte ich auf die alte Villa; von einem Zuhause konnte man hier wohl kaum sprechen, also korrigierte ich mich: „Ich meine, sind Sie in Ravensburg?"

„Nein", kam es zögerlich zurück. „Ich bin über das Wochenende in Lausanne."

Ich stieg aus meinem Alfa und atmete die kalte Winterluft ein. Noch immer hatte ich den beißenden Geruch von Formaldehyd in der Nase und den sauren Geschmack von Erbrochenem im Mund.

„Waren Sie dabei, als Adlerstamm starb?“, hörte ich Madame de Rochat wieder.

„Ja“, antwortete ich leise.

Das Tor zum Vorgarten stand offen, der Weg zur Haustür war gepflastert, zwischen den Steinplatten wucherte Moos und Dreck. Eine Platte stand hervor, ich stolperte. Neben der Eingangstür aus massivem Holz bemerkte ich das alte Klingelschild aus Messing. Über dem ursprünglichen, eingravierten Familiennamen klebte ein Streifen Malerkrepp, darauf stand mit schwarzem Filzstift geschrieben: *Rochat.*

„Wann kommen Sie zurück?“, fragte ich und klingelte.

Madame de Rochat schwieg.

Die Tür öffnete sich. Ich sah in ein großes, ovales Mädchengesicht. Der Anblick der rasierten Augenbrauen mit den Piercings und Schnitten war nur schwer zu ertragen, zumal das Mädchen ohne den Umhang erstaunlich zart wirkte. Deutlich war der dunkle Haaransatz unter den blondierten Haaren zu erkennen. Für einen Moment sah sie mich erschrocken an, dann nahmen ihre Augen wieder den teilnahmslosen Ausdruck einer Pubertierenden an.

„Hallo“, sagte ich.

Es kam nichts zurück, kein Hallo, kein Wort, nichts. Wir standen einfach nur da, ich mit dem Smartphone in der Hand und sie mit der Leere im Herzen. Dann hörte ich Schritte. Plötzlich trat Madame de Rochat in dem Rundbogen zum Flur, sie hatte ein Telefon in der Hand, ließ es sinken und sagte: „Eh bien.“

Auch ich ließ mein Handy sinken.

„Bien“, wiederholte sie verlegen. „Ich wollte gerade losfahren. Aber da Sie nun einmal hier sind, kommen Sie doch herein.“ An das Mädchen gewandt fügte sie hinzu: „Ist gut, Sara. Du kannst auf dein Zimmer gehen.“

Sara tat, was man ihr sagte. Mit gekrümmtem Rücken schlurfte sie durch den Flur und verschwand in einen dunklen Gang. Erst jetzt fiel mir auf, wie schmal ihre Schultern waren, wie dünn die Arme und wie lang die Beine; lediglich ihr Bauch und das Gesicht waren voll und weiblich.

Madame de Rochat riss mich aus meinen Gedanken, indem sie sagte: „Kommen Sie hier entlang.“ Auf Französisch fügte sie hinzu: „On y va.“

Ich folgte ihr in eine große Wohnküche. Um einen einfachen Holztisch standen eine Bank und ein Haufen zusammengewürfelter Stühle, Holzstühle, Schalenstühle, Polsterstühle. Die leeren Wände waren mit hellen Flecken und aufgerissenen Dübellöchern übersät, so als wäre erst kürzlich jemand ausgezogen. Während sich Madame de Rochat an der Espressomaschine zu schaffen machte, setzte ich mich auf einen grünen Klappstuhl.

„Die Polizei wird bald hier sein“, sagte ich.

Madame de Rochat klopfte den Siebträger über dem Waschbecken aus. Für einen Moment hielt sie inne und fragte: „Weiß man schon, was genau es für ein Gift war?“

„Nein“, sagte ich. „Wohl ein Pflanzengift, was Exotisches.“

„Was Exotisches?", fragte sie und blickte nachdenklich durch das Fenster in den verwahrlosten Garten hinaus.

Ein Aschenbecher mit mehreren Kippen stand auf dem Tisch.

„Gibt es Hinweise auf die Täter?", fragte Madame de Rochat schließlich. Und weiter: „Wurde jemand gesehen? Gibt es Zeugen?"

„Nein."

Sie nickte, öffnete eine Dose, löffelte Espressopulver in das Sieb und presste das Pulver zusammen.

Ich sagte: „Die Polizei wird Namen wissen wollen, Fakten, Konkretes. Wenn Ihre Vermutung stimmt und dieser Mord mit der *Nocturna* zusammenhängt, dann ist Schluss mit dem frommen Gerede."

„Frommes Gerede?" Madame de Rochat setzte den Siebträger in die Maschine ein und zog ihn mit einem Ruck fest. Als sie sich zu mir umdrehte, hatte auch ihr Blick angezogen: Er war hart. Eine Brise Verachtung lag darin. „Sie haben doch keine Ahnung", sagte sie, „was es für diese Jugendlichen bedeutet, wenn …"

In diesem Moment klingelte es an der Haustür. Madame de Rochat eilte hinaus und kam kurz darauf mit Kommissar Brandner zurück.

„Ach", sagte der nur, als er mich erblickte.

„Das ist Ruby Fuchs", stellte Madame de Rochat uns vor. „Sie ist Privatdetektivin. Und das ist …"

„Danke", entgegnete Brandner. „Wir hatten bereits das Vergnügen."

„Verstehe", sagte Madame de Rochat, blickte zwischen uns hin und her und kam zu dem Schluss:

„Deshalb sind Sie wahrscheinlich hier, Monsieur le Commissaire."

„Genau", sagte Brandner und musterte die schöne Französin ungeniert. „Ganz genau", sagte er wieder, während sein Blick auf ihren Brüsten ruhte, die unter dem engen Strickkleid gut zur Geltung kamen. „Sie sind also eine Mandantin von Frau Fuchs", fuhr er fort. „Und Sie hatten die Befürchtung, dass gewaltbereite Mitglieder Ihrer Sekte womöglich einen Anschlag auf Professor Adlerstamm planen. Einen Giftanschlag, wohlgemerkt. Und keine 24 Stunden später wird der gute Mann vergiftet. Das ist schon bemerkenswert."

Madame de Rochat nickte. Dann schloss sie für einen Moment die Augen und sagte: „Ja, ich habe Angst, Monsieur le Commissaire."

Brandner straffte die Schultern.

„Jetzt erzählen Sie mal ganz in Ruhe", sagte er. Tatsächlich grinste er diesmal nicht.

Madame de Rochat drückte einen kleinen Hebel an der Espressomaschine nach unten, und der Espresso lief in ein Kännchen. In das Plätschern mischte sich ihre Stimme: „Seit ein paar Wochen haben wir massive Probleme mit Trollen und Hatern. Wenn das so weitergeht, muss ich die Seite leider ganz schließen."

„Seit wann genau?", fragte ich und ignorierte Brandners Blick. „Seit das Kind gefunden wurde?"

Madame de Rochat nickte. „Da fing alles an", sagte sie.

„Trolle?", fragte Brandner. Jetzt grinste er doch. „Klingt nicht besonders angsteinflößend."

Madame de Rochat lehnte an der Küchenzeile, verschränkte die Arme vor der Brust und sagte in einem Tonfall, der mich daran erinnerte, dass sie jahrelang an der Universität gearbeitet hatte: „Trolle sind Schattengewächse des Internets. Sie stören funktionierende Gruppen oder greifen Einzelpersonen an, indem sie kränkende Kommentare schreiben. Trolle kommentieren Fotos, Artikel, Blogs, bevorzugt in Sozialen Medien. Sie sind nicht ganz so brutal wie Hater, aber der Übergang ist fließend. Wie die Hater tragen auch Trolle den Hass in sich. Sie möchten anderen Menschen Alpträume bereiten."

Im Gang waren Schritte zu hören, Stimmen, männliche Stimmen.

Madame de Rochat wirkte unruhig. „Entschuldigen Sie kurz", sagte sie, ging hinaus und sprach leise auf Französisch auf jemanden ein. Die Schritte entfernten sich wieder. Dann kam sie zurück und fuhr fort: „Trolle haben nichts Eigenes, sie zerstören nur etwas anderes, das funktioniert. Psychologisch ist das banal: Menschen brauchen ein Ventil für ihren Neid und ihren Selbsthass – und das Internet bietet aufgrund seiner Anonymität die besten Voraussetzungen dafür."

Brandner fuhr sich mit beiden Händen durch die kurzen Haare. „Und Sie denken jetzt", sagte er dann, „dass solche Hatter …"

Er sprach den Begriff deutsch aus.

„Hater", korrigierte ich ihn. „Das kommt von englisch to hate, hassen."

Langsam drehte er sich zu mir um. Sein Mund zuckte.

Während wir uns hasserfüllt anblickten, fuhr Madame de Rochat mit ihrem Vortrag fort: „Im sogenannten richtigen Leben trauen sich solche Leute nicht, ihre Meinung zu sagen. Sie schlucken und schlucken. Doch tief hier drin“, sie legte ihre Hände auf die Brüste, „wächst der Hass.“

Brandner wandte seinen Blick von mir ab und richtete ihn demonstrativ auf die Hände von Madame de Rochat. Sie warf ihm einen mädchenhaften Blick zu, durchaus etwas verlegen, bevor sie die Espressotassen auf den Tisch stellte.

„Im Internet schreibt ja fast jeder unter Pseudonym“, erklärte sie, nachdem sie eingeschenkt hatte. „Viele haben mittlerweile sogar eine richtige digitale Fake-Identität.“ Sie setzte sich und fügte hinzu: „Nostradamus hat das alles vorhergesehen. Er sprach davon, dass es nur noch um die Simulation von Leben gehen werde.“

Brandner kratzte sich ratlos hinterm Ohr.

Wir tranken den Espresso.

„Und Sie haben jetzt also Probleme mit .... solchen Leuten“, resümierte Brandner schließlich.

„Massiv“, erwiderte sie. „Diese Leute haben den Hass gegen Professor Adlerstamm geschürt.“ Der Satz klang, als hätte sie ihn vorher zurechtgelegt. Und der nächste ebenso: „Diese Leute haben die Geschichte mit dem Organhandel gepostet und dann so richtig hochgepeitscht.“

„Organhandel?“

Brandner und ich hatten gleichzeitig gefragt.

Madame de Rochat legte ihren Löffel beiseite und erzählte von dem Krankenpfleger Thomas Maucher, der nach einem Motorradunfall mit einem schweren Schädel-Hirn-Trauma ins St. Elisabethen-Klinikum eingeliefert worden sei. Als Körperspender sei er nach seinem Tod auf dem Seziertisch von Adlerstamm gelandet. In einer *Sectio chirurgica* habe Adlerstamm anhand der Leiche von Thomas Maucher gezeigt, wie man eine Niere entnimmt. Die Eltern des Mannes hätten danach schwere Vorwürfe gegen Adlerstamm erhoben und den Verdacht geäußert, Adlerstamm würde die Organe der Körperspender verkaufen. Die Eltern glaubten, ihr Sohn könnte noch am Leben sein, wenn er kein Körperspender gewesen wäre. Sie glaubten, dass man nicht alles getan habe, um das Leben ihres Sohnes zu retten.

„Das Verfahren läuft noch vor dem Amtsgericht Ravensburg“, schloss Madame de Rochat ihren Bericht.

Brandner stieß einen Pfiff aus.

„Das kann ich nicht glauben“, erwiderte ich. „Adlerstamm verwendet nur Leichen von Menschen, die Körperspender sind. Das Ganze ist freiwillig.“

„So freiwillig wie so etwas halt sein kann“, entgegnete Madame de Rochat und zuckte mit den Achseln. „Ich weiß nur, dass im Fall des ausgesetzten Kindes das Jugendamt bereits zugestimmt hat. Wenn das Kind stirbt, wird es als Körperspender zur Verfügung stehen.“

„Wie bitte?“ Ich starrte sie an.

„Krass“, sagte Brandner.

„Aber ich bin kein Richter“, sagte sie. „Deshalb war ich ja bei Ihnen, Ruby Fuchs. Obwohl ich die Machenschaften des Professors verurteile, steht es mir nicht zu, über sein Leben zu richten.“

Brandner trank seinen Espresso in einem Zug leer.

„Also zuvor war ich natürlich bei der Polizei“, fügte sie mit einem Seitenblick auf Brandner hinzu, „aber dort hat man mich, nun ja, für verrückt erklärt.“

Brandner stand auf und begann, hin und her zu laufen. Schließlich baute er sich vor Madame de Rochats Stuhl auf, verschränkte die Hände vor seinem Gemächt und sagte: „Dann werden wir diesen Trollen mal auf den Zahn fühlen. Ich nehme an, die Wichtel müssen sich anmelden, um in Ihr Forum zu kommen? Dann haben wir doch die Namen und Adressen.“

Madame de Rochat blickte zu ihm auf.

Er straffte die Schultern.

„Das stimmt, ich habe eine Liste mit Namen, Adressen und Serverdaten“, sagte sie und erhob sich nun ebenfalls von ihrem Stuhl. Die beiden blickten sich direkt an. „Wenn Sie das überprüfen mögen, Monsieur le Commissaire, gerne“, fügte sie leise hinzu. Und dann: „Es wird wirklich Zeit, dass jemand mal hart durchgreift.“

Brandner nickte.

Von oben drang Musik herab, es klang nach Heavy Metall.

„Ich werde die Kollegen von der Internet-Kriminalität zu Rate ziehen“, sagte Brandner. „Am besten, Sie kommen gleich mit aufs Revier. Und nehmen Sie Ihren Computer und die Daten und das alles gleich mit.“

„Okay“, erwiderte Madame de Rochat.

Kurz darauf verließen wir zu dritt das Haus. Brandner ließ zuerst Madame de Rochat einsteigen, er hielt ihr die Autotür auf, ging dann um das Auto herum und warf mir, bevor er selbst einstieg, einen triumphierenden Blick zu, so als hätte er eben einen Sieg errungen.

15.

Der Fahrtwind war eiskalt. Trotzdem ließ ich das Fenster einen Spaltbreit offenstehen, als ich mit meinem Alfa aus der Stadt hinausfuhr. Ich wollte etwas anderes spüren als den Tod – und sei es ein eiskalter Wind. Die Straße war zweispurig und führte bergan. Ich gab Gas. Hier draußen, keine zehn Minuten von Ravensburg entfernt, hatte ich einen Ort gefunden, an dem ich nachdenken konnte, einen Ort, der den Blick weit über das Tal öffnete und mir dadurch Ruhe schenkte, jenes Gefühl von Ewigkeit, in der der Tod seinen Schrecken verlor.

Ich parkte, stieg aus und folgte dem Pfad zwischen den Bäumen hindurch bis zu einer Aussichtsplattform. Auf dem Weg kreisten Gesprächsfetzen in meinem Kopf, Adlerstamms Lächeln, Tyras wasserblaue Augen und Brandners Grinsen und immer wieder dieses Gefühl des Irrealen und die Frage, ob das wirklich passiert sei.

Ja, es ist passiert. Adlerstamm ist tot.

Ich blieb stehen und blickte über das Schussental hinweg. Die Landschaft war ein Auf und Nieder von Grautönen, von Grün und Braun, dahinter glänzte ein blauer Streifen Bodensee, über dem sich flimmernd die Alpenkette in den Himmel erhob.

Es war ruhig. Nur der Wind fuhr sanft durch die Tannen. Ich nahm die Weite in mich auf und schloss die Augen.

Einatmen. Ausatmen.

Mein Handy klingelte.

Es ist nicht so wichtig, sagte ich mir. Dann blickte ich doch auf das Display. *Zoran ruft an*, stand darauf. Okay, es war wichtig.

„Hi", sagte ich.

„Hi Ruby. Ich hab was für dich."

„Schieß los."

„Du könntest recht haben. Der Unfall von Peter Zürner, also da hat möglicherweise jemand nachgeholfen."

„Red schon!"

Ich atmete schneller.

„Als sie Zürners Leiche aus der Schussen zogen", hörte ich Zoran, „da hatte er einen Stab in der Hand."

„Einen Stab?"

„Ja, so einen langen, dunklen Holzstab. Könnte der Stab eines Hochspringers sein, auf jeden Fall ist das Holz bearbeitet, rundgeschliffen. Das heißt, es war kein Ast, der irgendwo herumlag."

Der Wind rüttelte an den Zweigen der Tannen ringsum.

„Könnte es ein Langruder sein?“, fragte ich. „Der Stab eines Fährmanns?“

„Wäre ungewöhnlich“, sagte Zoran. „Aber möglich.“

Ich ging hin und her. Die Aussichtsplattform, auf der ich stand, war nicht befestigt. Es war nur Gras, Stein und Matsch. Die Sonne, die immer auf diesen Platz schien, hatte den Schnee sulzig werden lassen.

„Seltsam ist, dass das Ding an sein Handgelenk gekettet war“, sagte Zoran.

„Gekettet?“

„Also nicht direkt gekettet. Der Stab war mit so einer Ledermanschette an seinem Handgelenk befestigt, so eine Lasche, wie sie die Nordic Walker auch haben. Daher konnte Zürner den Stab nicht verlieren, auch als er schon tot war.“

Ich blickte an mir hinab. Meine roten Lederstiefel waren braun gesprenkelt, und ich spürte die Kälte des Bodens. Langsam kroch sie in mir hoch.

„Haberschwert glaubt, der Stab könnte ein Schutz gegen das Hochwasser gewesen sein“, sagte Zoran.

„Hat Haberschwert die Leitung im Fall Zürner gehabt?“

„Ja.“

Kommissar Haberschwert war ein guter Mann, aber auch einer, der froh war, wenn alles ohne Probleme ablief.

„War der Stab vielleicht auch die Tatwaffe?“, fragte ich. „Es hieß doch, Zürner habe eins über den Hinterkopf bekommen.“

„Unklar“, antwortete Zoran. „Zürner trieb ja mehrere Stunden im Wasser. Die Kopfwunde war deshalb ziemlich ausgewaschen.“

„Aber den Stab hätte man doch auf Spuren untersuchen können“, wendete ich ein.

Zoran erinnerte mich daran: „Es gab keine Ermittlungen, Ruby.“

Ich ging in Richtung Wald, wo der Schnee noch fest war.

„Und wo ist der Stab jetzt?“, fragte ich, während ich meine dreckigen Sohlen auf einem Schneestück abwischte.

„Vermutlich bei der Witwe. Gerlinde Zürner. Der Arzt gab ihr alles mit, was sie bei ihm gefunden hatten.“

Ich stand im Schatten einer großen, schwarzen Tanne. Die Sonne war weg und mit ihr der versöhnliche Blick auf die Welt.

„Bitte“, sagte ich fröstelnd.

Mehr brauchte es nicht. Zoran hatte mich verstanden.

„Okay“, seufzte er. „Bei Gelegenheit fahre ich da vorbei.“

„Sofort“, rief ich. Meine Stimme klang panisch.

„Ruby“, kam es zurück. „Was ist los?“

„Heute starb noch ein Mann, Professor Adlerstamm, Chefarzt der Frauenklinik im St. Elisabethen-Klinikum. Gerade vorhin erst. Er starb genau so, wie es in dieser Prophezeiung steht. Vergiftet! Nach dem Busfahrer ist er jetzt der zweite.“

„Der zweite?“

„Der zweite Tote“, sagte ich zitternd. „Laut Prophezeiung müssen vier große Männer sterben, damit das Kind überlebt." Das Smartphone in meiner Hand war eiskalt.

„Apropos Kind", wiederholte Zoran nachdenklich. „Gibt es da was Neues? Haben die endlich einen Hinweis auf die Identität des Säuglings?"

„Ich glaube nicht", sagte ich. „Aber ich bin ja nicht mehr bei der Kripo", erinnerte ich ihn und stapfte durch den Dreck zurück zu meinem Alfa.

Zoran schwieg. Dann sagte er: „Leider, Ruby. Das wollte ich dir ohnehin schon lange mal sagen. Warum kommst du nicht zurück? Wir brauchen dich, wirklich."

Meine Hände zitterten unkontrolliert, so dass ich mehrere Anläufe brauchte, um mein Auto aufzuschließen. Es hatte noch ein Schloss, bei dem man den Schlüssel wirklich hineinstecken musste.

„Ist schon okay, Zoran", sagte ich, als ich endlich im Auto saß. Dann verabschiedete ich mich und fuhr in Rekordtempo zurück in die Stadt. Meine Schuhe waren dreckig, meine Füße eiskalt und die Unruhe war größer denn je.

16.

Zwanzig Minuten später parkte ich wieder vor der heruntergekommenen Villa im Erlenweg. Und wieder stolperte ich über die hervorstehende Platte im Vorgarten. Ich klingelte.

Das Mädchen öffnete.

„Sara", sagte ich. „Hi."

Sie sagte nichts. Das Desinteresse in ihrem Blick verschwand für einen kurzen Augenblick, in dem ich glaubte, Angst gesehen zu haben.

„Ich habe nur etwas vergessen“, beruhigte ich sie. „Madame de Rochat weiß Bescheid. Sie meinte, ich sollte einfach noch mal klingeln und es selbst holen.“ Ich lächelte, als ich hinzufügte: „Ich glaube, es liegt in der Küche.“

Sie rührte sich nicht. Ihr stumpfer Blick war unerträglich.

Ich ging einfach an ihr vorbei, durchquerte den Flur und betrat die Küche. Die leeren Espressotassen standen noch auf dem Tisch. Sara war mir gefolgt, mit hängenden Schultern stand sie in der Tür und sah mir zu, wie ich unter dem Tisch nach etwas suchte, von dem ich selbst nicht wusste, was es war.

„Geht es dir eigentlich gut?“, fragte ich.

Sara tat, als hätte sie mich nicht verstanden.

„Warum bist du hier?“, fragte ich weiter. „Suchst du Halt in einer Gemeinschaft? Glaubst du an Erlösung?“

Ich rutschte auf den Knien hin und her. Sie glotzte mich an, als wäre ich ein Ungeziefer, das auf dem Boden umherkroch.

Ich ließ nicht locker, fragte: „Wie ist das eigentlich, wenn man hier aufgenommen wird? Muss man dann den Kontakt zur Familie abbrechen und zu seinen alten Freunden? Muss man Geld mitbringen? Hast du noch Kontakt zu deinen Eltern? Wissen sie, dass du hier bist? Was ist mit deiner Mutter? Die macht sich doch sicher höllisch Sorgen um dich.“

Saras Lippen blieben hart.

Ich kroch unter dem Tisch hervor und stand auf.

„Ich habe keine Ahnung, was mit dir los ist", sagte ich leise. „Aber ich fühle, dass etwas nicht stimmt. Wirst du hier etwa gewaltsam festgehalten?"

Gerne hätte ich sie umarmt oder wenigstens meine Hand auf ihren Arm gelegt. Doch ich blieb in zwei Metern Entfernung von ihr stehen, da ich ihre Abwehr deutlich spürte.

„Sara?", fragte ich. „Was ist los mit dir?"

Aus ihren großen, weichen Augen kullerten Tränen, die sie sofort mit dem Ärmel ihres dreckigen Hoodies abwischte.

„Pass auf", sagte ich und steckte ihr meine Karte zu. „Ruf mich an, wenn du reden möchtest. Du bist noch sehr jung." Ich sah sie an. „Du bist ja selber noch fast ein Kind. Es ist dein Leben. Es gibt immer etwas, das man tun kann. Du bist stärker, als du denkst."

Ein lautes Krachen ließ uns zusammenfahren. Dann waren Schritte zu hören, es klang, als käme jemand eine Kellertreppe herauf. Im Flur wurde eine Tür geöffnet und wieder geschlossen. Sara stand wie erstarrt da. Ich blickte auf die Einstichlöcher über ihren Augenbrauen, dann auf den großen, dunklen Schatten, der in der Tür anwuchs und sich als Rabenmann herausstellte.

„Was machen Sie hier?", fragte er mich.

Jetzt konnte ich deutlich den französischen Akzent in seiner Stimme hören. Er packte Sara am Arm und zerrte sie in Richtung Tür. Hier im Haus trug er eine schwarze Jeans und einen schwarzen Pullover. Ohne den Umhang wirkte er profan, beinahe armselig.

„Ich bin übrigens Ruby Fuchs“, sagte ich und streckte ihm meine Hand entgegen. „Freut mich sehr.“

„Wo ist Natalie?“, fragte er das Mädchen.

„Auf dem Präsidium“, antwortete ich für sie. „Madame de Rochat muss eine Aussage im Mordfall Adlerstamm machen.“

„Was stehst du hier noch herum?“, fuhr er das Mädchen an. „Geh auf dein Zimmer. Mach schon.“

Sara duckte sich wie unter Schmerzen, bevor sie sich lautlos entfernte.

„Du bist Elias, richtig?“, fragte ich.

Der Rabenmann ging zur Spüle, wusch sich die Hände und trocknete sie ausgiebig mit einem Geschirrhandtuch ab.

„Hat Adlerstamm also von mir erzählt“, begann er das Gespräch.

„Hat er“, sagte ich.

„Das ist schlimm, dass er jetzt tot ist“, sagte er mit starrem Blick. „Aber wir haben damit nichts zu tun.“

„Du warst bei ihm“, erwiderte ich. „Du hast mit ihm ein Interview geführt. Für deinen Blog. Da hast du ihn beschuldigt, dass er Kinder hasse und so weiter.“

Er zuckte mit den Achseln. „Das ist die Wahrheit“, sagte er dann, wischte sich abermals die Hände mit dem Handtuch ab und schmiss es dann achtlos in eine Ecke. „Adlerstamm ist der Kopf einer ethischen Gruppierung“, fuhr er plötzlich hasserfüllt fort, „einer Gruppe, die dafür plädiert, im Fall einer schwierigen Geburt das Leben der Mutter zuerst zu retten. Erst danach käme das ungeborene Kind.“

„Und daraus leitest du einen Hass auf Kinder ab?“, fragte ich.

Elias verschränkte die Arme vor der Brust. Er blickte mich verächtlich an, als er fragte: „Was ist wichtiger? Die Mutter oder das Kind? Das Gefäß oder der Inhalt?“

Ich blickte zum Küchenfenster hinaus; draußen wurde es langsam dunkel. Dann sah ich wieder diesen jungen Mann an, der so viel Wut und Hass in sich trug. Auf seinem Hals prangte eine Narbe, die sich über die gesamte rechte Seite zog und in seinem Bartwuchs eine weiße Spur hinterließ.

„Was ist mit Sara?“, fragte ich schließlich. „Es geht ihr nicht gut. Das sieht doch jeder. Wie alt ist sie überhaupt? Ist sie schon volljährig? Das Jugendamt kann das prüfen.“

„Korrekt“, sagte er verächtlich. „Es geht ihr nicht besonders. Sie kam in dieser Welt da draußen einfach nicht mehr zurecht, es gab niemanden, der ihr sagte, wo es langgeht. So landete sie auf dem Kinderstrich, Alkohol, Drogen, das ganze Programm unserer ach so tollen Welt.“

Ich sah ihn an.

Elias sagte: „Erst hier bei uns fand sie Ruhe und zu ihrer wahren Bestimmung als Frau.“

„Verstehe“, sagte ich. „Und die Rolle der Frau besteht in der Unterordnung unter einen aggressiven Mann wie dich.“

„Korrekt“, sagte er wieder und grinste. Dann sah er mich an und spukte in die Spüle aus. Kurz darauf waren wieder Schritte zu hören, Pockennarbe erschien in der Tür und blickte mich aus seinen kalten Augen an.

„Okay“, sagte ich.

Dann quetschte ich mich zwischen den beiden hindurch und ging durch den Flur hinaus. Beinahe rannte ich.

Elias kam ein Stück hinterher, blieb dann aber in der Haustür stehen. Wenigstens versuchte er nicht, mich aufzuhalten, als ich in meinen Alfa stieg. Nur sein Blick verfolgte mich noch lange; es war der Blick eines Alptraums.

17.

Es war immer noch Samstag, der 5. Januar, als ich gegen halb sieben schnell ein paar Besorgungen im Supermarkt machen wollte. Genervt zerrte ich an einem Einkaufswagen, der so fest an einen anderen gekettet war, dass er sich nicht lösen ließ.

Fluchend schlug ich auf das Ding ein.

Eine ältere Dame schüttelte den Kopf und murmelte etwas über die Zeiten, die immer schlimmer wurden.

Einatmen, ausatmen.

Ich nahm einen anderen Wagen und schob ihn durch die sich öffnende Tür in den Markt hinein, warme Luft und sanfte Musik kamen mir entgegen. Ich blickte auf die Uhr. Frau Krachler hatte mich bereits darüber informiert, dass ihr Mann um 16:45 Uhr in Freiburg losgefahren sei. Das hieß, er würde gegen 19:15 Uhr in Ravensburg ankommen. Wir hatten noch 45 Minuten.

Wie geht's dir?, schrieb ich John eine Whatsapp.

Nicht so gut, antwortete er.

Wie sieht's mit Krachler aus?, fragte ich. *Ab sieben muss jemand den Engel überwachen.*

Ich ging vor dem Kühlregal hin und her, um den Frischkäse zu suchen.

Sorry, schrieb John. *Kann nicht mal vom Sofa aufstehen.*

So schlimm?

Leider.

Mist.

Ich nahm einen Vanillejoghurt aus dem Regal und lud ihn in meinen Wagen.

Tut mir wirklich leid, schrieb John wieder.

Sam wird enttäuscht sein, schrieb ich.

Oh no!!!, kam es sofort zurück. *Heut ist ja das Konzert im Schiffshaus! Shit. I'm really sorry!!!*

Da kann man nichts machen, schrieb ich. *Schicksal.*

Nach dem Tag heute hatte ich ohnehin keine Lust mehr auf Party. Ich griff nach einer Sahne. Sam würde es verkraften, wenn ich nicht da war. Vor einem Auftritt zog er sich ohnehin immer zurück, um sich zu konzentrieren. Da störte ich nur. Und nach dem Auftritt war er umringt von Fans, die ihn für sich wollten; auch da störte ich nur.

Ich lud zwei Stück Butter in meinen Einkaufswagen. Auch eine Sahne tat ich hinein – nur den Frischkäse fand ich nirgends.

Dann erhol dich mal gut, schrieb ich.

Mach ich.

Was ist mit Laura?

Sie kommt Montag, shit!

Warum shit?

Weil ich krank bin.

Bis Montag bist du wieder fit!

Ich hoffe.

Bist du!

Sonst dreh ich durch.

Ich ging nun zum dritten Mal am Kühlregal entlang. Quark, Buttermilch, Sahne, Hüttenkäse, Kefir, alles da, nur kein Frischkäse. Am anderen Ende des Regals entdeckte ich zwei Angestellte in weißen Kitteln, ein jüngerer, kräftiger Mann räumte eine Palette Milch ins Regal, eine ältere, blonde Dame gab ihm Anweisungen. Wahrscheinlich ein Azubi und die Abteilungsleiterin. Ich schlenderte in ihre Richtung, als mein Handy abermals brummte.

Nochmal sorry wegen heute Abend, schrieb John wieder.

Don't care!, schrieb ich zurück und schickte einen Kussmund.

Dann steckte ich das Handy weg und fragte den Mann: „Entschuldigung, wo haben Sie denn den Frischkäse?"

Der Mann drehte sich um. Ich erstarrte. Es war der Waldschrat, dem in diesem Moment eine Packung Milch aus der Hand fiel.

„Pass doch auf!", rügte ihn die blonde Dame. Dann wendete sie sich mir zu und sagte lächelnd: „Auch Frischkäse ist ein Käse. Deshalb steht er auch da hinten im Käseregal. Hier ist nur für Milch und Butter!"

18.

Es war kurz vor Mitternacht. Ich stand auf der Dachterrasse meiner Wohnung und blickte über die Stadt. Die spitzen Dächer der Fachwerkhäuser stachen in den dunklen Nachthimmel. Meine Finger waren eiskalt. Das Thermometer zeigte minus elf Grad. Die Zigarette in meiner Hand zitterte, als ich sie zum Mund führte. Seit Monaten hatte ich nicht mehr geraucht, in meiner Vorstellung strahlte meine Lunge in einem hellen Weiß, doch das, was ich soeben gelesen hatte, färbte alles wieder schwarz.

Langsam atmete ich den Rauch aus.

Über mir hingen die Sterne wie festgeklebt. Ich zuckte zusammen, als die Stadtkirche Mitternacht schlug. Sam war noch nicht wieder zurück. Vor zwei oder drei Uhr morgens kam er nie zurück nach einem Konzert.

Meine Hand zitterte.

Anton Krachler hatte um 19:40 Uhr im *Gasthof Engel* eingecheckt und war eine halbe Stunde später wieder herausgekommen. Der Mann war Mitte sechzig und wirkte nicht wie jemand, der ein Abenteuer einging. Im Gegenteil. Gebückt und mit grauem Gesicht war er durch die Altstadt geschlichen. Von 20:20 Uhr bis 21:35 Uhr hatte er im *Eiscafé Firenze* am Marienplatz gesessen und vermutlich auf jemanden gewartet, denn Krachler hatte immer wieder auf sein Handy geblickt, eine Geste, die nicht zu ihm passte. Dann war er zurück ins Hotel gegangen. Er schien also versetzt worden zu sein. Im Hotel hatte ich noch eine halbe Stunde vor seiner Tür gestanden und gelauscht. Krachler hatte ferngesehen, mehr nicht. Nachdem der blasse Streifen Licht unter seiner Tür erloschen war, hatte auch ich mich auf den Nachhauseweg gemacht.

Ich nahm noch einen Zug. Der Rauch stand weiß in der kalten Winterluft.

Dieses kranke, perverse Schwein, hatten die Mitglieder im geschlossenen Bereich der *Nocturna* über Adlerstamm geschrieben. *Der will doch nur auffallen um jeden Preis. GESUNDE Ärzte ja, KRANKE Perverse nein!!!! So ein korruptes Schwein wird Chefarzt!!!! Ich könnte kotzen, wenn ich diese Fresse nur sehe!!!!*

Brandner hatte mir einen Zugang für den internen Bereich geschickt, ein Forum, in dem registrierte Mitglieder miteinander in Kontakt treten konnten. Dort teilten sie Videos, Fotos, Sorgen – und Hass. Die Hetze gegen Adlerstamm war in den Tagen vor seinem Tod erschreckend gewesen.

Der holt sich doch vor der Kamera einen runter, dieser geile alte Sack!!! Mediengeiles Arschloch!!! Der fickt doch jede Studi, die blöd genug ist, sich von dem einlullen zu lassen.

Ich trat vor bis ans Geländer und ließ die Zigarette fallen. Sie war ein heller Punkt, der in der Tiefe erlosch. Dann ging ich wieder hinein, legte mich auf mein Bett und berührte das Touchpad meines Laptops. Der Bildschirm leuchtete auf, die Seite war noch geöffnet.

Es war 00:05 Uhr.

Sam war noch nicht da, natürlich nicht.

Der Shitstorm gegen Adlerstamm hatte mit einem Brief begonnen, den ein gewisser Medikuss im Forum veröffentlicht hatte. Das war am 30. Dezember gewesen, sechs Tage vor Adlerstamms Tod. Es handelte sich um den Brief, den die Eltern von Thomas Maucher an das St. Elisabethen-Klinikum geschrieben hatten. Thomas Maucher war der Krankenpfleger gewesen, der bei einem Motorradunfall ums Leben gekommen war. Er starb mit nur 32 Jahren. In dem Brief erhoben die Eltern schwere Vorwürfe gegen Professor Adlerstamm, sie sprachen von Organhandel und fahrlässiger Tötung. Medikuss war es auch, der noch am selben Tag die Information rausgegeben hatte, dass ein Prozess gegen Adlerstamm eröffnet worden sei.

Ich griff nach dem Glas Rotwein, das auf meinem Nachttisch stand, und trank.

Doch es hatte nie einen Prozess gegen Adlerstamm gegeben. Ich hatte mich erkundigt, nicht mal eine Strafanzeige bei der Polizei war eingegangen. Fake News, nannte man das dann wohl, was Medikuss herausgegeben hatte. Wie es schien, hatte auch Madame de Rochat dieser Information Glauben geschenkt, denn sie hatte uns am Nachmittag ebenfalls von dem Prozess erzählt.

Ich trank den Wein.

Die Reaktionen auf Medikuss' Veröffentlichung des Briefs waren krass gewesen: *Dieser kranke, geldgeile Leichenfledderer*, hieß es. Oder: *Perverses, menschenverachtendes Schwein.* Zwischen den Beleidigungen waren Berichte über den weltweiten Organhandel geteilt worden, außerdem Videos, in denen Organe aus menschlichen Körpern geschnitten wurden. Neben Fotos von Ärzten in teuren Autos gab es Fotos von halb verhungerten Kindern aus Afrika, unter Fotos von Slums in Brasilien wurden Bilder von Villen am Bodensee mit Seeblick gepostet. Die Bilder hatten in Wirklichkeit nichts miteinander tun, aber durch die digitale Montage wirkte es, als führte das eine zwangsläufig zum andern.

Es war 00:13 Uhr.

Ich trank.

Am vergangenen Montag hatte sich die Diskussion abermals verschärft, als Medikuss ein Dokument gepostet hatte, das angeblich den Gesundheitszustand des Kindes vom Marienplatz dokumentierte: Es war das Foto einer Blutanalyse, die hohe Entzündungswerte aufwies. Kurz darauf hatte Medikuss gemeldet, dass man das Kind „auf dem Amt" als Körperspender freigegeben habe.

Ich scrollte weiter nach unten.

Seit Montag waren zum Thema *#Adler* über dreihundert Beiträge eingegangen, nahm man *#Adlerstamm* oder *#KilltheAdler* hinzu, waren es doppelt so viele. Ein paar Nutzer bemühten sich vorderhand um eine sachliche Diskussion und gaben sich über Fachausdrücke den Anschein der Wissenschaftlichkeit. Es gab auch welche, die mit Bibelzitaten um sich warfen, einer auch mit Goethe und Nietzsche. Dennoch blieben die Inhalte oberflächlich; tief waren nur die Verletzungen, die sie hervorrufen sollten.

00:17 Uhr. Meine Hand zitterte.

Ich trank den Wein aus.

Zugpferde der Hasskampagne waren Medikuss und ein gewisser JungDoc. Doch selbst Mitglieder wie

MarieCurie, die sonst eher nette Sachen postete, hatte in der Nacht von Mittwoch auf Donnerstag geschrieben, dass sie „vor Sorge um Soterias nicht mehr schlafen“ könne.

Ich blickte auf mein Handy.

Keine Nachricht von Sam.

Am Freitag, also gestern, hatte Medikuss den Lageplan des St. Elisabethen-Klinikums online gestellt und über die Zeit und den Ort informiert, an dem Adlerstamm seine nächste *Sectio chirurgica* abhalten würde. Danach waren wieder Hasskommentare aufgeflammt: *Wenn ich die Fresse schon seh!* Oder: *Dieses selbstgefällige Arschloch!* Und *MarieCurie* hatte geschrieben: *Ich könnte ihm das Skalpell in die Eier stoßen.*

Ich stand auf, holte die Flasche Wein vom Küchentresen und ging zurück zum Bett. Für einen Moment starrte ich auf das Glas, dann trank ich direkt aus der Flasche.

00:30 Uhr.

Draußen schlug eine Kirchturmuhr einsam vor sich hin.

Sam war noch immer nicht da, natürlich nicht. Ich rief mir ins Gedächtnis, dass er nach einem Konzert vor zwei oder drei Uhr morgens nie nach Hause kam. Wieder blickte ich auf mein Handy und wieder war da keine Nachricht von ihm, kein Foto, kein Video, nichts.

Ich setzte die Flasche abermals an meine Lippen.

Kommissar Brandner hatte mithilfe der Daten von Madame de Rochat bereits die Identität von Medikuss überprüft. Das Pseudonym war angemeldet auf Tyra Nilsson, Birkenweg 2, Ravensburg.

Ich umklammerte die Flasche. Meine Fingerknöchel traten weiß hervor.

Das glaube ich nicht.

Das konnte einfach nicht wahr sein. Jemand musste Tyras Namen missbraucht haben, jemand, der eine falsche Spur legen wollte.

Ich hatte keinen Durst, aber ich trank.

Schockierend war außerdem, dass das Video der heutigen *Sectio chirurgica* frei im Netz verfügbar war und mittlerweile schon 365 Likes hatte. In dem Film war deutlich zu sehen, wie Professor Adlerstamm zusammenbrach. Doch nicht nur das. Auch ich war deutlich zu sehen, wie ich neben ihm auf dem Boden kniete. In einem Kommentar zu dem Video hieß es: *Das ist Ruby Fuchs, Wächterin des Bösen.*

Meine Augen tränten.

Auch andere Kommentare und Informationen, die zuvor nur im internen Mitgliederbereich der *Nocturna* geteilt worden waren, tauchten nun auf öffentlich zugänglichen Seiten auf. So auch der Vorwurf gegen Adlerstamm wegen Organhandel.

Die Buchstaben verschwammen vor meinen Augen.

Das St. Elisabethen-Klinikum arbeitete zwar an einer offiziellen Gegendarstellung zu den Vorwürfen, außerdem hatte man bereits auf der Seite des Klinikums angekündigt, dass man alle Beiträge, die solche Vorwürfe gegen Professor Gunnar Adlerstamm hervorbrachten, juristisch verfolgen lassen würde. Doch trotz dieser schnellen und umsichtigen Reaktion der Krankenhausleitung waren aber auch Stimmen aus dem Klinikum selbst aufgetaucht, die sich verunsichert gezeigt hatten. Es gab wohl Angestellte, die nicht mehr wussten, was sie glauben sollten. Das Ganze war ein Gewächs aus Wahrheit, Halbwahrheit und Lüge, eine vitale Masse, die nicht stillstand.

Ich zuckte zusammen.

Der Bildschirm war schwarz, nur der Mond stand hell wie ein Gespenst über meinem Dachfenster. War ich eingeschlafen? Ich tastete nach meinem Handy. Es war 02:35 Uhr. Die Flasche Rotwein lag neben mir auf dem Bett, sie war leer. Aus den Gassen der Altstadt drangen Stimmen herauf, jemand lachte, dann ein Grölen.

Warum war Sam immer noch nicht da? Richtig. Er hatte ja dieses Konzert in der Schiffbauhalle von *Navis Sol.* Ich legte mich auf den Rücken und starrte nach oben. Der Mond lächelte kalt.

Navis Sol, Navis Sol, Navis Sol …

Ich startete meinen Laptop, öffnete das Internet und las, dass *navis* auf Latein *Schiff* bedeutete, *sol* die *Sonne.* Navis Sol bedeutete also Schiff der Sonne, ein Sonnenschiff. Abermals loggte ich mich auf der Seite der *Nocturna* ein – und las die Stelle wieder und wieder:

Doch mächtiger als sie ist Orpheus der Massen,
weil er die Menschen will glauben lassen,
sie wären selber Gott.
Darum schickt ihm der Herr einen schrecklichen Tod,
am Achten im Feuer im goldenen Boot.

Der dritte Mord, der angekündigt wurde, war also der Mord an Orpheus. Ich klickte auf den Kommentar: *Orpheus war ein berühmter Sänger der griechischen Mythologie.*

Sein Gesang hatte eine große Kraft, etwas Magisches, das die Menschen zu besseren Menschen machte. Denn Orpheus Gesang war nicht auf Zerstörung ausgerichtet, sondern auf Heilung. Sein Gesang galt der Schönheit des Göttlichen, die etwas erschafft. Wenn der griechische Orpheus gesungen hatte, waren sogar die Sirenen verstummt, die ansonsten die Seefahrer in den Tod lockten.

Ich starrte zum Mond empor. Wenn man es genau nahm, war Orpheus also ein Singersongwriter – so wie Sam.

Meine Hand zitterte, als ich nach meinem Smartphone griff und Sams Nummer wählte. Es ging nur die Mailbox dran. Sam hatte das Handy ausgeschaltet; so wie immer, wenn er auf einem Konzert war. Ich wählte die Nummer von Jan, seinem Manager, doch der nahm auch nicht ab. Dann wählte ich Evas Nummer, die Sams größter Fan war, doch auch sie ging nicht ran.

Ich starrte wieder auf die *Nocturna.*

An einem Achten sollte Orpheus sterben, prophezeite die Schrift. Das war das Einzige, was mich beruhigte, denn heute war der 5. Januar; oder nein, es war schon der 6. Januar. „Sam ist nicht in Gefahr", sagte ich laut, „niemand will ihn umbringen." Doch meine Stimme klang seltsam.

Es ist vorbei, Ruby.

Das ist alles nur in deinem Kopf.

Ich stand auf und ging in die Küche, um mir ein Glas Wasser zu holen. Doch im Regal stand die angefangene Flasche Whisky, die Sam zu Weihnachten geschenkt bekommen hatte, ich starrte darauf. Die rote Schleife hing traurig herab. Ich beschloss, mir einen Schluck zu genehmigen. Als Sam eine halbe Stunde später die Tür aufschloss, lag ich unbekleidet und mit einer Flasche Whisky in der Hand im Bett.

„Sam“, schrie ich. „Na endlich. Wo warst du denn so lange?“

„Auf dem Konzert?“, sagte er und sein Gesicht erschien über mir. Überwältigt von der Schönheit meines Geliebten und von der Kraft, mit der er meine Schenkel umfasste, begann ich stumm zu weinen.

Sam beugte sich über mich und öffnete seinen Mund zu einem Kuss. Sein erwartungsvolles Gesicht verwandelte sich in Entsetzen, als er meine Tränen bemerkte. „Was hast du denn?“, fragte er.

„Angst“, brachte ich schließlich hervor. „Ich habe Angst, dass du stirbst.“

Er schüttelte den Kopf. „Warum sollte ich denn sterben?“, fragte er.

„Weil du Orpheus bist!“, lallte ich. Meine Zunge war schwer, mühsam fügte ich hinzu: „In der Prophezeiung steht, dass du der Nächste bist!“

19.

Montagmorgen, der 7. Januar. Draußen war es noch dunkel. Ich tastete nach meinem Handy: 05:12 Uhr. Sam schlief, ich hörte seinen Atem neben mir, doch ich war jetzt hellwach. Denn das Erste, was mir in den Sinn kam, nachdem ich die Augen aufgeschlagen hatte, war: Orpheus! Der Gedanke brannte in meinem Gehirn.

Orpheus.

Samstag sei für mich ein anstrengender Tag gewesen, hatte Sam gemeint, deshalb hätte ich in der Nacht überreagiert und der Alkohol habe alles noch schlimmer gemacht. Ich hatte seinen besorgten Blick gesehen, so als könnte ich langsam doch durchdrehen.

Vielleicht tat ich das ja auch.

Wer war Orpheus?

Vorsichtig tastete ich auf die andere Seite des Betts hinüber und ließ meine Hand unter Sams T-Shirt gleiten. Sein Brustkorb hob und senkte sich. Von der Straße her drangen die ersten Morgengeräusche herauf, der Motor eines Autos lief, während der Besitzer wahrscheinlich die Scheibe freikratzte.

Orpheus.

Meine Hand lag unschlüssig auf Sams Bauch. Für einen Moment überlegte ich, ihn zu wecken, doch dann stand ich auf, zog mich an und machte mich auf den Weg in die Detektei.

Es war 06:10 Uhr.

Die Luft war eiskalt.

In den meisten Wohnungen und Läden war es noch dunkel, nur in den Bäckereien brannte schon Licht. Die wenigen Menschen, die um diese Uhrzeit unterwegs waren, bewegten sich ungelenk wie Astronauten in ihren dicken Winterjacken. Stellenweise war es noch glatt. Ich überquerte den Marienplatz, ging am Ledererhaus vorbei und bog dann in Richtung Detektei *Fuchs & Bentwood* ab.

An der Bushaltestelle stand eine Traube Menschen.

Es war 06:19 Uhr. Gleich musste der nächste Bus kommen. Ein älterer Herr blickte wiederholt auf seine Uhr, ein paar jüngere Männer auf ihre Handys. Als ginge sie das alles nichts an, lehnte eine Frau am Wartehäuschen und tippte etwas in ihr Smartphone ein. Das schwarze Haar, das unter ihrem locker gebundenen Kopftuch hervorschaute, glänzte im Flutlicht der Straßenlaterne wie ein Diamant.

„Entschuldigung", sagte ich zu ihr. „Warten Sie auf den 7537er?"

Sie sah auf.

„Ja", sagte sie. Ihr Blick war offen. „Warum?", fragte sie dann.

„Stehen Sie jeden Morgen hier an der Bushaltestelle?"

„Ja", sagte sie wieder, lächelte, und fragte erneut: „Warum?"

Mein Blick fiel auf die beiden Plastiktüten auf dem Boden.

„Ich arbeite in Markdorf als Putzfrau", erklärte sie. „Jeden Morgen fahre ich deshalb mit der 7537."

Die Frau sprach mit einem Akzent, den ich nicht zuordnen konnte.

„Ich bin Privatdetektivin", sagte ich, deutete zu dem gegenüberliegenden Eckhaus hinauf und fügte hinzu: „Meine Detektei ist gleich dort. Wegen mir können wir uns gerne duzen." Ich lächelte. „Ruby Fuchs ist mein Name. Hallo."

„Sabia", sagte sie. Sie steckte ihr Smartphone in die Manteltasche, und wir gaben uns die Hand.

„Es geht um den Morgen des 27. Dezembers“, sagte ich. „Warst du da auch hier?“

In diesem Moment bog der Bus um die Ecke. Doch allein die verzögerte Drehung ihres Kopfes verriet mir, dass sie etwas wusste.

„Pass mal auf“, sagte ich. „Ich lade dich zu einem Morgenkaffee ein und fahre dich danach nach Markdorf. Versprochen. Mit dem Auto sind wir in zwanzig Minuten da.“

Sie trat von einem Bein auf das andere.

Der Bus hielt ein paar Meter vor uns, die Leute stiegen aus.

„Bitte“, sagte ich. „Ich zahle dir auch eine kleine Aufwandsentschädigung. Sagen wir 50 Euro?“

Sabia nickte. Dann nahm sie ihre Tüten und folgte mir in das Bäckereicafé.

„Geht es um das Kind, das sie ausgesetzt haben?“, fragte sie, sobald wir Platz genommen hatten.

„Ja“, sagte ich. „Du hast was gesehen, stimmt's?“

Sabia schwieg.

Wir saßen an dem Holztresen direkt vor der Fensterfront und blickten beide hinaus. Die Leute eilten durch den grauen Morgen und schlängelten sich kopfschüttelnd um einen Lieferwagen, der mit Warnblinker auf dem Gehsteig parkte. Vor uns auf dem Tresen standen zwei Milchkaffees in Pappbechern, Sabia hatte noch eine Streuselschnecke genommen.

„Nicht direkt“, sagte sie schließlich, biss in das Zuckergebäck und kaute. Nachdem sie geschluckt hatte, blickte sie sich um und fügte leise hinzu: „Aber eine Freundin von mir, die hat etwas gesehen.“

„Und was?"

„Zwei Männer", fuhr sie fort, nahm noch einen Bissen, kaute, schluckte und sagte endlich: „Der eine trug einen Korb, der andere einen Stab. Die Männer waren nicht landestypisch gekleidet, auch deshalb sind ihr die beiden aufgefallen."

„Trugen sie schwarze Umhänge?", fragte ich und nahm einen Schluck Kaffee.

Sabia nickte.

„Und dann?", fragte ich. „Was hat deine Freundin noch gesehen?"

Sabia trank auch einen Schluck Kaffee. „Die beiden Männer sind mit dem Bus um 5:57 Uhr gefahren", sagte sie dann. „Meine Freundin nahm dann erst den nächsten Bus, den um 6:20 Uhr."

„Warum das denn?"

„Der Bus um 5:57 Uhr hatte eine technische Störung. Deshalb sollten alle auf den nächsten warten. Der defekte Bus fährt nur bis zum Hauptbahnhof, sagten sie. Die Männer in den dunklen Umhängen sind aber trotzdem eingestiegen."

Sie wandte sich wieder ihrer Streuselschnecke zu.

„Dann war deine Freundin diese anonyme Hinweisgeberin?", fragte ich.

Sabia sah mich kurz an, dann starrte sie auf ihre feinen, aber rissigen Hände und sagte: „Ja. Sie hat das Baby gesehen, das sie dagelassen haben. Es war noch sehr klein. Als niemand kam, hat sie die Polizei gerufen."

„Aber das mit den beiden Männern, das hat sie der Polizei nicht gesagt, oder?"

Sabia schüttelte den Kopf.

„Aber warum denn nicht?", rief ich viel zu laut. Dann senkte ich meine Stimme wieder und fügte eindringlich hinzu: „Das ist womöglich der entscheidende Hinweis auf die Täter!"

Sabia blickte auf ihr Handy, legte es weg, nahm einen Schluck Kaffee und blickte wieder auf ihr Handy. Sie wirkte angespannt. Es kostete mich noch ein paar Anläufe, bis sie endlich mit der Sprache rausrückte: Ihre Freundin komme aus Syrien, dort sei sie politische Journalistin gewesen und erst ein halbes Jahr zuvor nach Deutschland gekommen. Die Freundin sei legal hier, aber ihre Mutter nicht. Wenn ihre Freundin jetzt mit der Polizei redete, habe sie Angst, dass die Mutter abgeschoben werden würde. Außerdem arbeite ihre Freundin auch als Putzfrau, aber sie sei nicht angemeldet als Arbeiterin.

„Schwarz?", fragte ich.

„So sagt man das hier", erwiderte sie und nickte.

„Arbeitet deine Freundin etwa auch in Markdorf?", fragte ich.

Sabia nahm den Pappbecher in ihre Hände und drehte ihn nervös herum. „Ja", sagte sie dann. „Deshalb will sie nichts mit der Polizei zu tun haben. Du musst das verstehen. Wie soll meine Freundin der Polizei erklären, wohin sie fährt? Das gibt nur Ärger. Am Ende verliert sie die Arbeit. Und sie braucht das Geld, sehr dringend, verstehst du?"

Ich nickte.

„Andererseits ist meine Freundin nicht blöd", hörte ich Sabia wieder. „Sie weiß, dass die Männer ein

Verbrechen getan haben. Das quält sie. Meine Freundin hat Fotos gemacht von den Männern. Diese Männer sollen nicht einfach so davonkommen."

Wir sahen uns an. Ich zog den letzten 50-Euro-Schein aus meinem Geldbeutel, den ich hatte, gab ihn Sabia und sagte: „Deine Freundin scheint ein wunderbarer Mensch zu sein. Meinst du, du könntest ihr meine Handy-Nummer geben, damit sie mir die Fotos schickt?"

„Ich denke schon", sagte Sabia.

Wir nickten uns zu.

Sabia war selbst diese Freundin, von der sie erzählt hatte. Ich war mir so gut wie sicher. Und ich glaubte, auch Sabia wusste, dass ich es wusste.

20.

„Ruby", sagte John. Es war mehr ein Krächzen.

John stand im Jogginganzug in der Tür und winkte ab, als ich ihn umarmen wollte.

„Besser nicht", sagte er und schleppte sich zurück auf das Sofa.

Ich folgte ihm mit gebührendem Abstand.

Johns Wohnung war ein klassischer Altbau mit hohen Decken, weißen Fenstern und knarzenden Dielen. Durch antike Möbel, Ölschinken und Teekannen, alles Erbstücke seiner weitläufigen Familie, hatte John es geschafft, seiner Wohnung einen Hauch von britischem Adel zu verleihen. Nur heute war davon nicht viel zu spüren. Auf dem Wohnzimmerboden lagen Taschentücher herum, außerdem eine Wolldecke und eine auf links gedrehte Schlafanzughose. Auf dem Sofatisch standen ein Notebook, ein Beamer und ein Nasenspray. In der zum Wohnzimmer hin offenen Küche türmte sich das dreckige Geschirr.

Es roch muffig. Ich stellte die Einkaufstasche auf der Küchenzeile ab und öffnete ein Fenster.

„Willst du mich umbringen?", protestierte John und zog sich die Decke bis unters Kinn hoch.

„Was ist das?", fragte ich und hob die kleine, braune Glasflasche nach oben, die auf dem Herd stand. Auf das weiße Etikett hatte jemand ein Herz gemalt und daruntergeschrieben: *Wundermedizin für John.*

„Wundermedizin", antwortete John. Obwohl er die Decke bis zur Nasenspitze hochgezogen hatte, konnte ich sein Strahlen erkennen. „Steht doch drauf", sagte er dann. „Hat mir Laura vorbeigebracht."

„Was ist da drin?", fragte ich.

„Keine Ahnung."

„Sie hat dir nicht gesagt, was da drin ist?", fragte ich.

„Das ist doch nur ein Hustensaft", krächzte John. „Außerdem habe ich bloß eine Erkältung, mehr nicht. Erzähl mir mal lieber, wie es Tyra geht."

Ich schloss das Fenster wieder.

„Sie wird noch immer überwacht", antwortete ich. „Aber sie ist ansprechbar. Und sie bestreitet, Medikuss zu sein."

„Glaubst du ihr?"

„Ich weiß es nicht", sagte ich und begann, die Einkäufe einzuräumen. Die Milch stellte ich in den

Kühlschrank, den Joghurt und den Käse ebenfalls. Bei den Haferflocken war ich mir unsicher: „Wohin damit?“, fragte ich.

„In den Schrank da.“ John zitterte jetzt am ganzen Körper und krächzte: „Da oben rechts.“

Ich öffnete das Hängeschränkchen. Neben dem Reis und den Nudeln stand eine Packung Kondome.

„Du meinst hier, neben die Kondome?“, fragte ich.

John tat, als hätte er mich nicht gehört.

Doch ganz langsam breitete sich ein Lächeln auf seinem Gesicht aus. Dann öffnete er die Augen, sah mich an und sagte mit fiebrig glänzenden Augen: „Morgen bin ich wieder fit! Laura kommt auch zu Marks Party.“

„Morgen?“, fragte ich und hielt unschlüssig eine Packung Datteln in der Hand. „Was ist morgen? Von welcher Party sprichst du?“

„Sag bloß, du hast das vergessen“, entgegnete John. „Morgen ist doch der achte Januar, da macht Mark seine Party in der *Goldenbar*, klingelt da was bei dir?“

Die Datteln landeten mit einem dumpfen Knall auf dem Boden.

Der Achte.

„Ruby“, krächzte John. „Alles klar?“

„Verdammt“, sagte ich und versuchte, regelmäßig ein- und auszuatmen.

John beobachtete mich alarmiert.

„Geht schon wieder“, sagte ich dann, nahm ein Glas aus dem Schrank und füllte es mit Leitungswasser. Schluck für Schluck trank ich es aus.

Richtig, morgen war Marks Party. In dem ganzen Stress hatte ich das total vergessen. Mark Odermatt – wir kannten ihn seit unserem letzten großen Fall, er war der Bruder von Alina Odermatt gewesen, dem Mädchen, das zwölf Jahre zuvor in Ravensburg ermordet worden war. Als ich zum letzten Mal mit Mark telefoniert hatte, das war vor Weihnachten gewesen, hatte er mir von der *Goldenbar* vorgeschwärmt – ich erinnerte mich wieder daran.

„Sam hat mir gesagt, dass ihr kommt", meinte John.

Ich drehte das Glas in meiner Hand hin und her.

„Mach mal die Seite der *Nocturna* auf", bat ich ihn dann.

Mit der Decke um die Schulter setzte John sich auf. Er öffnete sein Notebook und schaltete den Beamer an. Dann war nur noch das Tippen seiner Finger auf der Tastatur zu hören. Kurz darauf erschien die Startseite der *Nocturna* auf Johns weißer Wohnzimmerwand. Beide starrten wir auf den Warnhinweis:

Diese Schrift hat auch mich durch ihr helles Licht angelockt.
Doch Achtung!
Dieses Buch enthält Visionen über die dunkelsten Kapitel der Menschheit.
Ich habe euch gewarnt, doch ihr seid ebenso tapfer wie ich.

„Logg dich mal in den Mitgliederbereich ein", sagte ich.

Wieder war nur das Klappern der Tastatur zu hören.

John öffnete das Forum. Auf der Startseite des internen Bereichs stand in fetten, roten Buchstaben geschrieben: *An alle Nutzer! Die Polizei ermittelt im Mordfall Prof. Gunnar Adlerstamm auch unter uns Kindern der Nacht. Wir bitten euch, kooperativ zu sein. Die Redaktion.*

„Das ist doch eine Warnung!“, stieß ich hervor. „Spätestens jetzt wissen alle, dass die Bullen mitlesen. Deshalb steht da auch nirgends mehr was Konkretes über Orpheus. Die sind doch jetzt gewarnt!“

„Orpheus?“, fragte John, griff nach dem Nasenspray und drückte eine Ladung in jedes Nasenloch.

Ich stellte das Glas in die Spüle und verschränkte die Arme vor der Brust.

„Orpheus ist der Nächste, der laut Prophezeiung sterben wird“, sagte ich.

Wieder klapperte die Tastatur, kurz darauf war auf der Wohnzimmerwand zu lesen:

> Doch mächtiger als sie ist Orpheus der Massen,
> weil er die Menschen will glauben lassen,
> sie wären selber Gott.
> Darum schickt ihm der Herr einen schrecklichen Tod,
> am Achten im Feuer im goldenen Boot.

„Mächtiger als sie“, sagte ich und fragte: „Wer ist mit *sie* gemeint?“

„Das bezieht sich auf den Fährmann und den Heiler, oder?“, antwortete John. „Die beiden waren ja mächtige Feinde des Kindes. Aber mächtiger als sie ist Orpheus. So verstehe ich das zumindest.“

„Aber warum?“, fragte ich weiter. „Warum ist Orpheus mächtig?“

„Steht doch da“, antwortete John. „Weil er die Menschen will glauben lassen, sie wären selber Gott.“

„Ja aber was heißt das?“, fragte ich und verdrehte die Augen.

John zog die Decke enger um sich, dann öffnete er den Kommentar von Madame de Rochat:

Nostradamus sah hier vermutlich einen Sänger, der keine Kirchenmusik macht, sondern Lieder über den Menschen schreibt, über die Liebe und das Glück, auf der Erde zu sein. Das wird von Nostradamus verurteilt, weil solche Lieder die Menschen nur täuschen. Nostradamus sah für das 21. Jahrhundert ja keinen göttlichen Menschen voraus, sondern nur noch bloße Marionetten des Teufels.

„Was für ein Schwachsinn“, sagte John und scrollte weiter nach unten.

„Wahnsinn“, erwiderte ich.

Orpheus ist damit ein Gegenspieler von Soterias, hieß es in dem Kommentar weiter. *Orpheus fängt die Seelen der Menschen mit seiner Musik ein, allerdings nicht für Gott, sondern für den Teufel. Deshalb muss er sterben. Auch hier sah Nostradamus den Tod wieder klar vor Augen: Der moderne Orpheus wird verbrennen wie eine Hexe – und zwar an einem Achten. Damit kann der Achte eines Monats gemeint sein, aber auch andere Lesarten sind möglich. Offen bleibt ebenfalls, ob mit dem „goldenen Boot“ wirklich ein Boot gemeint ist oder etwas, das den Propheten nur an ein Boot erinnerte.*

„Ich krieg Kopfweh“, sagte John und legte sich wieder hin.

„Orpheus war ein Sänger, der sich selbst auf seiner Lyra begleitete“, fasste ich zusammen. „Richtig?“

John nickte mit geschlossenen Augen.

„Und die Lyra kann als eine frühe Form der Gitarre betrachtet werden“, fuhr ich fort. „Richtig?“

John nickte wieder.

„Orpheus war also ein Singer-Song-Writer der Antike.“

John nickte, doch diesmal zögerlicher. Ohne die Augen zu öffnen fragte er: „Auf was willst du hinaus, Ruby?“

Als ich nicht antwortete, setzte er sich plötzlich auf und sah mich an. Ich weiß nicht genau, was John in meinem Gesicht gelesen hatte, doch er sagte entschieden: „Stopp! Nein!“

„Doch“, entgegnete ich und verschränkte die Arme wieder vor der Brust. „Mit Orpheus könnte Sam gemeint sein.“

John schüttelte den Kopf.

„Morgen ist der achte Januar“, fuhr ich fort. Wieder schnürte sich mein Brustkorb zusammen. „Und die Bar, in der wir feiern wollen, heißt *Goldenbar*. Mit etwas Phantasie sieht das Gewölbe dort aus wie der Rumpf eines Schiffes.“

John schüttelte immer noch den Kopf. Dann atmete er tief durch und sagte: „Okay. Sam ist ein Singer-Song-Writer. Aber mehr Bezug sehe ich da nicht. Warum soll er ein Orpheus der Massen sein?“

„Weil er seine Lieder übers Internet verkauft und auf diesem Weg viel mehr Leute erreicht, als das früher möglich gewesen wäre?“, fragte ich.

„Ach komm, Ruby.“

„In Sams Liedern geht es um den Menschen, um die Liebe, um die Schönheit, um all das. Wenn man so will, ja, ist die Botschaft dahinter, dass der Mensch ein göttliches Wesen ist."

„Ach komm." John presste beide Zeigefinger gegen seine Schläfen, schüttelte den Kopf und sagte wieder: „Ach komm, Ruby. Sam hat doch mit der ganzen Sache gar nichts zu tun."

„Adlerstamm hatte mit dem Kind auch nichts zu tun!", rief ich. „Das Ganze ist doch nicht logisch, John!"

„Ich weiß, dass Sam dir viel bedeutet. Und ich weiß, dass du seit Constantins Tod Angst hast, dass …"

„Dass was?"

„Dass jemand den Mann umbringen könnte, den du liebst."

Ich blickte zum Fenster hinaus.

„Das ist doch jetzt echt paranoid", hörte ich John. „Warum sollen die ausgerechnet Sam umbringen wollen? Nur weil er dein Freund ist? Das ist doch größenwahnsinnig. So wichtig bist du jetzt auch wieder nicht."

Ich wendete mich John wieder zu.

„Und warum kam Madame de Rochat ausgerechnet zu mir?", fragte ich. „Warum? Das ist doch alles kein Zufall, verdammt nochmal!"

„Sie kam zu uns", entgegnete John leicht gekränkt.

Wir schwiegen.

„Ich fahre da morgen auf jeden Fall nicht hin", sagte ich entschieden. „Und Sam auch nicht."

John schüttelte den Kopf. „Ruby, bitte", sagte er dann. „Davonrennen ist doch keine Lösung. Vielleicht solltest du wirklich mal mit Stephanie…"

Er brachte den Satz nicht zu Ende. Dr. Stephanie Lichtenstern war Polizeipsychologin, zu der ich früher selbst unsere Männer geschickt hatte.

„Ich renne nicht davon", sagte ich schließlich. Doch plötzlich hatte ich eine Idee, die einem Davonrennen verdammt ähnelte: „Ich fahre zu meiner Mutter ins Allgäu", erklärte ich. Mit Blick auf die Sonne, die sich durch die Wolkendecke zwängte, fügte ich hinzu: „Da wollt ich eh mal wieder hin."

„Du kannst doch nicht dein ganzes Leben lang davonrennen", fing John wieder an.

„Mein ganzes Leben nicht", entgegnete ich und verschränkte wieder die Arme vor der Brust. „Aber wenn es sein muss, immer am Achten."

21.

Am Montagmittag, kurz nach drei, eilte ich wieder durch die Gänge des St. Elisabethen-Klinikums. Es roch nach Desinfektionsmitteln und mein Unterbewusstsein mischte die Erinnerung an das Formaldehyd bei. Mit dem Vorsatz, hier so schnell wie möglich wieder rauszukommen, klopfte ich an Tyras Krankenzimmer. Sie lag in einem hohen, weißen Bett und drehte den Kopf in meine Richtung, als ich eintrat.

„Ruby", sagte sie leise, kaum hörbar.

„Hi", sagte ich und ging zu ihr.

Als ich an ihrem Bett stand, war ich mir nicht mehr sicher, ob sie überhaupt etwas gesagt hatte. Denn sie lag auf dem Rücken und hatte die Augenlider geschlossen. Ihre Hände ruhten bewegungslos rechts und links neben ihr; sie steckten in dicken, gelblichen Verbänden, aus denen nur die roten Fingerkuppen hervorschauten.

Tyra sah aus wie eine Mumie.

„Wie geht es dir?“, fragte ich.

Aber den Kopf, den hatte sie vorhin doch bewegt?

„Hi Tyra“, sagte ich lauter. „Ich bin’s, Ruby. Ich wollte nur mal sehen, wie’s dir geht.“

Tyra öffnete ihre Augen einen Spalt, und ein Streifen Hellblau blitzte hervor.

„Meine Blutwerte sind … na ja“, flüsterte sie. „Aber die Zellatmung ist nicht irreparabel gestört. Das ist das Wichtigste.“

Das Sprechen fiel ihr sichtlich schwer.

Ich zog einen Stuhl heran, setzte mich neben sie und suchte in ihrem Gesicht nach Anzeichen für Hass, Neid oder Wut. Nach irgendetwas, das mir verraten hätte, ob sie ihren Chef und Geliebten umgebracht hatte. Denn dass die beiden ein Verhältnis gehabt hatten, stand mittlerweile fest. Auf Brandners Nachfrage hin hatte sie es noch am Samstag am Totenbett von Adlerstamm bestätigt. Letztlich war es aber kein Geheimnis gewesen, denn das halbe Krankenhaus hatte Bescheid gewusst, wie dann herausgekommen war.

Tyra atmete langsam ein. Ihr Brustkorb hob und senkte sich. Dann sagte sie: „Das Schlimmste ist … diese Müdigkeit.“

„Das wird schon wieder“, entgegnete ich. „Ruh dich einfach aus, deshalb bist du hier.“

Ihr Blick flackerte, als sie mich ansah.

„Ruby“, sagte sie und gab mir durch Nicken ein Zeichen, dass ich näher zu ihr herankommen sollte.

Ich beugte mich nach vorne.

„Das war ich nicht“, flüsterte sie. „Wirklich nicht. Jemand hat sich … unter meinem Namen als Medikuss angemeldet. Ich überlege schon die ganze Zeit … wer das war … und wer an meinem Computer war … und warum jemand … wieso das alles … passiert ist …“

„Ruhig“, sagte ich, „du darfst dich nicht so anstrengen.“

Aber das kam tatsächlich erschwerend hinzu: Mittlerweile stand fest, dass die Hasskommentare von Tyras Computer aus dem Krankenhaus abgeschickt worden waren. Brandner hatte es mir brühwarm am Telefon erzählt und mich zugleich um eine Einschätzung der Person gebeten. Bei der Polizei war ich für die Treffsicherheit meiner psychologischen Analysen bekannt gewesen und ich wusste, dass Brandner mich insgeheim dafür bewunderte, auch wenn er es nie zugeben würde. Ich gab ihm, was er wollte, damit er mich auf dem Stand der Ermittlungen hielt. Das war der Deal.

„Ich versuche ja, mich zu erinnern“, fuhr sie mit geschlossenen Augen fort. Ihre Lider glänzten wie Wachs. „Aber ich bin so … müde. Ich kann einfach nicht … klar denken. Wenn ich nur nicht so müde …“

Ihr Kopf kippte zur Seite, die Sehne an ihrem Hals trat deutlich hervor.

„Es muss jemand sein, der in der letzten Woche Zugang zu deinem Büro hatte“, überlegte ich laut.

„Jemand, der deine private Adresse kennt. Und vor allem jemand, der ein Motiv hat, ausgerechnet dich da reinzureiten."

„Vielleicht ein Patient?", fragte sie und drehte den Kopf zu mir. „Mein Computer steht im Behandlungszimmer, da könnte jeder ..."

„Möglich", sagte ich. „Dann brauchen wir eine Liste aller Patienten, die in den letzten vierzehn Tagen bei dir im Behandlungszimmer waren." Sofort fügte ich hinzu: „War Elias bei dir?"

„Nein", flüsterte sie. „Ich glaube ... nein. Wenn ich nur nicht so ... müde wäre", sagte sie wieder.

Die Augen fielen ihr zu.

Ich ließ sie einen Moment ausruhen.

Tyra war in einem Zweierzimmer untergebracht, in dem das andere Bett freistand. Auf dem Tisch lagen Pralinen, die noch in Klarsichtfolie verpackt waren. Ein Gerät überwachte ihren Blutdruck. In ihrer Armbeuge steckte ein Infusionszugang. Aus dem Plastikbeutel über ihr tropfte in regelmäßigen Abständen eine durchsichtige Flüssigkeit; der Beutel war fast leer.

Das Zimmer lag am Ende eines Ganges, es war auffallend ruhig hier drin. Ich konnte sogar Tyras Atem hören, der beim Ausströmen leise pfiff. Ansonsten war es so still, dass ich zusammenzuckte, als es plötzlich an der Tür klopfte.

Tyra reagierte nicht.

„Herein?", sagte ich.

Es war Doktor Kim Thai Pham, der eintrat.

„Guten Tag, Frau Fuchs", begrüßte er mich. Dann legte er seine Hand auf den Hügel in der Decke, unter dem Tyras Knie sein musste, und sagte: „Hi Tyra. Wie geht es dir?“

„Besser.“ Ihm gegenüber rang sich Tyra ein Lächeln ab. Dann sagte sie wieder: „Ich bin nur so … müde.“

„Warum ist sie denn so müde?“, fragte ich den Arzt.

„Die Sauerstoffsättigung“, sagte er. Auf seiner ansonsten glatten Stirn erschien eine besorgte Falte. „Sie hat zu wenig Sauerstoff im Blut. Aber wir konnten den Abbau der Erythrozyten stoppen. Jetzt heißt es einfach nur Geduld haben. Das Blut reinigt sich quasi nach und nach von selbst.“

Er drehte an einem Rädchen am Infusionsschlauch, nahm den leeren Beutel vom Haken und suchte nach einem Platz, an dem er ihn ablegen konnte. Ich wollte ihm den Beutel abnehmen, doch er sagte: „Danke, geht schon.“

Tyras Bein zuckte unter der Bettdecke.

Kim Thai Pham legte den leeren Beutel schließlich auf den Boden, dann griff er unter seinen Arztkittel und zog einen neuen hervor. Als er ihn am Haken befestigen wollte, zitterten seine Hände so stark, dass er einen zweiten Anlauf brauchte.

„Wir sind alle übermüdet“, sagte er und fuhr sich durch die schwarzen, dicken, akkurat geschnittenen Haare. Er drehte das Rädchen wieder auf, und die Flüssigkeit begann zu laufen. „Zurzeit herrscht wirklich ein Ausnahmezustand in der Frauenklinik“, fügte er hinzu. Und dann, lauter, an Tyra gewandt: „Aber du kannst dich ja wenigstens ausschlafen.“

„Meine Facharztprüfung“, sagte sie plötzlich und versuchte, sich aufzurichten. „In drei Wochen habe ich den Termin, wenn ich das verpasse, dann …“

Er schüttelte besorgt den Kopf. Dann sagte er: „Es gibt Wichtigeres als eine Facharztprüfung.“

„Was?“, fragte sie mit all der Verzweiflung, zu der sie in ihrem Zustand noch fähig war. Dann sank sie wieder auf das Kissen hinab und schloss die Augen. Ich erkannte eine Träne, die aus ihrem Augenwinkel lief.

„Was ist das für eine Prüfung?“, fragte ich den Arzt.

„Ach“, sagte er ärgerlich. „Tyra muss noch ihre Facharztprüfung ablegen. Dazu lädt die Landesärztekammer nicht jeden Tag ein. Jetzt dauert es wahrscheinlich wieder ein Jahr, bis sie drankommt. Aber das ist doch in so einer Situation vollkommen unwichtig.“ Er blickte auf seine Uhr und sagte: „Ich muss weiter. Seit Gunnar nicht mehr da ist, habe ich viel aufzufangen. Aber man tut ja, was man kann.“

Er hob den leeren Infusionsbeutel vom Boden auf, steckte ihn unter seinen Kittel und verließ dann mit dem Versprechen, am Abend noch einmal vorbeizuschauen, das Zimmer. Seine weißen Turnschuhe gaben kein Geräusch von sich.

Tyra schien zu schlafen.

Ich blickte auf den Infusionsbeutel. Langsam fiel ein Tropfen nach dem anderen in einen kleinen Kolben. Dort sammelte sich die Flüssigkeit und floss über den Schlauch in ihr Blut. Die Nadel war mit einem weißen Pflaster auf der Innenseite von Tyras Unterarm befestigt.

„Was ist das eigentlich?“, fragte ich.

„Was?“, kam es nur schwach zurück.

„Die Infusion“, sagte ich. „Was du da bekommst. Ist das eine Kochsalzlösung?“

„Nein“, flüsterte sie. „Natriumhydrogencarbonat. Wir verwenden das als breitenwirksames Antidoton.“

„Und das tauscht immer Kim Thai Pham aus?“

„Nein“, flüsterte sie. „Wer halt grad da ist.“ Ihr Atem wurde langsamer, schwerer. Dann sagte sie, beinahe war es ein Lallen: „Da ... im Schrank ... ist Nachschub.“

Ich stand auf und öffnete die Schranktür. Darin lagen vier Beutel von dem Zeug. Wie Tyra gesagt hatte, stand *Natriumhydrogencarbonat* auf dem Etikett. Unruhig ging ich zurück und blickte auf den Beutel, der in Tyras Venen tropfte. Es war *Natriumhydrogencarbonat.*

Zumindest stand das darauf.

„Tyra?“, fragte ich.

Doch es kam keine Antwort mehr. Sie schlief tief und fest.

22.

Und dann kam Dienstag, der 8. Januar. Früh morgens hatte ich mit Sam die Stadt verlassen – vorgeblich, um mal etwas auszuspannen. Wir waren einen Tag zum Skifahren aufgebrochen, weil mir der Schnee und die Berge am weitesten weg von einem Feuertod in einem goldenen Boot erschienen. Wider Erwarten hatten wir einen schönen Tag gehabt: Der Himmel war strahlend blau gewesen und die Berge hatten geglitzert wie eine junge Braut. Doch jetzt ging die Sonne langsam unter.

Es war 16:10 Uhr.

Ich lenkte meinen Alfa eine Serpentinenstraße hinauf, die zuweilen, sobald sich die schneebedeckten Tannen lichteten, den Blick auf ein atemberaubendes Panorama freigab: Unter uns lag das verträumte Tannheimer Tal, und um uns herum erhoben sich Berge, die sanft und mütterlich wirkten.

Im Radio lief *Sweet but Psycho* von Ava Max, der aktuelle Nummer-Eins-Hit, wie der Moderator soeben ankündigte.

Sam klopfte den Refrain auf dem Armaturenbrett mit.

Oh, she's sweet but a psycho …

Wir waren auf dem Weg zu meiner Mutter, wo wir auch übernachten wollten. Sie lebte zusammen mit ihren Freundinnen Krista und Brigitte auf einem Bauernhof im Allgäu. Die drei kannten sich bereits seit ihrer Studentenzeit in Tübingen, wo sie in den sechziger Jahren in einer Kommune zusammengelebt hatten und gegen den Vietnamkrieg auf die Straße gegangen waren. Mit Politik wollten alle drei aber nichts am Hut haben. Und obwohl sie alle studiert hatten, hatte keine von ihnen danach einen Beruf ergriffen; alle hatten sie direkt nach dem Examen geheiratet und Kinder bekommen. In meiner Pubertät hatte ich das meiner Mutter häufig vorgeworfen, ihre politische Naivität und ihre finanzielle Abhängigkeit, doch das war lange her.

Draußen färbte die untergehende Sonne die Gipfel rötlich. Ein bisschen sah es aus wie Feuer am Himmel.

A little bit psycho …

„Gleich sind wir da“, sagte ich und bog rechts ab.

„Das liegt ja ganz schön versteckt“, entgegnete Sam leichthin.

Ich nickte nur.

Oh, she's sweet but a psycho, kam es wieder aus dem Radio. Diesmal sang Sam laut mit.

Meine Mutter hatte Indogermanisch studiert, Krista Kristallografie und Brigitte Eurythmie. Eigentlich hieß Krista ja Christa, aber aufgrund ihrer Leidenschaft für Kristalle hatte sie sich für eine Schreibweise mit K entschieden.

„Find ich echt cool die Idee mit der Hippie-Alters-WG“, sagte Sam.

„Den Teil mit dem Alter solltest du besser aussparen“, erwiderte ich und lächelte.

Wann genau meine Mutter ihr bürgerliches Leben als zu eng empfunden hatte, und wann genau die alten Träume wieder aufgebrochen waren, wusste ich nicht. Aber ich erinnerte mich noch genau, dass sie an ihrem 58. Geburtstag über „diese undefinierbare Müdigkeit“ geklagt hatte. Krista, die mit am Tisch gesessen hatte, hatte „Depressionen“ dazu gesagt. Brigitte, die freilich auch mit am Tisch gesessen hatte, hatte ihr Sektglas erhoben und von „Einüben ins Sterben“ gesprochen. Und ein paar Wochen später hatte in großen, geschwungenen Buchstaben dieser Spruch an Mamas Küchenwand gestanden: *Wir sterben nicht am körperlichen Verfall, sondern am Verfall unserer Träume.*

„Ich mag deine Mutter“, sagte Sam. Die beiden hatten sich bisher nur immer kurz in Ravensburg gesehen, doch sofort gut verstanden. „Aber warum müssen wir ausgerechnet heute herfahren?“, fügte er vorwurfsvoll hinzu.

„Hab ich dir doch erklärt“, erwiderte ich.

At night she's screamin: I'm-ma-ma-ma out my mind …

Ich schaltete das Radio aus.

Als ich meiner Mutter kurzfristig angekündigt hatte, dass wir heute kämen, meinte sie: Gerne, sie habe zwar Freunde zum Abendessen da, aber wir könnten ja einfach dazukommen, das sei kein Problem.

„Sie wäre so enttäuscht, wenn wir nicht kämen“, sagte ich zu Sam. „Mama hat uns schon ewig zu diesem Essen eingeladen, aber in dem ganzen Stress ging das irgendwie unter. Es ist ihr so wichtig. Wie Mütter halt so sind.“

Sam blickte zum Fenster hinaus.

„Mark hat über zweihundert Leute eingeladen“, fuhr ich fort. „Da fällt es doch so gut wie nicht auf, wenn wir nicht dabei sind. Wir treffen uns lieber mal wieder in Ruhe mit ihm.“

Sam machte das Radio wieder an.

I'm a bad liar, dröhnte aus den alten Boxen. Eine Frau sang: *Trust me, darlin', trust me, darlin'* …

Damals, an Mamas 58. Geburtstag, ahnte ich noch nicht, wohin das alles führte. Erste Anzeichen von Altersdepression, dachte ich, aber insgesamt war ich zu beschäftigt gewesen, um mich um das Leben meiner Mutter zu kümmern. Ich hatte gerade meine Stelle als Hauptkommissarin in der Abteilung für Organisiertes Verbrechen angetreten, wo man an einer Kugel im

Kopf starb oder an einem Messer im Bauch, aber nicht am Verfall von Träumen.

Trust me, darlin', trust me, darlin'...

Dann war Günther gestorben, Kristas Ehemann, aber auch nicht am Verfall seiner Träume, sondern an einem Herzinfarkt. Auf jeden Fall hatte er Krista ein stattliches Vermögen hinterlassen, mit dem sie für sich und ihre Freundinnen den Bauernhof gekauft hatte – und damit ein neues Leben. Als Kind hatte ich oft gehört, wie Krista ihren Mann als „jähzornigen Spießer" bezeichnet hatte, doch nach seinem Tod war er zu einem „leidenschaftlichen Visionär" geworden.

„Aber es ist nicht wegen dieser blöden Prophezeiung?", fragte Sam misstrauisch.

„Nein", entgegnete ich, doch ich hielt seinem Blick nicht stand.

Trust me, darlin', trust me, darlin' ...

Erst seit ich Snajdrom erschossen hatte, begann ich meine Mutter zu verstehen. Damals war ich monatelang im Krankenhaus vor mich hinvegetiert, mein Knöchel war ein Trümmerfeld gewesen und meine Seele eine Wüste. Da begriff ich, dass es stimmte: Die wenigsten Menschen starben an einer Kugel im Kopf (Snajdrom und sein Kumpel Narkas einmal ausgenommen). Die meisten Menschen starben tatsächlich, weil sie nach und nach aufhörten zu leben.

„Da vorne ist es", sagte ich und deutete hinaus.

Nach einer Biegung tauchte Hof *Sonnenstein* in der hereinbrechenden Dämmerung auf. Der Innenhof wurde von kleinen Lichtspots erhellt und im Hofladen brannte noch Licht. Ich hatte nie hier gelebt und dennoch fühlte es sich an wie Nachhausekommen, als ich den Alfa durch das weiße Holzgatter lenkte.

„Warum heißt der Hof eigentlich Sonnenstein?“, wollte Sam wissen. „Ist das ein Berg hier in der Gegend?“

„Nein.“ Ich parkte vor der Doppelgarage. „Krista ist ja Kristallographin, also Expertin für Edelsteine, und sie glaubt an die heilende Wirkung der Steine.“ Ich zog den Schlüssel aus der Zündung. „Der Sonnenstein ist ein Edelstein, der zornige Gemüter besänftigt, Zuversicht und Frieden schenkt“, sagte ich und blickte Sam an: „So wie dieser Ort. Zumindest ist das die Idee.“

Sam lächelte.

Ich küsste ihn, bevor wir ausstiegen.

„Da seid ihr ja!“ Meine Mutter öffnete die Tür, noch bevor ich geklingelt hatte. Sie strahlte. Nächstes Jahr wurde sie siebzig, doch sie hatte noch immer den Kopf voller blonder Locken, die Zähne voller Lippenstift und das Glas in der Hand voller Wein.

„Wir sind schon beim Kochen“, erklärte sie, stellte ihr Glas auf ein Sideboard und umarmte erst mich und dann Sam. Fröhlich plappernd bugsierte sie uns in eine große Wohnküche.

„Also wenn ich dreißig Jahre jünger wäre“, sagte Brigitte und blinzelte mir zu. Brigitte war Yoga-Lehrerin und gab Kurse auf Hof Sonnenstein, die immer gut besucht waren. Während sie Sam umarmte, ließ sie ihre Hand über seinen Rücken wandern. „Wie schön, dass ihr hier seid“, sagte sie dann zu mir und drückte auch mich an sich.

Während ich mit meiner Mutter über das Wetter sprach, erklärte Brigitte Sam, wie man Spätzle zubereitete.

Sam hörte aufmerksam zu.

Auf dem Herd stand ein großer Topf mit Wasser, daneben lagen ein Holzbrett und ein Schabemesser. In einer Schüssel stand der geriebene Käse bereit.

Meine Mutter öffnete den Backofen, um ein Brot hineinzustellen; ein dicker Schwaden Rauch kam heraus und stieg zur Decke. Sam hustete. Besorgt blickte ich mich um und fragte: „Habt ihr keine Feuermelder installiert?"

„Ah, die Polizei ist da", sagte Krista, die nun lachend den Raum betrat und das Fenster öffnete.

„Sie ist nicht mehr bei der Polizei, Schätzchen", sagte Brigitte und fächelte sich frische Luft zu.

„Schade eigentlich", entgegnete Krista, zwinkerte mir zu und meinte: „Ich habe mich immer so sicher gefühlt, wenn du da warst."

Wir umarmten uns.

Krista trug ein langes, kaftanähnliches Gewand und einen Turban. Als sie Sam erblickte, ging sie freudestrahlend auf ihn zu. „Ruby hatte ja viel zu wenig Sex in den letzten Jahren", sagte sie prompt.

Ich verdrehte die Augen. „Du würdest dich mal lieber um die Feuermelder kümmern anstatt um mein Sexualleben", erwiderte ich.

„Beides heiße Themen", scherzte sie weiter. Dann sagte sie: „Na komm, lass dich noch mal drücken, Mädchen."

Wir umarmten uns wieder.

Brigitte bot uns einen selbst gemachten Aperitif an, der nach Zimt und Vanille schmeckte. Noch eine Weile standen wir in der Küche beisammen, dann begleitete uns meine Mutter nach oben.

„Ihr schlaft heute hier“, sagte sie und öffnete die Tür zu einem Zimmer, das mit einer barocken Tapete ausgekleidet war, die golden schimmerte.

„Hast du kein anderes Zimmer?“, fragte ich.

„Warum?“ Meine Mutter blickte mich überrascht an. „Was ist damit? Es ist das größte und schönste Zimmer hier, das weißt du doch.“

Sie nannten das Zimmer *Sonnenzimmer*. Mich erinnerte das Bett vage an ein goldenes Boot.

„Du verwöhnst uns“, entgegnete ich. „Aber das blaue Zimmer ist ruhiger. Könnten wir nicht das blaue haben?“

„Also ich finde es schön“, sagte Sam.

„Tut mir leid, mein Schatz“, sagte meine Mutter. Dann fuhr sie mir mit ihrem Handrücken über die Wange, so, wie sie es früher schon gemacht hatte, und fügte hinzu: „Jürgen und Brigittes neuer Freund übernachten heute auch hier. Die haben die anderen Zimmer schon bezogen. Wir essen um sieben, ja?“

Dann ging sie wieder nach unten. Ihre Schritte klopften auf der Holztreppe. Während Sam seine Sachen ins Bad räumte, trat ich ans Fenster und sah in den Garten hinaus. Bei Tag hatte man einen phantastischen Blick auf die Berge, doch jetzt waren sie schwarze Zacken vor einem grauen Himmelsvorhang, hinter dem sich der Mond versteckte.

„Es ist doch wegen dieser Prophezeiung“, hörte ich Sam.

Ich drehte mich zu ihm um. Er stand im Türrahmen und sah mich an.

„Denkst du, ich weiß das nicht?“, fügte er hinzu. Und dann, sehr sanft: „Vielleicht solltest du doch mal mit Stefanie sprechen.“

Schweigend wandte ich mich wieder dem Fenster zu. Sam kannte die Polizeipsychologin Stefanie Lichtenstern, mit der ich früher gut befreundet gewesen war. Nachdem ich ihr wiederholt erklärt hatte, dass es mir gut gehe, hatte Stefanie im vergangenen Herbst das Gespräch mit Sam gesucht. Ein Schritt, den ich ihr heute noch übel nahm.

Ich blickte hinab. Zur Straße hin war der Garten durch eine dichte Hecke abgeschirmt, auf der anderen Seite verhinderten ein Zaun und ein Steilhang den Zutritt.

Doch zwischen der Hecke und dem Steilhang führte ein Weg herauf. Dieser Weg war die Schwachstelle. Wenn jemand nachts über die Gartenseite einbrechen wollte, würde er über diesen Weg kommen.

„Vielleicht hast du recht“, sagte ich schließlich. „Vielleicht reagiere ich über.“

„Vielleicht ein klein wenig?“, sagte Sam, kam herüber und legte seine Arme um mich.

Wir blickten zum Fenster hinaus. Und noch bevor der Mond seinen höchsten Punkt am Himmelszelt erreicht hatte, waren meine Gefühle in den Katakomben meiner Angst angekommen. Dunkle Gänge, verlassene Tiere und wieder die Angst, dass es tödlich enden konnte.

23.

Um kurz vor sieben gingen Sam und ich hinunter ins Wohnzimmer. Das Gelächter der anderen empfing uns bereits auf der Treppe. Herzstück des Hauses war der ehemalige Kuhstall, der durch einen Deckendurchbruch und das Originalgebälk aus dem 18. Jahrhundert zum architektonischen Highlight und Mittelpunkt von Hof Sonnenstein geworden war.

Wir traten ein. Das Erste, was ich sah, war das Feuer im Kamin, dann die Kerzen auf dem Tisch.

„Hi", sagte ich in alle Richtungen und begrüßte dann Jürgen, den Freund meiner Mutter. Wir stießen mit einem Sekt an, in dem bunte Blütenblätter schwammen.

Ich nippte nur.

Das Feuer knisterte im Kamin, ab und zu knackte ein Holzscheit. Ich ließ meinen Blick durch den Raum wandern: Die Tafel war für acht Personen gedeckt. In den großen, mehrarmigen Kerzenständern aus Silber flackerte es hell. Die Vorhänge waren nicht zugezogen. Draußen hinter der großen Fensterfront stand die Nacht wie eine schwarze Wand, der nur ein paar Lichtkugeln aus dem Baumarkt Tiefe gaben.

Die große Pendeluhr schlug sieben Mal.

„Und das ist Kilian", sagte Brigitte und stellte mir ihren neuen Freund vor.

„Ah, du bist also Ruby, die Privatdetektivin", sagte Kilian. „Hab schon viel von dir gehört."

Wir stießen an. Die Gläser klirrten. Kilian war deutlich jünger als Brigitte, auch seine Haare waren länger als ihre. Er trug die langen, blonden Locken zu einem Dutt am Opferkopf zusammengebunden. Seine Augen strahlten außergewöhnlich intensiv. Sein durchtrainierter Körper und die eingeflochtene Feder im Haar ließen mich vermuten, dass sich die beiden beim Yoga kennengelernt hatten.

„Bridge meinte, du beschäftigst dich grad mit einer Sekte“, sagte Kilian.

„Im Augenblick wohl eher mit einem Sekt“, entgegnete ich und prostete ihm zu.

Kilian lachte.

Auch ich lachte, als wäre ich entspannt. Doch etwas an dem Mann irritierte mich: Seine Augen strahlten, aber trotzdem lag etwas Dunkles darin, das mich an Madame de Rochat erinnerte.

„Kennt ihr euch schon lange, du und äh, Bridge?“, fragte ich.

„Wir kennen uns bereits aus einem vorherigen Leben“, erwiderte Kilian.

Brigitte strahlte. „Kurz vor Weihnachten stand er einfach so im Hofladen“, sagte sie. „Wir erkannten uns sofort.“

Die beiden küssten sich.

Die Pendeluhr schlug viertel nach. Meine Mutter bat alle zu Tisch, und ich nahm am unteren Kopfende zwischen Jürgen und Sam Platz.

Jürgen schenkte mir ein Glas Weißwein ein und sagte: „Prost!“

„Prost“, erwiderte ich.

Wir stießen an. Ich nippte nur.

Dr. Jürgen Kiemholz war Chefarzt im Krankenhaus Sonthofen im Allgäu. Meine Mutter und er waren schon seit über fünf Jahre zusammen, und ich fragte mich, wann er endlich offiziell auf Hof *Sonnenstein* einziehen würde. Inoffiziell war er das schon längst. Immer wenn ich hier war, belegte er das blaue Zimmer. Jürgen war pensioniert, aber er half weiterhin in der Notfallsprechstunde aus und betreute außerdem ein Hilfsprojekt. Deshalb war er bestens informiert, was sich in Medizinerkreisen abspielte – auch über den Mord an Gunnar Adlerstamm wusste er Bescheid.

„Es heißt ja, seine Assistentin steckt da mit drin", sagte Jürgen, um dann gut gelaunt nachzufragen: „Weiß man inzwischen etwas Konkretes darüber?"

„Noch nicht wirklich", entgegnete ich. „Aber ich glaube das nicht. Tyra Nilsson brachte sich selbst in Lebensgefahr, als sie ihrem Chef die Handschuhe auszog."

Jürgen trank einen Schluck Weißwein. „Manchmal ist der eigene Tod das beste Alibi", sagte er dann.

„Ich weiß, was du meinst", entgegnete ich, „aber da gibt es noch einen anderen Verdächtigen, einen Kollegen von Adlerstamm."

Jürgen zog beide Augenbrauen nach oben. Dann sagte er: „Wer?"

„Darüber darf ich leider noch nicht reden, ist noch nicht offiziell, du verstehst das hoffentlich."

Er nickte und trank seinen Wein.

Ich hielt mich an das Wasser.

Nach meinem Krankenbesuch bei Tyra war ich in Kim Thai Phams Büro vorbeigegangen. Dort hatte er den leeren Infusionsbeutel zunächst auf seinem Schreibtisch deponiert, wahrscheinlich hatte er ihn später persönlich entsorgen wollen. Es war nicht schwer gewesen, an den Beutel heranzukommen. Als er mit einer Patientin sprach, hatte ich ihn einfach genommen – und danach wohl oder übel mit Brandner über meinen Verdacht gesprochen. Das war der Nachteil, wenn man nicht mehr selbst die Ermittlungen leitete: Für alles brauchte man eine Genehmigung. Doch Brandner hatte die Analyse der Restflüssigkeit angeordnet, ohne mit mir darüber lange zu verhandeln. Und tatsächlich war dabei herausgekommen, dass dem Natriumhydrogencarbonat ein hochdosiertes Schlafmittel beigemischt gewesen war. Daraufhin war auch der andere Beutel analysiert worden, der Tyra aktuell durch die Venen gelaufen war. Dasselbe Ergebnis. Brandner hatte Kim Thai Pham noch am gleichen Abend verhört. Was genau dabei rausgekommen war, wusste ich noch nicht.

„Also bitte, bedient euch einfach selbst", hörte ich meine Mutter.

Die Platten mit den Käs'spätzle wurden herumgereicht, verschiedene Salate folgten. Für kurze Zeit war nur das Klappern des Bestecks zu hören.

Mir gegenüber am Kopfende saß Kilian direkt vor dem Kamin. Er wischte sich so lange den Schweiß von der Stirn, bis er schließlich den Pullover auszog. Auf der Unterseite seines rechten Oberarms erkannte ich den Ansatz eines gut trainierten Trizeps', außerdem helles, flaumiges Achselhaar – und eine Tätowierung.

„Krista hat erzählt, du warst früher mal Schauspielerin“, hörte ich Sam, der mit seiner Tischnachbarin zur Rechten ein Gespräch anknüpfte. Dort saß Ulla, die älteste Schwester von Krista. Ulla litt angeblich unter beginnender Demenz, wie Krista uns vorgewarnt hatte, doch bisher war mir nichts aufgefallen.

„Schauspielerin“, wiederholte Ulla und nickte. „Am Burgtheater, ja. In Wien.“

Die Tätowierung war ein Schriftzeichen, sah asiatisch aus.

„Lulu“, sagte Ulla und zupfte an ihren weißen Löckchen herum. „In der Rolle wurde ich berühmt.“

Sam lachte.

Ich ließ das Feuer nicht aus den Augen.

„Das Konzept der *Sectio chirurgica* ist ja durchaus umstritten“, hörte ich Jürgen wieder neben mir. „Der Fall Adlerstamm ist jetzt Wasser auf die Mühlen der Kritiker, die schon lange davor gewarnt haben, dass …“

Während Jürgen zu einem Vortrag über Ethik in der Medizin anhob, starrte ich in die flackernden Kerzen. Dann sah ich Ullas Hand, die von blauen Adern durchzogen war. Brigitte legte ihre Hand auf Kilians Brust. Krista erklärte meiner Mutter etwas über die Missstände im Pflegeheim, doch ich verstand nicht, um was es ging.

Die Stimmen um mich herum verschmolzen wie der Käse auf den Spätzle.

Ich fokussierte Kilian.

Vielleicht kam die Gefahr ja gar nicht von draußen? Vielleicht war der Mörder längst unter uns? Kilian lächelte herüber. Konnte das wirklich ein Zufall sein? Dass er einfach so hier aufgetaucht war? Oder wusste er, dass Brigitte zusammen mit meiner Mutter hier lebte? Dann bräuchte er einfach nur abzuwarten. Irgendwann würde diese Ruby schon bei ihrer Mutter auftauchen – und sie würde Sam mitbringen, den Sänger Orpheus, der alle mit seiner Stimme verzauberte.

„Ob du noch Spätzle willst?“, fragte Sam.

Seine Hand lag auf meinem Arm.

„Ruby?“, fragte er wieder. „Alles klar?“

„Danke“, sagte ich. „Ich muss mal frische Luft schnappen.“

Auf der Terrasse zündete ich mir eine Zigarette an. Die Berge waren eine schwarze, drückende Masse, die sich langsam auf mein Herz legte. Ich atmete den Rauch ein. Was sollte ich jetzt tun? Die ganze Nacht wach bleiben? Durch die Fensterfront blickte ich ins Wohnzimmer. Es war erleuchtet wie ein Schaufenster. Sam half meiner Mutter, den Tisch abzuräumen. Brigitte, Kilian und Krista setzten sich aufs Sofa und schalteten den Fernseher ein. Ulla blieb am Tisch sitzen und lächelte still vor sich hin.

Ich nahm noch einen Zug von der Zigarette und schmiss sie dann weg.

„Seit wann wird hier geglotzt, wenn Gäste da sind?“, fragte ich, als ich wieder drinnen war.

„Das ist eine Ausnahme“, versicherte Krista. „Vivian hat doch das Bühnenbild für die Show von Thomas Hofstädter entworfen.“

Vivian war Kristas Tochter, sie war etwas jünger als ich, doch wer war Thomas Hofstädter?

„Sag bloß, du kennst Thomas Hofstädter nicht?“, fragte Sam, der seinen Arm um mich legte.

Alle blickten auf den Fernseher.

Die Kamera zeigte einen gut fünfzigjährigen Mann, der in Lederhose und in einem karierten Hemd auf einer riesigen Bühne inmitten eines Fußballstadions stand, das mit Tausenden von Menschen gefüllt war. Die Bühne hatte einen langen Steg, der direkt ins Publikum führte.

„Ihr seid die Geilsten“, schrie der Mann. Die dunkle Masse der Köpfe um ihn herum begann zu wogen.

„Hofstädter geht zurzeit voll durch die Decke“, sagte Sam. „Der füllt ganze Stadien.“

Krista schaltete lauter.

„Ich liebe euch!“, schrie Hofstädter ins Mikrofon. „Lasst uns feiern! Und nun“, er riss beide Hände nach oben und brüllte: „Save our souls!“

Die Leute jubelten. Schnelle Bässe setzten ein.

„Das da“, jubelte Krista begeistert. „Das hat alles Vivian gemacht!“

Eine gigantische Lichtshow mit 3D-Effekten setzte ein, es regnete glitzerndes Lametta, und auf einer Treppe räkelten sich ein paar Meerjungfrauen. Hofstädter ging auf der Bühne auf und ab und klatschte dabei in die Hände.

„Hört auf zu jammern“, schrie er wieder ins Mikrophon. Dann legte sich eine Melodie über die Bässe, und Hofstädter begann zu singen: „Fangt an zu tanzen wie noch nie, das Leben kann so geil sein, ma Chérie.“ Er stampfte mit den Füßen auf den Boden, die Masse stampfte mit. „Und jetzt alle“, brüllte er und schrie: „Wir brauchen keine Götter!“ Das Publikum antwortete: „Save our souls!“ Hofstädter: „Wir brauchen nur Musik!“ Das Publikum: „Save our souls!“ Die Musik wurde immer schneller. „Bewegt euch!“, forderte Hofstädter sein Publikum auf: „Tanzt, und seid gut drauf! Das Leben ist zu schön, um mit alten Göttern jung ins Grab zu geh’n.“

Ich starrte auf den Bildschirm.

Von hinten fuhr jetzt ein Boot über die Bühne, auf dem ein Gestell befestigt war. Hofstädter sprang auf, hielt sich an dem Gestell fest und fuhr in dem Boot immer weiter auf den Bühnenarm hinaus. Plötzlich gab es einen Knall, etwas explodierte – und das Boot raste direkt ins Publikum. Ein Feuer brach aus.

„Oh mein Gott“, flüsterte Krista.

Wir starrten auf den Bildschirm, der flackerte und dann schwarz wurde.

„Ein Anschlag?“, fragte Kilian.

„Oh mein Gott“, flüsterte Krista wieder. „Vivian! Vivian!“

Ich blickte in das Feuer im Kamin, das erloschen war. Danach drehte ich mich zu Sam um und lachte verzweifelt, um nicht weinen zu müssen.

24.

Horror-Unfall in der Commerzbank Arena.

Am Mittwoch, den 16. Januar, saß ich um kurz nach zehn im *Café Central* und starrte auf die Titelseite der Zeitung, die neben mir auf dem Marmortisch lag. Ein Cappuccino stand darauf, der Besitzer war in sein Smartphone vertieft. Das Titelbild zeigte Thomas Hofstädter bei seiner letzten Fahrt über die Bühne, seine Zähne waren weiß, sein Lächeln war strahlend und seine Arme waren nach oben in die Luft gestreckt. Das war die Pose eines Siegers – nur wenige Sekunden später war die Explosion erfolgt.

Frankfurt am Main, stand in der Überschrift. *Ursache aufgeklärt. Nach einer Woche konnte die Kriminalpolizei Frankfurt am Main die Ursache für die Tragödie in der Commerzbank Arena vom 8. Januar aufklären.*

Ich löffelte den Milchschaum von meiner Latte Macchiato und schielte nach dem Fortgang des Artikels, der vom Cappuccino verdeckt wurde.

„Wollen Sie die Zeitung?“, fragte der Mann, lächelte kurz und reichte sie mir herüber.

„Danke“, sagte ich. „Wenn Sie sie nicht mehr brauchen?“

Statt einer Antwort vertiefte er sich wieder in sein Smartphone. Ich leckte den Löffel ab. Die neuesten Entwicklungen im Fall Thomas Hofstädter waren mir zwar bekannt, dennoch zog mich jeder Presseartikel darüber magisch an:

Am 8. Januar starb der international erfolgreiche Sänger Thomas Hofstädter mitten in seiner Live-Show einen grausamen Tod, las ich. *Der Mega-Unterhalter fuhr in einem Boot, das extra für seinen aktuellen Nr.1 Hit „Save our souls" angefertigt worden war, einen Bühnenarm entlang. Doch anstatt zu stoppen, raste das Boot direkt in das Publikum hinein. Zunächst war unklar, weshalb das Boot aus den Schienen gesprungen war. Zeugen beschrieben eine Explosion und Funken, die wie ein Blitz eingeschlagen hätten. In der Presse war in den letzten Tagen viel über einen Terroranschlag spekuliert worden. Die ermittelnde Kriminalpolizei Frankfurt am Main konnte die Ursache nun aufklären. Es handelt sich um einen tragischen Unfall. Ein terroristischer Hintergrund wird ausgeschlossen.*

Ein tragischer Unfall also.

Ich blickte mich im Café um.

Es war 10:13 Uhr. Um zehn war ich mit Emil Zoran verabredet, was bedeutete, dass er schon fast eine Viertelstunde zu spät war. Zoran hätte ja einfach mal kurz mit dem Handy Bescheid geben können, doch das war nicht sein Ding. Er war noch vom alten Schlag. Entweder man kam – oder eben nicht.

Ich tunkte einen Keks in den Milchkaffee und las weiter:

„Ein Starkstromkabel löste sich aus der seitlichen Bühnenverankerung und legte sich quer über die Metallschienen, auf denen das Boot über die Bühne gelenkt worden war", berichtet Kriminalkommissar Hans Fing. „Dadurch kam es zu einem Stromschlag." Zusätzlich tragisch wirkte sich aus, dass das Boot mit einem goldenen Gerüst ummantelt gewesen war, das den Strom leitete. Dadurch verwandelte sich das Boot in einen

brennenden Käfig. Thomas Hofstädter starb noch auf dem Weg ins Krankenhaus.

Auf einem Foto, das ich im Internet gesehen hatte, war deutlich zu sehen gewesen, wie sich Thomas Hofstädter an dem Gerüst festgehalten hatte. Der Sänger war quasi gegrillt worden.

Durch den Aufprall des Bootes in der Menschenmenge erlitten zwei junge Männer lebensgefährliche Verletzungen, doch wie durch ein Wunder breitete sich das Feuer nicht im Publikum aus. „Der Bootsrumpf war gut isoliert, so dass sich das Feuer wie in einer Feuerschale im Innern des Bootes konzentrierte", erklärt Hans Fing.

Es war 10:18 Uhr.

Der Mann am Nebentisch schnäuzte sich lautstark die Nase. Bevor er das Café verließ, nickte er mir kurz zu. Ich nahm an, das bedeutete, ich sollte die Zeitung behalten und sie selbst im Altpapier entsorgen.

Die Ermittlungen der Kriminalpolizei konzentrierten sich auf die Frage, wie das Kabel auf die Bühne gelangen konnte. Nun steht fest, dass es sich nicht um eine vorsätzlich ausgeführte Tat handelte. Die Auswertung der Materialspuren und Videobeiträge ergab eine Verkettung von unglücklichen Umständen. Durch das Gedränge im Publikum löste sich das Starkstromkabel an zwei Gelenkstellen aus seiner Verankerung und konnte dadurch …

„Ruby", sagte Zoran. Plötzlich stand er an meinem Tisch. „Da bist du ja", fügte er hinzu.

„Hallo Emil", sagte ich. „Schön, dass du jetzt auch da bist." Mehr sagte ich nicht. Stattdessen lächelte ich ihn sogar an, wohl wissend, dass er nie ein Lächeln erwiderte.

Sein Gesicht blieb hart.

Zoran hasste alles, was „Produkt einer falschen Erziehung und verlogenen Kultur war“, wie er es nannte. Deshalb nickte er mir zur Begrüßung nur knapp zu.

„Setz dich doch“, sagte ich und deutete auf die Lederbank gegenüber.

Sein Bart war länger geworden seit letztem Sommer, der Ausdruck in seinen Augen wilder und die Falten auf seiner Stirn, die wie ein Dreieck über seiner Nasenwurzel standen, tiefer. Langsam zog sich Zoran aus der Zivilisation zurück.

„War lang nicht mehr hier“, sagte er. Und dann: „Ist auch gut so.“

Zoran blickte sich im Café um. Er verachtete die Stadtmenschen, ihren Smalltalk, ihre Leichtigkeit und ihre Küsschen. Zoran verachtete aber auch die Menschen auf dem Dorf, ihre kleine Welt, ihre Schwerfälligkeit und ihre Bigotterie.

„Ich habe den Stab gefunden“, kam er ohne Umschweife zur Sache, zog ein Foto aus seiner Jackentasche und sagte: „Der Stab stand bei Gerlinde im Schuppen. Gerlinde Zürner ist die Witwe des Busfahrers. Ich habe mit ihr geredet.“

Zoran zog seine Jacke nicht aus. Wie ein Fremder saß er steif da in seiner dunkelgrünen Öljacke, die nach dem Wald roch, der hinter seinem Hof begann.

„Interessant ist diese Gravur“, erklärte er und reichte mir das Foto.

Am Ende des Stabs zeigte die Aufnahme eine Struktur im Holz, es waren Zahlen und Buchstaben, die hineingeschnitzt oder hineingebrannt worden waren.

„Stäbe, die mit der Gravur *PZ* beginnen, wurden in den sechziger Jahren in Venedig hergestellt. Die Gravur geht auf die Holzmanufaktur *Pietro Zagalli* zurück. Inzwischen gibt es den Familienbetrieb nicht mehr, aber die ältere Generation der Gondoliere benutzt das Langruder nach wie vor."

Ein Kellner trat an unseren Tisch.

Ich sagte: „Noch einen Milchkaffee, bitte."

„Ein Glas Leitungswasser", sagte Zoran.

Der Kellner blieb abwartend stehen.

„Das ist alles", fügte Zoran brüsk hinzu.

Der Kellner verschwand, um kurz darauf mit einer zweiten Latte Macchiato für mich und einem Glas Leitungswasser für Zoran zurückzukommen.

„Bitte, der Herr", sagte der Kellner, der noch ein ganz junger Kerl war, und setzte das Glas vor Zoran ab. „Geht aufs Haus."

Zoran ignorierte ihn. „Es handelt sich demnach eindeutig um den Stab eines Fährmanns", sagte er zu mir. „Man kann die auch bei ebay ersteigern, hab ich gesehen."

Der Kellner verließ den Tisch.

Zoran fixierte mich, als er meinte: „Es könnte durchaus was dran sein an deiner Theorie, Ruby. Es sieht ganz so aus, als hätte hier jemand Zürners Tod bewusst als den Tod eines Fährmanns inszeniert. Deshalb wurde der Stab an seiner Hand befestigt. Einen anderen Sinn sehe ich in der Aktion nicht."

Ich drehte das Glas Latte Macchiato hin und her.

„Trotzdem kommst du da nicht weiter", fuhr Zoran fort und verschränkte die Arme vor der Brust.

„Haberschwert wird keine Ermittlungen aufnehmen, nur weil eine Prophezeiung vom Tod eines Fährmanns spricht."

Nachdenklich riss ich die Plastikfolie, in der der Keks gewesen war, in Streifen.

Zoran beobachtete eine Gruppe Frauen, in der ununterbrochen geredet wurde. Die Damen zeigten sich den Inhalt ihrer Einkaufstüten, lachten laut und tranken Prosecco zum Frühstück. Zorans Blick drückte Unverständnis aus, als er sich wieder mir zuwandte und sagte: „Und was gibt's im Fall Adlerstamm Neues?"

„Moment", sagte ich. „Schau dir das mal an."

Ich schob ihm mein Smartphone über den Tisch.

„Woher hast du das Foto?", fragte er.

„Geheime Quelle", musste ich zugeben.

Sabia hatte mir das Bild geschickt. Es zeigte zwei Männer, die im Wartehäuschen der Bushaltestelle Marienplatz standen. Der eine trug schwarze Klamotten und einen großen Korb unter dem Arm. Sein Gesicht lag im Schatten, trotzdem waren die scharfen Konturen von Elias zu erkennen. Neben ihm stand ein großer, bärtiger Mann, der etwas langes Dunkles in der Hand hielt. Das war Waldschrat, und das, was er in der Hand hielt, war der Stab des Fährmanns.

Zoran zoomte die Details heran.

Dann sagte er: „Falls es sich um denselben Stab handelt, den der tote Zürner am Handgelenk hatte, ist das belastendes Material." Er zoomte weiter herum. „Ist das der Korb, in dem das Kind lag?"

„Ich denke schon."

„Mann, Mann, Mann“, sagte Zoran und schüttelte den Kopf. „Um sicherzugehen, dass das Foto am 27. aufgenommen wurde, brauchen wir den Zeugen, der das Bild gemacht hat.“

Ich nickte. Das war mir auch klar, und es tat mir weh, mein Versprechen mit hoher Wahrscheinlichkeit nicht einhalten zu können. Gedankenverloren starrte ich auf die Frauen mit dem Prosecco und dachte an Sabia, die ihren Putzjob verlieren würde.

„Okay“, sagte Zoran. „Ich werde das Material Haberschwert übergeben. Der soll dann entscheiden, ob er den Fall wieder aufnimmt und die Ermittlungen einleitet. Ich halte das aber für sehr wahrscheinlich.“

Zoran hatte kleine Schweißperlen an der Schläfe.

„Willst du deine Jacke nicht ausziehen?“, fragte ich.

„Ich will hier keine Wurzeln schlagen“, erwiderte er. Und dann: „Was gibt es Neues im Fall Adlerstamm?“

Am Nebentisch hustete ein Mann, der ein rosafarbenes Hemd trug.

„Es war tatsächlich dieser koreanische Arzt“, sagte ich.

Zoran nickte nur. Angewidert drehte er dem hustenden Mann den Rücken zu.

Ich erzählte ihm, was im Laufe der letzten Woche Stück für Stück ans Tageslicht gekommen war: Das Verhältnis zwischen Kim Thai Pham und Gunnar Adlerstamm sei laut Sprechstundenhilfe „nicht das beste“ gewesen. Obwohl Kim Thai Pham als angestellter Arzt und Familienvater ein Leben führte, das durchaus als erfolgreich bezeichnet werden konnte, habe er es nicht verkraftet, dass Adlerstamm noch erfolgreicher gewesen sei, aber vor allem charismatischer, selbstbewusster und bei den Frauen beliebter als er selbst. In einer belastenden E-Mail hatte Kim Thai Pham Adlerstamm als einen „bösen Menschen“ bezeichnet, von dem er sich offensichtlich verfolgt sah. Das alles wies auf eine paranoide und schizoide Persönlichkeitsstörung hin, mit der sich die Psychiater in nächster Zeit beschäftigen durften.

„Weißt du was?“, fragte ich.

Zoran sah mich an.

„Ich mache das jetzt schon so lange“, sagte ich. „Und immer wieder bin ich schockiert, wie krass das Mißverhältnis zwischen Außen und Innen ist.“

Zoran sah mich fragend an.

„Das ist wie beim Eisberg der Titanic“, fuhr ich fort. „Das, was oben für alle sichtbar wird, ist nur ein Bruchteil von dem, was einen Menschen ausmacht – der größte Teil von ihm liegt tief im dunklen Meer verborgen. Und daran scheitern wir alle als Gesellschaft und soziale Wesen.“

„Man sieht nie rein“, war Zorans Kommentar.

Nachdem Tyra kein Schlafmittel mehr eingeflößt bekommen hatte, war sie innerhalb von 24 Stunden wie ausgewechselt gewesen. Letztlich war es ihr Verdienst gewesen, die Bausteine zusammenzusetzen und die entscheidenden Hinweise zu liefern, die zur Verhaftung von Kim Thai Pham geführt hatten.

„Aber wie kam der Koreaner dann zu dieser Sekte?“, wollte Zoran wissen.

Hier kam Elias ins Spiel, vermutete ich. Er hatte es zwar noch nicht gestanden, aber nach dem missglückten Interview und seinem Rausschmiss bei Adlerstamm musste Elias an Kim Thai Pham geraten sein. Elias hatte natürlich sofort das Hasspotenzial in diesem Menschen erkannt. Das, was er dem Arzt über Adlerstamm erzählt hatte, war dann ein Schub für Kim Thai Phams Mordfantasien gegenüber Adlerstamm gewesen. Sich dabei als Tyra Nilsson anzumelden, muss eine besondere Genugtuung gewesen sein, zugleich Rache an der jungen Frau zu üben, die ihn nie als Mann beachtet hatte.

„Letztlich haben die ihn als Mittel zum Zweck benutzt“, sagte ich.

„Mittel zum Zweck?“ Zoran wischte sich mit der Serviette über die Schläfen. „Du meinst als Mordinstrument“, sagte er dann.

Ich schob meine Latte Macchiato von mir weg. Sie war noch nicht leer, aber die kalt gewordene Milch verursachte mir plötzlich Übelkeit. „Ich habe mit Brandner darüber gesprochen“, sagte ich, „er leitet die Ermittlungen.“

„Brandner“, wiederholte Zoran. Seine Hand ballte sich zur Faust.

Der junge Brandner war mehr als ein Jahrzehnt vorher an Vorgängen im Polizeiapparat beteiligt gewesen, die Zoran seine Stelle in Ravensburg als Kriminalhauptkommissar gekostet hatten.

„Für Brandner ist der Fall damit erledigt“, sagte ich. „Nachdem bekannt wurde, dass Kim Thai Pham ein Kollege und letztlich ein verrückter Einzeltäter ist, misst er der *Nocturna* keine Bedeutung mehr bei.“

Zoran nickte. Seine Augen waren auf einen Punkt weit draußen gerichtet.

„Aber noch schwieriger wird es, das hier nachzuweisen“, fuhr ich fort und schob Zoran die Zeitung über den Tisch.

Er las.

Ich checkte mein Handy und beobachtete die Frauen, die einen elfenbeinfarbigen Pumps mit grünen Edelsteinen herumreichten.

„Mann, Mann, Mann“, sagte Zoran wieder. „Wenn deine Theorie stimmt, dann ist diese Sekte brandgefährlich.“ Er schob die Zeitung von sich weg, fixierte mich und sagte: „Ruby, du kennst dich aus mit dem organisierten Verbrechen. Früher oder später werden die dich kaltmachen.“

Ich verdrehte die Augen.

„Das ist noch kein organisiertes Verbrechen“, sagte ich. „Das ist ein Haufen von Gestrandeten, denen Madame de Rochat eine geistige Heimat gegeben hat. Insgesamt sehr chaotisch.“

Zoran zog bloß die Augenbrauen nach oben.

„Wenn du tot bist, ist dir das egal“, sagte er schließlich. Und dann: „Was den Polizeiapparat angeht, kämpfst du gegen Windmühlen. Wenn die Frankfurter Polizei zu dem Schluss kam, dass es ein Unfall war, dann ist das so. Die werden das nicht mehr revidieren und schon gar nicht wegen so einer Spinnerschrift. In einem Apparat geht es nie um Wahrheit, sondern um Posten, um Macht, um Karrieren.“

Zoran sah mich an. Zum ersten Mal erkannte ich etwas Menschliches in seinem Blick, als er sagte:

„Gegen die herrschende Meinung zu gehen, macht einsam, glaub mir. Nicht jeder hält das aus. Und du bist eine Frau."

„Klar", sagte ich. „Nur Männer können Einsamkeit aushalten."

Zoran trank sein Leitungswasser in einem Zug leer. Gleich würde er gehen. Doch vorher sagte er noch: „Ich weiß, dass du auch im Einsamsein besser wärst als ich. So wie beim Schießen. So wie in allem. Nur – ich wünsche es dir nicht."

Für einen Moment legte er seine raue Hand auf meine.

„Ich muss los", sagte er dann. „Wenn du magst, besuche mich auf meinem Hof."

Bei Zoran war das keine Floskel. Ich blickte ihm nach, wie er zur Tür hinausging und aus meinem Sichtfeld verschwand, ohne sich nach mir umzudrehen.

25.

Das Treffen mit Zoran hatte eine leere Stelle in meinem Magen hinterlassen, die ich mit einem Quarkbällchen zu füllen versuchte. Um 11:15 Uhr schloss ich die Detektei *Fuchs & Bentwood* auf. Es war kalt hier drin, aber vor allem war es leer.

Ich drehte die Heizkörper auf und lauschte auf das leise Gluckern in den Rohren. John war noch immer krank. Sein Schnupfen war in eine Grippe übergegangen, die ihn seit einer Woche ans Bett fesselte.

Gedankenverloren holte ich mir einen Kaffee aus der Küche und stopfte ein zweites Quarkbällchen in mich hinein, dann ein drittes. Schließlich machte ich mich unmotiviert an den Krachler-Auftrag. Elf Tage waren vergangen, seitdem Anton Krachler im *Gasthof Engel* in Ravensburg übernachtet hatte. Es hatte zwar den Anschein gehabt, als hätte er sich mit jemand treffen wollen, doch letztlich war es nicht dazu gekommen. Der Mann war allein ins Bett gegangen und am Sonntagvormittag zurück zu seiner Frau nach Freiburg gefahren. Ein paar Tage später hatte Frau Krachler allerdings in der Jackentasche des Mannes das Foto einer jungen Frau gefunden, einer blutjungen Frau sogar, außerdem eine weitere Onlinereservierung für ein Hotel in Ravensburg, diesmal handelte es sich um das *Hotel Obertor*. Am darauf folgenden Samstag, das war in drei Tagen.

Meine Hoffnung, dass John bis dahin wieder fit sein würde, war so gering, dass ich die Einladung zur sechzigsten Geburtstagsfeier von Vera Lindt absagte. Ich schrieb ihrer Sekretärin, dass ich arbeiten müsse. Kaum war die E-Mail draußen, bereute ich auch schon meine Entscheidung. Vera war Polizeirätin und gehörte zu den einflussreichsten Strippenziehern im Polizeiapparat von Baden-Württemberg. Falls ich eines Tages doch wieder zurückkehren wollte zur Polizei, konnte sie mir gute Dienste erweisen.

Ich starrte vor mich hin. Dann schüttelte ich den Kopf. Was war denn das für ein Gedanke? Der Weg würde für mich nie wieder zurückführen, auch wenn Stefanie, Vera oder Zoran das anders sahen. Als Hauptkommissarin bei der Inspektion für Organisierte Kriminalität hatte ich bei einem Großeinsatz zwei international gesuchte Verbrecher erschossen, Narkas und Snajdrom, jeder ein fleischgewordener Alptraum. Eine interne Polizeikommission hatte mich zwar freigesprochen, doch tief in meinem Inneren wusste ich es genau. Ich hatte diese Männer nicht aus Versehen getötet.

Narkas und Snajdrom waren schlechte Menschen gewesen. Deshalb hatte ich sie erschossen. Weil sie Kinder zur Prostitution gezwungen hatten, Frauen vergewaltigt und getötet hatten, jeden Tag, jede Stunde. Ich fühlte mich im Recht – und wusste zugleich, dass das ein Problem war. Denn die schlimmsten Mörder fühlten sich immer im Recht. Die schlimmsten Mörder fühlten sich den anderen überlegen. Ob ich in so einer Situation wieder auf den Kopf zielen würde, hatte mich Stefanie gefragt. Nein, hatte ich gesagt.

Aber ganz sicher war ich mir nicht. Deshalb war ich keine Polizistin mehr und würde auch nie wieder eine werden. Entschlossen stand ich auf, holte mir einen zweiten Kaffee aus der Küche und kehrte damit zurück an den Schreibtisch. Ich öffnete die Seite der *Nocturna.*

Nocturna2020, tippte ich das Passwort ein.

Bei der Prophezeiung des vierten Mordes schien Nostradamus eine visionäre Krise gehabt zu haben. Denn das, was er vorhersagte, war recht vage. Das gab selbst Madame de Rochat im Kommentar zu. Nachdem Nostradamus die ersten drei Männer konkret als

„Fährmann“, als „Heiler“ und als Sänger „Orpheus“ bezeichnet hatte, sprach er nun sehr allgemein von einer „Macht des Bösen“, von „Chaos Gewächs“ und von der Zahl 666:

> Der letzte Kampf gilt der 666,
> der Macht des Bösen, dem Chaos Gewächs.
> Am Tag der Rosen wird sein Herz getroffen
> ein kaltes Herz ohne Glauben und Hoffen.
>
> Denn der Antichrist ist bloßer Schein, ist tote Zeit,
> verloren ist die Christenheit.

Die Zahl 666 gelte traditionell als Zahl des Teufels, schrieb Madame de Rochat in ihrem Kommentar. Doch zugleich betonte sie: Wer als Teufel bezeichnet werde, hinge immer vom Standpunkt der Person oder der Gruppe ab, die jemanden als Teufel dämonisierte. Der Ausdruck „Antichrist“ weise zwar darauf hin, dass es sich um jemanden handelte, der keine Religion habe, doch dieser Hinweis sei zu unspezifisch, um deshalb eine bestimmte Person ins Auge fassen zu können. Weiter schrieb sie:

Auch beim Datum und der Todesart bleibt Nostradamus diesmal mehr als vage: Das Böse wird am „Tag der Rosen*“ sterben, heißt es. Doch der „Tag der Rosen“ ist kein stehender Begriff, weder in Frankreich noch in Deutschland. Möglich, dass hier der Valentinstag gemeint ist, doch dagegen spricht, dass die Feier dieses Tages im 16. Jahrhundert noch nicht die Bedeutung hatte wie heutzutage. Der Tod des Bösen wird durch einen Angriff auf sein kaltes „Herz“ erfolgen, prophezeit*

Nostradamus. Doch handelt es sich dabei um eine Metapher? Ich halte das für wahrscheinlich. Gerade das „Herz“ gehört zu den meistgebrauchten Bildern der Weltliteratur und bleibt deshalb sehr unspezifisch.

Der Valentinstag war der 14. Februar, also vier Wochen später.

Nachdenklich nahm ich einen Schluck Kaffee. Am Tag der Rosen also. Im Original hieß es: *Le Jour de Roses*. Was war mit Rosenmontag?

Ich öffnete meinen Kalender und sah, dass der Rosenmontag in diesem Jahr auf den 4. März fiel. Zögernd strich ich mir den Tag rot an.

Dann recherchierte ich im Netz und stieß außerdem auf den Hinweis, dass am 12. Juni weltweit der „Tag der roten Rose“ begangen wurde. An dem Tag würde man Menschen, die man liebte, eine rote Rose schenken. Denn die Rose sei seit jeher Symbol der Liebe und Freude, aber auch Symbol von Schmerz, Vergänglichkeit und Tod. Die rote Farbe der roten Rose ginge auf das Blut der Nachtigall zurück. Der Vogel, der bei Nacht die schönsten Liebeslieder sang, habe nämlich die ursprünglich weiße Rose mit seinem Herzblut rot gefärbt.

Eine Weile starrte ich vor mich hin.

Dann stieß ich auf den Vermerk, dass ursprünglich nicht der Valentinstag als der Tag der Liebe oder Rose bezeichnet wurde, sondern der 7. Februar. Denn der 7. Februar bilde den Auftakt zur Valentinswoche und wäre in vielen Kulturkreisen bekannt als *Rosentag* oder *Rose Day*.

Ich blickte in meinen Kalender.

Es waren noch drei Wochen bis dahin.

Aber es gab noch zwei Tage, zu denen das Internet Ergebnisse lieferte: Am 8. Juni feierte man in Ulm auf dem Münsterplatz den „Tag der Rose“. Der ganze Platz vor dem Ulmer Münster verwandelte sich dann in ein duftendes Rosenmeer, die in allen Formen und Varianten angeboten wurden, als Blumen, Schmuck oder kulinarisches Highlight.

Auch diesen Tag strich ich mir im Kalender an, denn Ulm war nicht so weit von Ravensburg entfernt.

Zudem konnte auch der Ostersonntag als „Tag der Rose“ bezeichnet werden, wenn man dabei die Symbolik der Rose von Jericho zugrunde legte: Diese bemerkenswerte Pflanze sehe am Anfang aus wie ein toter, vertrockneter Ball. Im Wasser werde sie allerdings grün und öffnete sich, so dass ihr Innerstes sichtbar wurde. Die Rose von Jericho konnte Jahre ohne Wasser auskommen, Jahre, in denen man sie leicht für tot halten konnte, doch dann begann sie plötzlich wieder zu leben, wenn man sie in Wasser legte. Deshalb wurde diese Pflanze auch „Pflanze der Auferstehung“ genannt.

Ich blätterte in meinem Kalender.

Ostern war dieses Jahr relativ spät, erst am 21. April.

26. Vier Wochen später

Der Himmel war blau, die Sonne strahlte, und obwohl es erst Mitte Februar war, roch es draußen bereits nach Frühling. Die Luft war spürbar milder geworden. In den Vorgärten brachen die ersten Schneeglöckchen durch die Erde, die nachts noch gefroren war.

Es war Dienstag, der 19. Februar.

Der 14. Februar war vorübergegangen, ohne dass etwas passiert wäre. Nur ein kleines, rotes Schokoladenherz hatte auf meinem Kopfkissen gelegen, als ich morgens aufgewacht war. Es war warm und weich gewesen. Danach hatte ich mit Sam gefrühstückt. Überhaupt hatte ich in den vorherigen Wochen viel Zeit mit Sam verbracht, ich war mit ihm ins Yoga gegangen, in die Berge und ins Bett. Mit jedem Mal hatte ich weniger an Madame de Rochat und an die Kinder der Nacht gedacht, die ich nun immer deutlicher als das sah, was sie doch letztlich waren: Frustrierte, Gescheiterte, Verunsicherte. Junge Menschen ohne die Kraft, sich Gestalt zu geben. Madame de Rochat hatte ihnen Halt gegeben, sie hatte sie in eine bedeutende Erzählung eingebunden, in der ihre Gewaltbereitschaft vermeintlich einen Sinn ergab.

Es war das alte Lied.

Doch es war vorbei.

Nur John machte mir noch Sorgen. Seit seiner Rückkehr aus London, die nun fast sechs Wochen zurücklag, war er krank. Phasen mit hohem Fieber wechselten sich ab mit Phasen, in denen er sich einfach

„nur“ schlapp und ausgelaugt fühlte. Schon zweimal schien der Infekt so gut wie ausgeheilt zu sein, doch dann ging es ihm plötzlich wieder schlechter. Ich wollte John damit nicht zusätzlich belasten, doch finanziell wurde das für die Detektei *Fuchs & Bentwood* langsam zu einem Problem, weil ich nicht alle Aufträge alleine erledigen konnte.

Deshalb hatte ich John überredet, sich noch einmal bei seiner Hausärztin durchchecken zu lassen. Um sicherzugehen, dass er den Termin auch wirklich wahrnahm, hatte ich ihn heute selbst hingefahren. Jetzt saßen wir nebeneinander im Wartezimmer von Doktor Julia Windscheid, das aus allen Nähten platzte. Wir warteten bereits seit 48 Minuten, doch wir müssten dankbar sein, überhaupt noch einen Termin bekommen zu haben, hatte die Sprechstundenhilfe zur Begrüßung gesagt.

Ein Kind nieste, ohne sich den Arm vor den Mund zu halten.

Eine ältere Dame saß mit geschlossenen Augen regungslos da.

Ich atmete durch den Kragen meines Rollkragenpullovers und versuchte, das Luftholen möglichst zu vermeiden. Mit langen Wartezeiten musste man zurzeit überall rechnen, in der ganzen Stadt war es dasselbe: Die Praxen platzten aus allen Nähten. Jeden Tag stand eine neue Rekordmeldung in der Zeitung oder im Internet: Kinder fieberten seit Wochen mit 40 Grad vor sich hin, ganze Kindergärten waren geschlossen worden, alte Menschen fielen einfach mitten in der Stadt um, Berufstätigte nahmen

Antibiotika aus Angst, noch kränker zu werden, als sie ohnehin schon waren.

Ich blickte auf mein Handy.

Es war 10:21 Uhr. Jetzt waren es schon 51 Minuten, die wir warteten. Auf dem Tisch in der Mitte des Warteraums lagen Zeitschriften mit roten Schutzumschlägen, die abgegriffen und speckig aussahen, so dass ich keine davon anrührte. Das Kind nieste. Ich atmete durch den Stoff meines Rollkragens. John war in sein Smartphone vertieft.

Drum wird schicken der Herr eine Neue Pest, halb Vogel, halb Schwein, 2020 wird der Letzte gestorben sein.

Lächelnd verscheuchte ich den Gedanken an die *Nocturna.*

Vier Wochen waren vergangen, seitdem ich Zoran im *Café Central* getroffen hatte. Am nächsten Tag hatte ich versucht, Sabia an der Bushaltestelle abzufangen, um sie davon zu überzeugen, in einem möglichen Prozess im Fall des Busfahrers Peter Zürner auszusagen. Doch Sabia hatte nicht mehr an der Bushaltestelle gestanden. Sie war auch nicht an ihr Handy gegangen und hatte weder auf meine Anrufe noch auf meine Nachrichten reagiert. In der Firma in Markdorf, wo sie putzte, erfuhr ich, dass sie vier Wochen Urlaub genommen hatte. Außerdem gab mir eine vertrauensselige Kollegin ihre Wohnanschrift. Sabia lebte in einer kleinen Wohnung in der Altstadt von Ravensburg oben in Richtung Veitsburg, die ihr eine Studentin überlassen hatte, die zurzeit ein Auslandssemester in Italien machte. In der Wohnung hatte ich Sabia aber auch nicht angetroffen, morgens nicht, mittags nichts und abends nicht. Viele Stunden hatte ich vergeblich darauf gewartet, dass das Licht in ihrer Wohnung im zweiten Obergeschoss anging. Doch es war dunkel geblieben. Danach war mir nichts mehr eingefallen, als Sabia jeden Tag eine Nachricht zu schicken; ich hatte an ihre Verantwortung als Mensch und politische Journalistin appelliert.

Im Wartezimmer hustete ein Mann, ein anderer röchelte.

Ich atmete kaum noch.

Du wirst dich dafür verachten, wenn du nichts tust, hatte ich Sabia geschrieben. Außerdem Sachen wie: *Es ist wichtig, dass wir Grenzen setzen.* Oder: *Du tust das auch für dich.* Nach der zwanzigsten oder dreißigsten Whatsapp, als ich schon fast die Hoffnung aufgegeben hatte, war dann doch noch was zurückgekommen: Sie sei noch bis Ende Februar in Syrien, um ein paar Familienangelegenheiten zu klären, hatte sie geschrieben. Danach komme sie aber zurück nach Deutschland und sei dann frei, aussagen zu können.

„Frau Fischer, bitte!“

Die Sprechstundenhilfe rief den nächsten Patienten auf. Eine ältere Dame erhob sich und verließ humpelnd den Raum. Alle anderen sackten wieder in sich zusammen.

Kim Thai Pham saß immer noch in Untersuchungshaft, der Beginn des Prozesses im Mordfall Adlerstamm war für April anberaumt. Auch im Fall Orpheus beziehungsweise Thomas Hofstädter hieß es noch warten. Denn Zoran hatte recht gehabt: Es brachte nichts, nur mit ein paar Gedichtzeilen von

Nostradamus im Koffer nach Frankfurt zu fahren und die Kollegen zu bitten, mal soeben Ermittlungen wegen Mordes aufzunehmen. Nein. Falls sich der Verdacht erhärtete, dass Elias und Waldschrat den Busfahrer ermordet hatten, dann würden die Kinder der Nacht ohnehin ins Visier der Ermittler geraten. Über diesen Weg würde auch der Fall Orpheus beziehungsweise der Feuertod von Thomas Hofstädter in ein neues Licht geraten, da war ich mir sicher.

56 Minuten. Bald warteten wir eine ganze Stunde.

„Bei unserer Tochter fällt morgen sogar die Schule aus", empörte sich eine Mutter neben mir. „Da sind alle Lehrer krank! Und die haben keine Vertretungen mehr!"

John chattete fieberhaft. Wahrscheinlich mit Laura, die „echt voll okay" sei, wie er sich ausdrückte. Die beiden seien jetzt „so gut wie zusammen", hatte er gesagt, alles sei „optimal", doch ich spürte, dass etwas nicht stimmte. John hatte mir seine neue Freundin noch nicht vorgestellt. Er nahm es mir übel, dass ich Laura für ein Mitglied der Kinder der Nacht hielt, obwohl sie ihm wiederholt versichert hatte, dass sie von dieser Bewegung noch nie etwas gehört habe.

Für einen Moment schloss ich die Augen.

Um die Kinder der Nacht war es in den letzten Wochen ruhiger geworden. Madame de Rochat hatte wiederholt beteuert, wie froh sie sei, dass mit Kim Thai Pham nun endlich der „Störenfried" aus ihrem Forum entfernt worden sei. Seitdem herrsche dort wieder ein freundliches Klima, meinte sie. Doch ich traute ihrer zur Schau gestellten Menschenliebe nicht über den

Weg. Wenigstens hatte sie aber das Schlägertrio Elias, Waldschrat und Pockennarbe im Griff; denn ihre dunklen Schatten und fiesen Gesichter waren aus der Innenstadt verschwunden.

„John Bentwood, bitte!"

Sofort sprang ich auf und zog John hinter mir her, der noch im Gehen eine Whatsapp schrieb.

Die Sprechstundenhilfe führte uns in einen Raum mit einem Schreibtisch und ein paar Stühlen. Sie bat uns, noch einen Moment Platz zu nehmen. „Die Frau Doktor kommt gleich", sagte sie.

An der Wand hing ein Desinfektionsspender. Ich drückte ihn mehrmals und rieb mir das Gel auf die Hände, dann auf die Unterarme und auf den Hals. Das Zeug roch streng.

John rümpfte die Nase.

„Guten Tag, Herr …", die Ärztin kam hereingeflogen, blickte in ihre Unterlagen und sagte: „Herr Bentwood. Was kann ich für Sie tun?"

John berichtete, dass seine „Erkältung" einfach nicht besser werde.

„Seit sechs Wochen also", sagte die Ärztin, die bereits hinter ihrem Schreibtisch saß und etwas in den Computer eintippte.

„Ja und Fieber habe ich auch wieder seit vorgestern", schloss John seinen Bericht.

„Er kann nicht mehr arbeiten", fügte ich hinzu.

Die Ärztin warf mir einen forschenden Blick zu. „Sind Sie seine Frau? Freundin?", fragte sie dann.

„Nein, Arbeitgeberin", erwiderte ich.

Sie seufzte. Dann klapperte ihre Tastatur und sie sagte: „Wir nehmen noch mal Blut ab und versuchen es nun doch mit Antibiotika."

„Entschuldigung", sagte ich und räusperte mich. „Ich würde mich gerne impfen lassen. Also gegen das, was Herr Bentwood hat."

„Das geht leider nicht", entgegnete die Ärztin prompt. Mit einem neutralen Gesichtsausdruck fügte sie hinzu: „Wir haben keinen Impfstoff mehr. Alles ausgegangen. Nächstes Jahr denken Sie bitte rechtzeitig an die Impfung."

„Wie, ausgegangen?", fragte ich.

Sie zuckte mit den Achseln und sagte: „Tut mir leid." Dann drückte sie einen Knopf an einem Mikrophon, rief damit jemand vom Labor, und blickte auf die Uhr.

„Tut mir leid, wenn ich Ihnen nicht weiterhelfen kann", sagte sie dann noch. „Aber ich bin auch nur Ärztin und nicht die Pharmaindustrie. Und jetzt entschuldigen Sie mich bitte, da draußen ist die Hölle los."

Eine Sprechstundenhilfe kam herein.

„Mira", sagte die Ärztin zu ihr. „Nehmen Sie bitte Herrn …", wieder blickte sie auf ihre Unterlagen, „Herrn Bentwood mit zur Blutabnahme."

„Aber kann man denn gar nichts machen?", fragte ich, als die Ärztin schon die Türklinke in der Hand hatte.

„Doch", entgegnete sie. „Telefonieren Sie einfach alle Praxen in Ravensburg oder ganz Deutschland ab, ob irgendwo noch was vorrätig ist. Vielleicht haben Sie ja Glück."

27.

„Hier, lies mal", sagte ich.

Nachdenklich schob ich Sam die Zeitung über den Tisch. Wir hatten uns zum Mittagessen beim Afrikaner getroffen und waren bereits beim Espresso. Während ich das Tütchen Zucker aufriss und in meinen Espresso rührte, las Sam:

Grippewelle rollt über ganz Deutschland.

Die Grippe- und Erkältungswelle hält unvermindert an. Ganz Deutschland schnieft und hustet, doch nach Angaben des Robert-Koch-Instituts sind Teile Baden-Württembergs überdurchschnittlich stark betroffen, insbesondere die Region Oberschwaben. Offenbar handelt es sich bei den Infektionen um besonders hartnäckige Viren und Bakterien, die zum Teil resistent sind gegen die üblichen Impfstoffe.
Arztpraxen sind hoffnungslos überlaufen, Schulklassen wie ausgestorben und Arbeitsplätze nur noch spärlich besetzt.
„Der Grippe-Impfstoff ist schon seit Wochen ausgegangen. Leider entfaltet auch die Impfung, die den meisten Leuten bereits im vergangenen Herbst verabreicht wurde, nicht die volle Wirkung", sagt der Stuttgarter Mediziner Prof. Dr. Helmut Pernizza. „Das kann viele Ursachen haben. Vermutet wird eine Mutation, die den Virus besonders hartnäckig macht. Alarmierend ist der Fall eines Rentners, der mit einer Grippe ins Krankenhaus eingeliefert werden musste, deren Erreger dem Virustyp H1N1 sehr ähnlich ist, der sogenannten Schweinegrippe."

Der Artikel ging noch weiter, doch Sam schien genug zu haben. „Das ist doch jedes Jahr die gleiche Panikmache“, sagte er und rührte ebenfalls Zucker in seinen Espresso.

„Nein“, entgegnete ich. „Dieses Jahr ist es besonders schlimm. Steht doch da. Und schau dich doch mal um.“

Ich deutete in alle Richtungen. Obwohl es um diese Uhrzeit sonst immer voll war im *African Queen*, waren die Holztische heute kaum besetzt. Die wenigen Leute, die über Mittag rausgegangen waren, trugen Schals oder eine rote Nase. Eine junge Asiatin trug sogar einen Mundschutz.

„Und du glaubst jetzt“, sagte Sam und nippte an seinem Espresso, „dass das wieder mit dieser Prophezeiung zusammenhängt?“

Ich schwieg.

Sam griff nach meiner Hand.

„Ruby“, sagte er dann und lächelte. „Ich dachte, du hast das abgehakt.“

„Ich war vorhin beim Edeka“, entgegnete ich und zog ihn näher zu mir heran.

„Und?“

„Waldschrat hat dort gearbeitet, aber nur drei Wochen. Dann hat er von heute auf morgen gekündigt.“

„Ja und?“

Sam fuhr sich durch die goldbraunen Locken, die er heute mit einem Gummiband am Oberkopf zusammengebunden hatte. Er kam vom Sport, sein Gesicht war noch leicht gerötet.

„Da liegt doch die Vermutung nahe“, fuhr ich mit gedämpfter Stimme fort, „dass Waldschrat nur deshalb in einem Lebensmitteldiscounter gearbeitet hat, um die Lebensmittel zu … manipulieren“, formulierte ich meinen Verdacht, den ich bereits John auf seine Mailbox gesprochen hatte.

„Manipulieren?“, fragte Sam. Dann ließ er meine Hand los, lehnte sich zurück und fragte: „Du meinst, er könnte Lebensmittel mit Viren und Bakterien angereichert haben?“

„Richtig“, sagte ich. Dann fügte ich hinzu: „Aus dir wird ja doch noch ein guter Detektiv.“

Sam winkte der Chefin, damit wir bezahlen konnten.

„Gleich halb drei“, sagte er mit Blick auf sein Handy. „Aber gut, dass du mich an den Weltuntergang erinnert hast. Bis 2020 ist ja nicht mehr viel Zeit. Ich will ja noch mein neues Album rausbringen.“

Er grinste.

Ich seufzte. Aus Sam würde nie ein guter Polizist werden, er war einfach viel zu sehr mit sich und seiner Welt zufrieden, um die Gefahren ernst zu nehmen, die überall lauerten. Gerade als ich ihm einen Kuss geben wollte, brummt mein Handy.

Ich blickte auf das Display.

Es war eine Nachricht von einer unbekannten Nummer. Das Profilbild zeigte ein Mädchen, das sich im harten Neonlicht einer U-Bahn-Station fotografiert hatte, im Hintergrund waren Graffiti, Fliesen und die Nacht. Über ihrem rechten Auge schimmerte ein Piercing.

Das war Sara, eindeutig. Ich erkannte ihre sinnlich und zugleich trotzig aufgeworfenen Lippen, die kleine Nase, die Herzform ihres Gesichts. Doch etwas stimmte nicht mit dem Foto, es musste schon älter sein. Denn die Sara, die ich kannte, hatte ein volles Gesicht, Pausbäckchen. Die Sara vom U-Bahnhof hingegen hatte hohle Wangen und deutlich konturierte Wangenknochen.

Hallo Frau Fuchs, stand da. *Bin* ich *da richtig bei Ihnen?*

Sara?, schrieb ich zurück. *Na klar.*

Wenige Sekunden später war sie wieder online.

Sie schrieb: *Kann ich Sie sprechen bitte? Es ist wichtig.*

Natürlich. Wann? Wo?

Heute 22:30 Uhr oben an der Veitsburg, kam es zurück.

Ok, schrieb ich. *Wo genau?*

Vorne an der Aussichtsplattform, schrieb sie. Dann ging sie wieder offline.

28.

Es war dunkel geworden. Um kurz nach zehn machte ich mich auf den Weg zur Veitsburg hinauf. Ich ging durch die Straßen und Gassen bergan. Am Oberen Tor blieb ich stehen und blickte mich um, ob mir jemand folgte. Doch da war nichts.

Keine schwarzen Schatten mehr.

Nicht einmal der Wind blies durch die Gassen.

Ich stieg die Treppen hinauf bis zu dem Platz, auf dem der Mehlsack stand. Gespenstig ragte er über mir in den Nachthimmel. Danach wurden die Treppen steiler, verwinkelter, rechts und links des Weges wucherte dunkles Gestrüpp. Das Licht der Laternen reichte nicht aus, um den gesamten Weg zu erhellen. In einem Schattenstück blieb ich stehen, um Atem zu holen. Ich lauschte. Bis auf das tiefe Ein- und Ausströmen der Luft in meinen Lungen blieb alles ruhig. Dann nahm ich die letzte lange Treppenreihe hinauf zur Burg. Oben angekommen durchquerte ich den Innenhof und blickte zur Aussichtsplattform hinüber.

Dort sah ich das Mädchen.

Sara stand genau da auf der Mauer, wo diese steil abfiel. Sie blickte über die Stadt und schien den Mehlsack zu fixieren, der ebenso still und starr dastand wie sie. Doch wenn sie nur einen Schritt nach vorne tat, würde sie stürzen. Sie schielte nach unten. Vielleicht stellte sie sich vor, wie sie fiel und unten aufschlug und wie weh das tat, wenn sie landete.

„Sara?“ Ich ging auf sie zu. „Was machst du da?“

Sie zuckte zusammen, drehte sich um und schwankte plötzlich. Mit wenigen Schritten war ich bei ihr und hielt sie am Arm fest.

„Tu das nicht“, sagte ich. „Bleib hier.“ Und dann sagte ich es: „Bleib bei deinem Kind.“

Sie sah mich an. Ihre Augen glänzten in dem Dämmerlicht wie zwei schwarze Seen.

„Es ist dein Sohn, oder?“

Sie sah mich einfach nur an.

„Ist Soterias dein Kind?“, fragte ich.

Sie stieg herab und zitterte so sehr, dass sie sich auf die Mauer setzen musste.

„Es …“, sagte sie. Dann begann sie zu weinen.

„Weinen ist gut“, sagte ich, streichelte ihren Arm, der in einem dicken Parka steckte, und setzte mich neben sie. Die Steinmauer war kalt.

„Das Kind vom Marienplatz“, sagte ich wieder. „Es ist doch dein Kind, ja?“

Sie verbarg ihr Gesicht halb unter der Kapuze. Ich erkannte nur die eine, von der Laterne und vom Mondlicht beleuchtete Seite. Dort sah ich eine feuchte Spur, die aus dem Augenwinkel kam und über die Wange hinabführte.

„Hat Madame de Rochat dir das Kind weggenommen?“, fragte ich. „Haben sie dich dazu gezwungen, es auszusetzen?“

Sara zitterte am ganzen Leib. Ängstlich blickte sie sich um.

„Ich muss da raus“, stieß sie schließlich hervor.

„Okay“, sagte ich und stand auf. Ein paar betrunkene Jugendliche durchquerten den Innenhof der Burg in Richtung Jugendherberge, die hier oben war. „Wir gehen jetzt am besten zu mir nach Hause“, schlug ich vor, behielt die Jugendlichen im Blick und fügte hinzu: „Dort können wir ungestört reden.“

Geradezu willenlos folgte sie mir, stumm und erschöpft. Wir gingen am Brunnen vorbei, die Treppen hinab und zurück in Richtung Marienplatz. Sara sah die ganze Zeit zu Boden, doch einmal trafen sich unsere Blicke – und ich erschrak. Sie schien zu bereuen, nicht gesprungen zu sein.

„Warum wolltest du springen?“, fragte ich. „Das ist doch keine Lösung.“

Das ist doch keine Lösung – ich kam mir vor wie ein blöder Erwachsener, der nicht wusste, was er sagen sollte.

„Doch“, sagte sie. „Dann wäre alles vorbei.“

„Aber du bist noch so jung“, entgegnete ich. „Du hast noch so viel vor dir.“

„Wo gehen wir hin?“, fragte sie bloß, als wir am Ledererhaus vorüberkamen.

„Zu mir nach Hause“, wiederholte ich.

Kurz darauf schloss ich die Tür zu meiner Dachgeschosswohnung auf und war erleichtert, dass Sam noch nicht da war. Ich schrieb ihm eine Whatsapp, in der ich kurz erklärte, warum er heute besser bei sich übernachten sollte.

„So, hier wären wir“, sagte ich, einfach nur, um etwas zu sagen.

Sara hockte sich in ihrer dicken Jacke auf mein Bett und starrte vor sich hin. Ihre Augen waren schwarzumrandet, der Kajal und die Wimperntusche waren verschmiert. In diesem Moment erkannte ich das pubertierende Mädchen, das sie zu sein schien, das Mädchen, das keinen Bock auf Schule hat, keinen Bock auf Klavierstunden und vor allem nicht auf Erwachsene, die ihr sagen, was sie tun soll. Ich fragte sie, ob sie Hunger oder Durst habe, doch sie wollte nichts. Sie bat mich lediglich um eine Zigarette.

Wir gingen hinaus auf meine Dachterrasse.

„Ich rauche eigentlich schon lange nicht mehr“, sagte ich und steckte mir eine Zigarette an. Sara schwieg

Gierig zog sie den Rauch ein. Immer wenn die Glut in der Dämmerung aufglomm, sah ich ihr großes, flächiges Gesicht mit den Pausbäckchen.

„Bier?", fragte ich, nachdem ich meine Zigarette in den Blumentopf gesteckt hatte.

Sie nickte lustlos.

Ich holte zwei Flaschen, reichte ihr eine und sagte: „Prost!"

Sie stieß mit mir an und nahm einen Schluck. In der einen Hand hielt sie das Bier, in der anderen die Zigarette.

„Wie alt bist du eigentlich?", fragte ich und nahm ebenfalls einen Schluck.

„Sechzehn."

„Weiß deine Mutter, wo du bist? Oder bist du von zu Hause ausgerissen?"

Sie ließ die niedergebrannte Zigarette fallen und trat sie aus.

„Ich bin kein Baby mehr", sagte sie.

„Das freut mich", sagte ich und nahm einen Schluck von dem Bier. Es war eiskalt. „Warum bist du von zu Haus fort?", wollte ich wissen. „Weil du schwanger warst?"

Sie zündete sich eine zweite Zigarette an. Statt einer Antwort kam nur Rauch aus ihrem Mund, als sie ihn öffnete.

„Sara", sagte ich. „Du musst mit mir reden. Anders geht es nicht. Sara?"

Sie reagierte nicht.

„Heißt du überhaupt Sara?", fragte ich.

Plötzlich sah sie mich doch an. Ihre Unterlippe bebte, als sie sagte: „Nein. Madame de Rochat hat mir diesen Namen gegeben. Sara bedeutet auf Hebräisch Fürstin. Aber ich bin keine Fürstin, und werde nie eine sein."

Ich zündete mir auch eine zweite Zigarette an.

„Sara war die Frau des Patriarchen Abraham", fuhr sie fort. Sara sprach unbeteiligt, so als ginge es nicht wirklich um ihr Leben, aber ihre Unterlippe bebte wieder, als sie sagte: „Sara hat den verheißenen Sohn zur Welt gebracht. Sie ist die Erzmutter vom ganzen Stamm." Für einen Moment begegnete ihr Blick dem meinen. Ich glaubte, Trauer darin zu erkennen, als sie hinzufügte: „Deshalb heiße ich so."

Oder war es Scham, die in ihrem Blick lag?

Vielleicht sogar Wut?

Wir rauchten schweigend. Die Nacht war sternenklar, und der Mond stand nur zur Hälfte über den spitzen Dächern der Stadt.

„Ich habe Elias beim Schüleraustausch in Frankreich kennengelernt", fuhr Sara leise fort. „Er ist so ganz anders als die Jungs in meiner Klasse. Klar, er ist auch zehn Jahre älter als die, aber das meine ich nicht. Elias musste sich alles erkämpfen. Er hat es ganz allein geschafft. Das hat ihn hart gemacht, aber ich dachte, er liebt mich trotzdem."

Ich sah sie an.

„Als ich schwanger war, ist meine Mutter durchgedreht", sagte Sara. „Sie hat mich als Hure beschimpft."

Es folgte Stille. Sara hielt den Atem an, sie behielt den Rauch im Mund, eine Sekunde, zwei, drei – und dann begann sie lautlos zu weinen.

„Meine Mutter meinte, dafür hätte sie mich nicht erzogen“, brach es plötzlich aus ihr hervor: „Dafür hätte sie mich nicht auf die beste Schule geschickt. Meine Mutter hat nie verstanden, dass ich nicht so war wie sie. Und dass ich nicht so werden wollte. Meine Mutter ist promovierte Chemikern, sie leitet ein ganzes Labor, hat zig Leute unter sich. Sie hat mir immer eingebläut, dass ich als Frau selbstständig sein muss. Aber ich will gar nicht studieren. Ich war nie gut genug für meine Mutter.“

Sie wischte sich mit dem Ärmel die Tränen von den Wangen.

Ich reichte ihr ein Tempotaschentuch.

Es war 23:30 Uhr, als sie erschöpft in meinem Bett einschlief. Ihr richtiger Name war Annika Roth, hatte ich schließlich erfahren. Sie komme aus der Nähe von Freiburg, hatte sie erzählt, und dass ihre Mutter alleinerziehend sei. Über ihren Vater wisse sie nichts, hatte Annika nur knapp gesagt, als ich die Sprache darauf gebracht hatte. Da das anscheinend ein heikles Thema war, ließ ich es vorerst ruhen.

Ich lauschte. Annikas Atem ging jetzt ruhig und regelmäßig.

Dann ging ich wieder hinaus auf die Dachterrasse und wählte die Nummer, die ich im Internet gefunden hatte: Doktor Isabella Roth. Obwohl es mitten in der Nacht war, nahm die Frau sofort ab. Seit ihre Tochter verschwunden war, berichtete sie, ging sie immer ans

Telefon, egal zu welcher Uhrzeit. Die Mutter weinte, als ich ihr sagte, dass Annika bei mir sei. Tatsächlich war das Mädchen im vorherigen Sommer einfach abgehauen. Neun Monate waren seitdem vergangen.

„Kein Mensch kann sich vorstellen, was ich seitdem durchgemacht habe“, sagte sie. Und dann: „Annika war schon immer ein schwieriges Kind gewesen. So wild und wahnsinnig wütend, irgendwie. Aber all das ist jetzt egal. Es ist vollkommen egal, ich will nur zu meinem Kind. Ich fahre jetzt sofort los, ja?“

„Von mir aus gerne“, entgegnete ich. „Aber wir sollten Annika noch bis zum Morgen schlafen lassen. Sie ist total erschöpft.“

Die Nacht verbrachte ich auf der Gästematratze neben meinem Bett, wo ich immer wieder aufschreckte, weil Annika im Schlaf regelmäßig zu wimmern und zu weinen begann; einmal schrie sie sogar so laut, dass ich mir reflexhaft ans Revers griff, das nicht mehr da war, um eine Waffe zu ziehen, die ich längst abgegeben hatte.

29.

„Gut geschlafen?“, fragte ich.

Am nächsten Morgen, es war Mittwoch, der 20. Februar, saß ich mit einem Kaffee in der Hand an meinem Küchentresen. Es war kurz vor neun. Sara hatte sich schon seit zehn Minuten im Bett herumgewälzt; jetzt setzte sie sich auf, rieb sich die Augen und sah mich an.

Annika, sagte ich mir. Sie hieß Annika. Nicht Sara.

Ein Streifen Sonne drang durch die Balkontür bis hinüber zum Bett, wo Annika mit aufgelösten Haaren im Morgenlicht saß und gähnte. Ihre Haare waren billig blondiert, die Augenbrauen immer noch ein Schlachtfeld, doch trotzdem bemerkte ich in diesem Augenblick, wie wunderschön sie eigentlich war.

„Du erinnerst dich doch?“, fragte ich sanft. „Wir haben uns gestern oben bei der Veitsburg getroffen. Danach bist du mit zu mir gekommen.“

Das Mädchen blinzelte. Sie nicke. Dann tastete sie sich vorsichtig über einen blauen Fleck an ihrem Hals, der lilafarben schimmerte.

„Es ist gleich neun“, sagte ich.

Sie gähnte noch einmal.

„Da hinten ist übrigens die Toilette und ein Waschbecken“, fuhr ich fort und deutete auf die einzige Tür, die es in meiner Wohnung gab. Scherzhaft fuhr ich fort: „Bad würde ich jetzt nicht unbedingt dazu sagen, aber es reicht, damit du dich ein wenig frisch machen kannst. Du kannst auch gerne die Sachen benutzen, die ich dir hingelegt habe. Danach frühstücken wir gemeinsam, was sagst du dazu?“ Ich raschelte mit der Bäckertüte, die neben mir lag, und meinte: „Ich war schon draußen und habe Croissants und Brezeln und so besorgt.“

Nachdem sie auf der Toilette verschwunden war, checkte ich meine Nachrichten auf dem Handy. Im Hintergrund hörte ich das Geräusch der Klospülung, den Wasserhahn und wieder die Klospülung. Als Annika herauskam, war der blaue Fleck unter einer dicken Schicht Make-up verschwunden – nur die Angst in ihrem Gesicht, die war noch da.

„Ich habe mit deiner Mutter gesprochen“, sagte ich, nachdem sie sich gesetzt hatte. „Kaffee? Milchkaffee? Tee?“

Erschrocken sah sie mich an.

„Deine Mutter hat Fehler gemacht“, sagte ich. „Und es tut ihr sehr leid.“

Annika rutschte auf dem Hocker hin und her. In dem Korb lagen drei Croissants und drei Brezeln, doch beide rührten wir nichts an.

„Ich habe nicht das Gefühl, dass deine Mutter das nur so gesagt hat“, fuhr ich fort, stand auf und fragte wieder: „Also Milchkaffee?“

Annika nickte bloß.

Während ich die Kaffeemaschine startete, fuhr ich fort: „Deine Mutter hat sich Hilfe gesucht, seitdem du weg warst. Sie war bei einem Therapeuten, meinte sie. Sie bereut es sehr, dass sie dich so unter Druck gesetzt hat all die Jahre. Diese ganzen Klischees von Erfolg, von Leistung und so, das alles tut ihr sehr leid.“

Annika starrte mich verständnislos an.

„Deine Mutter liebt dich“, sagte ich und stellte ihr den Kaffee hin. „Diesen Eindruck habe ich wirklich gewonnen“, fuhr ich mit Blick auf die Wohnungstür fort, die nur angelehnt war. „Deine Mutter liebt dich – und das ist kein Klischee.“

Frau Roth stand in der Tür. Die Mutter war fast genauso bleich wie ihre Tochter. Die kleine, drahtig wirkende Frau hatte einen frechen Kurzhaarschnitt, der nicht zu ihrem biederen Auftreten passen wollte.

„Annika“, stammelte sie. „Mein Kind.“ Langsam ging sie auf ihre Tochter zu. „Es tut mir so leid“, brachte sie dabei hervor und unterdrückte nur mühsam ihre Tränen.

Am Telefon und vorher unten auf der Straße hatte ich Isabella Roth bereits in groben Zügen erzählt, was passiert war. Sie wusste von der Gruppe, in der Annika Zuflucht gesucht hatte, von dem ausgesetzten Kind, von der Prophezeiung und davon, was sich in der vorherigen Nacht ereignet hatte. Doch Isabella Roth hatte kaum nachgefragt. Sie schien nur eins gehört zu haben, nämlich dass ihre Tochter sich von der Veitsburg habe stürzen wollen.

Schwer atmend stand die Mutter da. Nur noch wenige Schritte trennten sie von ihrer Tochter, die immer noch auf dem Hocker saß. Isabella Roth schüttelte unaufhörlich den Kopf, schien nicht glauben zu können, dass sie ihre Tochter verloren und wiedergefunden hatte.

„Mein Kleines“, sagte sie nach einer Weile, „um Gottes Willen, Annika!“

Annika blickte in den eisblauen Himmel hinaus. Sie schien den Anblick der Mutter nicht ertragen zu können.

„Wolltest du dich wirklich … wirklich … wolltest du dich wirklich … umbringen?“, fragte Isabella Roth mit einer Stimme, in der das Entsetzen tiefe Brüche hinterlassen hatte.

Annika antwortete nicht.

„Warum bist du gegangen?", fragte Isabella Roth. „Sag mir bitte, warum."

Annika blickte starr nach draußen.

Isabella Roth sah mich an, schüttelte wieder den Kopf und sagte: „Mein Gott, wie konnte es nur so weit kommen? Wie konnte ich nur so blind sein? Warum habe ich es nicht gemerkt?"

Anders als Annika noch in der Nacht behauptet hatte, schien ihre Mutter nichts von der Schwangerschaft gewusst zu haben. Jetzt schossen der Frau Tränen in die Augen, und sie konnte nichts dagegen tun. Langsam griff sie nach der Hand ihrer Tochter. „Du bist doch mein Mädchen, meine kleine Anni. Du sollst doch leben, du darfst doch nicht sterben wollen, mein Gott, und auch dein Kind soll leben. Bitte", sagte sie und küsste die Hand ihrer Tochter, „bitte, komm zurück zu mir. Wir kriegen das hin, egal was es ist, wir finden einen Weg. Ich verspreche dir auch, dass ich mich geändert habe. Bitte. Alles wird anders werden."

Annika sah ihre Mutter immer noch nicht an.

Doch Isabella Roth ließ die Hand ihrer Tochter nicht mehr los. „Anni", versuchte sie es wieder, „ich habe Fehler gemacht, ich weiß das. Alles ging so schnell, du wurdest geboren und dann bist du schon gelaufen, kamst in den Kindergarten und die Schule, alles ging so wahnsinnig schnell. Ich kam gar nicht richtig zum Nachdenken. Ich hatte einfach nur Angst, aus dir könnte nichts werden, du könntest abgehängt werden." Sie schluchzte auf. „Heute weiß ich, dass ich Angst hatte, mir selbst nicht genug zu sein. Ja, heute weiß ich das. Ich habe das in der Therapie verstanden, wirklich.

Es ging immer nur um mich." Sie nahm Annikas Hand zwischen ihre Hände und setzte alles auf eine Karte: „Ich liebe dich. Und ich bin eine Mutter, die Fehler gemacht hat. Bitte verzeih mir, Anni. Wir bekommen das alles wieder hin. Bitte komm zurück. Es gibt einen Weg. Es gibt immer einen Weg. Ich liebe dich."

Annika blieb starr, doch ihre Lippen schienen zu beben.

„Anni", flüsterte Isabella Roth. „Meine kleine Anni. Bitte."

Die Mutter bebte, dann gab sie sich einen Ruck und nahm ihre Tochter einfach in die Arme. Das Mädchen sagte zwar noch, „Mama, bitte", doch dann hörte ich ein Schluchzen und sah, wie die Körper des ineinander verschlungenen Paars heftig geschüttelt wurden.

Isabella Roth schien ihre Tochter nie mehr loslassen zu wollen.

Ich stand auf, ging zur Balkontür und hielt mein Gesicht in das warme Sonnenlicht. So blieb ich stehen, bis sich die beiden beruhigt hatten und Isabella Roth fragte: „Ist das wirklich dein Baby?"

Dann ging ich zurück zum Tresen und reichte den beiden Taschentücher.

„Ja", sagte Annika und schnäuzte sich.

„Dann holen wir es uns zurück", meinte Isabella Roth entschieden. „Wir schaffen das. Wir müssen kämpfen. Selbst wenn es zu einem Prozess kommt, dann nehmen wir uns halt einen guten Anwalt."

„Mama", sagte Annika. „Ich weiß nicht, ob …" Dann starrte sie wieder vor sich hin.

Der Tatvorwurf der Aussetzung stand schwer im Raum. Es war noch nicht klar, welche Rolle Annika dabei genau gespielt hatte. Hatten sie ihr das Kind einfach weggenommen? Oder hat sie es freiwillig abgegeben? Wusste sie, was genau mit dem Neugeborenen passieren würde?

„Das kriegen wir schon hin, Schatz“, meinte Isabella Roth kämpferisch, fuhr sich durch das kurze Haar und fügte etwas leiser hinzu: „Es wird nicht leicht werden, aber wir schaffen das.“

Draußen zog sich die Wolkendecke am Himmel zusammen.

„Hast du selbst das Kind eigentlich an der Bushaltestelle ausgesetzt?“, fragte ich wie beiläufig. Isabella Roths Blick streifte meinen. „Also ich meine aktiv“, fuhr ich fort. „Warst du vor Ort? Hast du den Korb getragen und abgestellt?“

„Nein“, sagte Annika. „Ich war da selbst ja … gar nicht richtig da … es war ja eine Hausgeburt. Ich habe viel Blut verloren, ich glaube zu viel.“ Sie starrte vor sich hin. „Die haben mir … als das Kind nicht rauskam … mit einer Gartenschere … den Damm durchschnitten. Es tut immer noch so weh.“ Sie biss sich auf die Lippen und fügte hinzu: „Ich nehme so Beruhigungstabletten, so Tranquilizer, Madame de Rochat besorgt mir die immer, sonst wäre ich schon lange durchgedreht.“

Isabella Roth klang jetzt wütend und entschlossen, als sie sagte: „Wir schaffen das!“

„Aber die werden das nicht zulassen, Mama“, flüsterte Annika.

„Wer sind die?“, fragte Isabella Roth und sah mich entsetzt an.

Annika begann erneut zu weinen. Dann sagte sie: „Die werden uns alle noch umbringen, Mama.“

30.

„Wir sind zu fünft“, sagte Annika. „Momentan leben wir nur zu fünft im Erlenweg.“ Sie stutzte kurz, dann fügte sie hinzu: „Also jetzt sind die nur noch zu viert. Ich geh da nicht mehr zurück.“

Annikas Blick huschte über mein Gesicht. Ihre Augen waren noch immer gerötet, die Schultern ängstlich nach vorne geklappt, doch in der Streckung ihres Kinns deutete sich eine Kraft an, die mich hoffen ließ, dass sie es schaffte.

Es war 10:45 Uhr.

Das Frühstück war inzwischen abgeräumt, auf dem Tisch lagen stattdessen Dokumente verstreut. Isabella Roth war auf dem Weg ins Jugendamt, um erste Schritte für eine Selbstanzeige einzuleiten, außerdem wollte sie sich erkundigen, wie das mit der Anerkennung der Mutterschaft und der Beantragung des Sorgerechts lief. Annika hatte mich gebeten, solange bei mir bleiben zu dürfen. Sie fühlte sich noch nicht stark genug, um auf Ämtern Aussagen zu machen.

„Zu fünft“, wiederholte ich und dachte nach. „Also nur Madame de Rochat, die drei Männer und du?“, fragte ich nach.

Annika nickte.

„Wer sind diese drei Männer genau?“, fragte ich nach. „Der Anführer heißt Elias, das weiß ich bereits. Aber das ist ja wohl nicht sein richtiger Name, oder? Und wer ist dieser Waldschrat mit dem Bart? Und der Hagere mit den Narben im Gesicht?“

„Der Waldschrat nennt sich Petrus“, sagte sie, ohne mich dabei anzusehen. „Der kleine, dünne ist Ezechiel. Und ja, das sind nicht ihre richtige Namen“ gab sie zu, fügte dann aber sofort hinzu: „Die echten Namen kenne ich aber nicht, wirklich nicht, ich habe immer Elias zu Elias gesagt, ich bin gar nicht auf die Idee gekommen, da nachzuforschen, dafür war ich in den letzten Monaten viel zu sehr … na ja … es ging mir nicht so gut.“

„Könntest du das nicht noch herausfinden?“, bat ich.

Annika starrte vor sich hin.

„Und von euch arbeitet wirklich niemand?“, versuchte ich es mit einer anderen Frage.

„Nicht so wirklich“, antwortete sie. „Also nicht als Angestellter für irgendeine Firma, meine ich. Ab und zu machen die Männer mal ein paar Nebenjobs, aber nie länger als ein oder zwei Wochen. Ansonsten arbeiten wir für uns selbst, für das, was uns im Leben voranbringt.“

„Und Hartz IV?“

„Nein“, sagte sie. „Zu viel Kontrolle.“

„Aber irgendwoher muss das Geld doch kommen." Ich ließ nicht locker, sagte: „Das Haus kostet Miete, und ihr müsst ja schließlich auch essen und so weiter."

Annika nickte. In ihrer Hand hielt sie einen Tablettenstreifen, in dem noch fünf Tabletten waren; sieben fehlten bereits.

„Es gibt da einen reichen, alten Mann", sagte Annika und drückte den Tablettenstreifen zusammen. „Er lebt in der Schweiz. In Lausanne. Wenn von ihm die Rede ist, erstarren da alle ehrfürchtig." Sie verdrehte die Augen, doch dann sagte auch sie ehrfürchtig: „Er heißt Jakob Löwental. Von ihm kommt das ganze Geld."

Ich überlegte. Das klang plausibel.

„Jakob", sagte ich. „Ist das der Ehemann von Madame de Rochat?"

„Nicht direkt", erwiderte sie und blickte starr vor sich hin. Sie kämpfte offensichtlich immer noch damit, ob sie mir alles anvertrauen konnte. „Aber die Prophezeiung sieht in ihm den Gründungsvater der Neuen Bewegung", fuhr sie fort und suchte mit zittrigen Händen nach etwas, das sich unter den Dokumenten auf dem Tisch befinden musste. Schließlich zog sie eine Kopie des letzten Kapitels der *Nocturna* hervor und las: „Nur wer glaubt wie die Kinder der Nacht / Wird gerettet von SOTERIAS in all seiner Pracht / SOTERIAS legt in des alten Löwen Bund / Der Neuen Bewegung Grund."

„Mit dem alten Löwen ist also dieser Jakob Löwental gemeint?", fragte ich nach.

Annika nickte. Ihre Finger zitterten.

„Und wenn er sein ganzes Geld in die neue Bewegung investiert, wird ihm die Ehre des Gründungsvaters zuteil?“, fragte ich.

Annika nickte. Dann griff sie wieder nach dem Tablettenstreifen und fuhr mit den Fingerkuppen darüber, als stände dort etwas in Blindenschrift geschrieben.

„Aber sag mal“, fragte ich sanft. „War das vorhin wirklich ernst gemeint? Glaubst du wirklich, dass die dich und deine Mutter umbringen, wenn du da aussteigst?“

Annika drückte eine Tablette heraus. Es handelte sich um Lorazephem, ein Tranquilizer, der einem die Angst nahm, aber offensichtlich auch die Lebendigkeit. Das einzige Verlangen, das sie noch zu hegen schien, war das nach einer Tablette. Kleine Schweißperlen standen auf ihrer Oberlippe.

„Es geht nicht um mich“, sagte sie dann leise und tastete mit den Fingerkuppen wieder über den Tablettenstreifen. „Meinen Verlust werden sie verkraften. Aber wenn meine Mutter Soterias zu sich holt, ich meine, also Jako, dann …“

„Jako?“, fragte ich. „Hast du ihn so genannt?“

Sie fuhr sich über den Hals. Dann raffte sie sich plötzlich auf, sah mich an und sagte mit erstaunlich fester Stimme: „Zunächst werden die aber jemand andern töten, Ruby.“

„Jemand anderen?“, fragte ich. „Wen denn?“

„Dich“, sagte sie.

„Mich?“ Ich musste laut auflachen. Doch Annikas vor Angst erstarrtes Gesicht ließ mein Lachen abrupt abbrechen. Ich sah sie an. Sie starrte auf die kleine, weiße Tablette auf dem Tisch.

Die Sonnenstrahlen waren jetzt bis zur Küchenzeile gewandert. Sie trafen den Messerblock; ich fragte: „Warum sollten die mich umbringen wollen?"

Annika begann plötzlich hastig zu erzählen. Es klang, als hätte sie sich schon oft überlegt, wie sie das erklären konnte: „In der Bibel gibt uns der Prophet Johannes einen wichtigen Hinweis auf den Antichristen. Er steht in Kapitel 13 in seiner Offenbarung. Dort geht es um die Apokalypse."

„Apokalypse", wiederholte ich.

„Am Ende der Welt tauchen zwei Untiere auf", fuhr Annika fort, „eines aus dem Wasser und eines aus der Erde. Erst zusammen sind sie richtig böse. Denn das eine Tier kommt als Mensch zur Erde und verführt dort die Menschen zum Bösen. Das andere Tier ist Satan persönlich, der Teufel, der alles lenkt."

„Der Teufel."

„Das Böse, das auf die Erde kommt, hat zu jeder Zeit ein anderes Gesicht", sagte Annika und schubste die Tablette an. „Deshalb wird nicht ein bestimmter Name genannt, sondern eine Zahl, eine Chiffre, verstehst du?"

„Eine Chiffre."

„Ja", sagte sie und sah mich an. „Die 666 ist eine Chiffre. Man muss sie entschlüsseln, um zu wissen, wer sich hinter ihr versteckt."

Die Schweißperlen auf ihrer Oberlippe waren größer geworden.

„Je nachdem, welche Methode man anwendet, kommt man zu unterschiedlichen Ergebnissen", fuhr Annika fort. „Der Name Nero lässt sich mit dem Zahlenwert 666 darstellen, aber auch Cäsar, Napoleon oder Hitler. Für unsere Zeit ist es Putin, dem die 666 entspricht, aber auch George W. Bush oder Barack Obama. Hinter den drei W's vom Word-Wide-Web steckt ebenfalls die 666, also der Teufel, so wie hinter dem Wort Sex auch und hinter dem Wort Hexe."

„Klar", sagte ich, legte meine Hand auf Annikas Schulter und lachte, als ich sagte: „Barack Obama, das Internet und Sex sind böse. Und weil ich eine Hexe bin, wollen die mich umbringen oder was? Haben sie euch das erzählt?" Ich rüttelte sie sanft. „Du glaubst doch hoffentlich diesen Schwachsinn nicht?"

Annika sackte in sich zusammen.

„Annika", sagte ich, „du weißt doch hoffentlich, dass das eine extrem menschen- und lebensverachtende Ideologie ist, die dahintersteht, das musst du doch spüren, dass die euch damit nur Angst machen und abhängig halten wollen und dass …"

Annika sah mich plötzlich so seltsam an.

„Ich bin noch nicht fertig", sagte sie dann und leckte sich über die Oberlippe.

„Okay", entgegnete ich.

„Die Kinder der Nacht arbeiten mit der sogenannten Fox-Tabelle, um die 666 zu entschlüsseln."

„Fox?", fragte ich.

„Die Fox-Tabelle stammt noch aus dem Mittelalter", fuhr Annika fort, ohne mich anzusehen. „Ursprünglich hatte die Tabelle keinen Namen. Aber man nennt sie so, weil nach ihrem Algorithmus der Zahl 666 der Name Fox entspricht."

Ich sah sie an. Annika brach die Tablette entzwei.

„Fox ist ein sehr häufiger Nachname“, sagte sie. „Er kommt in allen Landessprachen vor. Das heißt, nicht jeder, der Fox heißt, ist deshalb schon ein Teufel. Aber die Prophezeiung der *Nocturna* sagt, dass ein mächtiger Mensch zur Zeit der Geburt des Kindes lebt, der Fox, Voss oder Fuchs heißt.“

Annika blickte mich an.

Ich hatte das Gefühl, sie könne meine Nähe nur schwer ertragen.

„Willst du damit sagen, Madame de Rochat und die Kinder der Nacht halten mich für den Antichristen?“, fragte ich.

Sie nickte und spülte die halbe Tablette mit Leitungswasser hinunter.

„Das ist lächerlich“, sagte ich und lachte wieder. Dann stemmte ich beide Ellenbogen auf den Tresen, formte mit den Händen einen Korb und legte mein Gesicht hinein. Ich schloss die Augen.

„Du bist eine mächtige Frau“, hörte ich Annikas Stimme. „Du hast Snajdrom erschossen, das kann doch keine normale Frau. Der Teufel hat dir die Kraft dafür gegeben.“

Wie bitte?

„Du triffst dich mit einem Mann, obwohl du nicht mit ihm verheiratet bist. Du fährst ein rotes Auto. Du trägst Stiefel, die bis über das Knie gehen. Und du trägst Kleidung, die deine Figur zeigt. Das alles macht doch eine Frau Gottes nicht!“

Ich sah das Mädchen an.

„Annika“, sagte ich leise. „Um Gottes willen! Wir leben im 21. Jahrhundert! Was für eine Gehirnwäsche haben die nur mit dir gemacht. Das glaubst du doch nicht wirklich, oder? Sag bitte, dass du das nicht glaubst.“ Beinahe flehte ich: „Bitte sag, dass du das nicht glaubst.“

Anstatt einer Antwort gab sie mir die andere Hälfte der Tablette. Als ich den Kopf schüttelte, schluckte sie sie selbst.

31. Sieben Wochen später

Mittlerweile war es Frühling geworden. Die Schaufenster rund um die Detektei *Fuchs & Bentwood* waren mit Blumen und Eiern in Pastellfarben geschmückt, außerdem gab es selbstgemachte Dinge zu kaufen wie Duftkerzen, die „Lebensfreude" hießen, „Reinigung" oder „Neubeginn". Dazwischen äugte immer mal wieder ein Häschen hervor. Vor den Cafés standen die Tische und Stühle draußen, vor den Läden verweilten Passanten bei Drehständern mit Postkarten und Sonnenbrillen. Die ersten Mutigen liefen bereits im T-Shirt durch die Stadt, während andere noch die Winterjacke trugen.

Es war Donnerstag, der 19. April; Gründonnerstag, um genau zu sein, denn in wenigen Tagen war Ostern. Die Liebfrauenkirche hatte soeben 16 Uhr geschlagen. Ich saß draußen vor einem Café, das auf dem Eckplatz gegenüber der Detektei *Fuchs & Bentwood* neu eröffnet hatte. Vor mir stand ein leerer Pappbecher, in dem gefrorener Joghurt gewesen war. Die Sonne schien. Für einen Moment schloss ich die Augen. Durch das helle Zwitschern der kleineren Vögel drang ab und zu ein großes, dunkles Krah, Krah.

Exakt zwei Monate waren vergangen, seitdem ich das Gespräch mit Annika an meinem Küchentresen geführt hatte. Damals war ich noch am selben Tag zu Madame de Rochat gefahren, um sie zur Rede zu stellen. Es war ein Mittwochnachmittag gewesen, sie war gerade mit zwei großen Einkaufstüten aus ihrem Van gestiegen, als ich im Erlenweg ankam. Noch heute erinnerte ich mich an den schwarzen Pelz, den sie getragen hatte. Er hatte ihr das Aussehen einer kalten, reichen Frau gegeben, als sie behauptet hatte, das Mädchen sei psychisch labil und habe alles nur erfunden. Die Kinder der Nacht seien keine Sekte, es stehe jedem frei, zu gehen, hatte sie gemeint. Und die Geschichte mit dem Teufel sei ja wohl lächerlich, geradezu „ridikül", hatte sie gemeint. Warum sollte auch irgendjemand mich, eine kleine, unbedeutende Privatdetektivin, für böse halten, gar für den Antichristen? Aufgrund des Nachnamens Fuchs? Ridikül! Die Fox-Tabelle und dieser ganze Hokuspokus aus dem Mittelalter seien ihr und der Gemeinschaft, der sie vorstehe, überaus fremd. Es stimme zwar, dass Annika schwanger gewesen sei, doch sie habe ihr Baby im fünften Monat durch eine Fehlgeburt verloren. Das Mädchen komme mit diesem Verlust offenbar nicht zurecht, das würde sich ja jetzt zeigen. Wahrscheinlich behauptete sie deshalb, die Mutter des ausgesetzten Babys zu sein, frei nach dem Motto: Besser ein eingebildetes Baby als gar keins.

Noch immer lief es mir kalt den Rücken herunter, wenn ich an diese Begegnung mit Madame de Rochat zurückdachte.

Ich hielt mein Gesicht in die Sonne und blinzelte.

Madame de Rochat hatte das alles vollkommen überzeugend hervorgebracht. Das irritierte mich noch heute. Ich hatte schon Verhöre mit den brutalsten Serienmördern geführt, denen man kaum anmerkte, wenn sie logen, weil für sie eine Lüge ebenso wahr war wie die Wahrheit. Doch so überzeugend wie Madame de Rochat hatte keiner von ihnen gewirkt. Selbst als Elias zehn Tage später am 28. Februar verhaftet worden war, hatte Madame der Rochat immer noch behauptet, das vermeintliche Beweisfoto sei ein Fake. Elias habe niemals den Korb an der Bushaltestelle ausgesetzt, da sei sie sich ganz sicher, und er habe auch nicht den Busfahrer Peter Zürner ermordet. Doch mit jedem Tag, der seitdem vergangen war, war die Beweislast erdrückender geworden.

Mein Handy brummte.

Wann fängt das heute Abend an?, wollte meine Mutter wissen.

21 Uhr, schrieb ich zurück. Sam gab heute Abend ein kleines Konzert in einem Café hier um die Ecke.

Ein DNA-Test hatte mittlerweile bestätigt, dass Elias der leibliche Vater des Kindes war. Elias´ bürgerlicher Name war Saïd Campos, geboren wurde er als Sohn eines algerischen Einwanderers und einer deutschen Mutter in Clichy-sous-Bois, also in demselben Vorort von Paris, in dem auch Madame de Rochat aufgewachsen war. Elias hatte denkbar schlechte Startbedingungen im Leben gehabt, trotzdem hatte er es geschafft, ein Medizinstudium anzufangen, das er allerdings im fünften Semester wieder abgebrochen hatte. Möglich, hatte meine ehemalige Chefin Vera Lindt zu mir gesagt, möglich, dass ein Teil dieser gesellschaftlichen Verlierer nun ihr Heil in einer Art Pseudoreligion suchten.

Wieder brummte mein Handy.

Ich freu mich auf heute Abend, schrieb Mark.

Ich auch, bis dann, schrieb ich zurück. Auch Mark Odermatt wollte zu Sams Konzert kommen.

Die Ermittlungen im Fall des verstorbenen Busfahrers standen allerdings noch ganz am Anfang. Elias saß zunächst nicht wegen Peter Zürner in Untersuchungshaft, sondern wegen des Kindes: Der Tatvorwurf lautete auf Aussetzung beziehungsweise auf Kindesweglegung, da man die Aussetzung Neugeborener als Kindesweglegung bezeichnete. Das klang relativ harmlos, war allerdings ein Verbrechen, für das das deutsche Strafgesetzbuch eine sehr hohe Strafe vorsah. Wer sein Kind, das ihm zur Erziehung anvertraut sei, in eine hilflose Lage versetze und es dadurch der Gefahr des Todes oder einer schweren Gesundheitsschädigung aussetze, hieß es in Paragraph 221, der werde mit einer Freiheitsstrafe von bis zu zehn Jahren bestraft.

Ein Spatz hüpfte über den Boden und pickte nach den Krümeln. Am Nebentisch lachten zwei Mädchen.

Gegen Petrus, den Waldschrat, war ein Haftbefehl wegen Beihilfe zur Tat erlassen worden. Petrus, der mit bürgerlichem Name Bernhard Aymon hieß und schweizer Staatsbürger war, verschwand allerdings an dem Tag, an dem Elias verhaftet worden war. Gegen Madame de Rochat lag zwar offiziell noch kein Haftbefehl vor, doch das schien nur noch eine Frage der Zeit zu sein. Sobald Elias redete, war sie wegen Anstiftung dran.

Die kleinen Vögel zwitscherten.

Der große, schwarze Vogel machte: Krah, Krah.

Doch auch Madame de Rochat war verschwunden. Die alte Villa im Erlenweg stand leer und die Internetseite der *Nocturna* war geschlossen. Die Bewegung schien am Ende zu sein.

Trotzdem hatte ich den Rosenmontag auf dem Dachboden von Emil Zorans Bauernhaus verbracht. Den ganzen 4. März hatten Zoran und ich abgeschottet von der Welt, mit kugelsicheren Westen und angespannten Mienen dagesessen und Karten gespielt. Wir hatten Pik Ass gegen Herz Dame ausgespielt und waren bei jedem Geräusch hellhörig geworden.

Doch nur die Ratten waren hin und her gehuscht.

Noch heute hörte ich das Schlagen des Hoftors im Wind.

Madame de Rochat schien recht gehabt zu haben. Niemand wollte mich töten, niemand lauerte mir auf. Mittlerweile kam es mir selbst absurd vor, dass ich tatsächlich geglaubt hatte, ausgerechnet mein Tod sei in der *Nocturna* vorhergesagt. Und noch in einem anderen Punkt hatte Madame de Rochat recht behalten: Annika Roth war psychisch labil. Seit ein paar Wochen befand sie sich in einer psychiatrischen Klinik in ambulanter Behandlung. Sie schien an einer Art postnataler Depression zu leiden, hinzu kam die Tablettenabhängigkeit von den Psychopharmaka. Doch in dem wichtigsten Punkt hatte Madame de Rochat dreist gelogen: Sara beziehungsweise Annika war tatsächlich die Mutter des Babys, das ausgesetzt worden war. Das stand mittlerweile eindeutig fest. Das Sorgerecht für das Kind war vorerst der Großmutter

Isabella Roth zugesprochen worden. Der Junge trug den Namen Jako Roth.

Ich trank meinen Kaffee aus.

Wieder schüttelte ich den Kopf. Ich konnte es immer noch nicht glauben, dass Madame de Rochat so eine gute Lügnerin sein sollte. Wenn sie selbst hinter der Kindesweglegung und dem Mord an Peter Zürner steckte, warum war sie dann zu mir gekommen, damit ich den Mord an Adlerstamm verhinderte?

Weil es ihr doch um mich gegangen war. Es gab keine andere Schlussfolgerung. Doch in diesem Fall hatte sich ihr Plan gegen sie selbst gekehrt. Ihre Vereinigung hatte sich zerschlagen, noch bevor sie an ihr Ziel gelangt war.

Krah, Krah, machte der große Vogel.

Im Mordprozess Adlerstamm war aufgrund des Geständnisses von Kim Thai Pham mit einem schnellen Urteilsspruch gerechnet worden. Dann hatte ein psychiatrischer Gutachter allerdings eine verminderte Schuldfähigkeit festgestellt und dadurch den Prozess verkompliziert. Das Gutachten formulierte eine schwere Persönlichkeitsstörung im schizophrenen Bereich. Kim Thai Pham lebe in einem Wahnsystem, hieß es in dem Gutachten, er glaube, gegen dunkle Mächte zu kämpfen. Der Psychiater sah Kim Thai Phams Mitgliedschaft bei den Kindern der Nacht nicht als reine Strategie für eine Alibibeschaffung, sondern formulierte viele Gemeinsamkeiten zwischen dem privaten Wahn des Angeklagten und dem wahnhaften Denksystem der Sekte. Allerdings funktioniere Kim Thai Phams privates Wahnsystem so gut im Alltag, dass es ihn nicht einschränke. Deshalb sei es schwierig, hier von einer Erkrankung zu sprechen. Kim Thai Pham war ein erfolgreicher Arzt, er war Vater zweier Kinder und er engagierte sich ehrenamtlich in einem Projekt gegen Drogen. Die Staatsanwaltschaft bemühte sich deshalb, das Gutachten durch ein zweites Gutachten zu entkräften.

Krah, Krah, machte der Vogel noch einmal.

All das kam mir vor wie ein böser Traum, aus dem ich endlich erwacht war. Ich erhob mich, blinzelte in das rötliche Licht und lächelte unwillkürlich. Morgen würden Sam und ich losfahren in Richtung Italien. Wir hatten kein bestimmtes Ziel, wir wollten uns einfach treiben lassen, der Sonne folgen.

32.

Gründonnerstag, 21:20 Uhr. Im Café *Glücklich* hatte man ein paar Tische zur Seite geschoben, um Platz zu schaffen für eine improvisierte Bühne. Sam saß auf einem Barhocker, die Gitarre im Arm und das Scheinwerferlicht im Gesicht. Er trug ein weißes T-Shirt, seine Jeans und den braunen Ledergürtel. Mit der Hand fuhr er sich durch die langen Haare, warf den Kopf leicht zurück und lachte dabei strahlend. Ich schluckte. In diesem Moment war ich vollkommen gefangen von dieser Geste, mit der er sich selbst unterbrochen hatte. Darin lagen so viel Lässigkeit, Selbstbewusstsein und Freiheit. Es war eine Geste mit so viel Kraft, dass er damit den ganzen Apparat einer verunsicherten Gruppe hätte wegfegen können.

Ich nahm einen Schluck Bier.

Das Konzert war in vollem Gang. Sam stimmte gerade seinen bisher erfolgreichsten Song an, *Countdown*. Die Leute klatschten begeistert auf, als sie die Melodie wiedererkannten. Auch ich riss meinen rechten Arm nach oben und rief: „Yeah!"

Als der Text einsetzte, sangen viele sofort mit:

Wir sterben alle Stück für Stück
Rauchen tötet, Zucker macht uns dick.
Doch der größte Killer, der bist du.
Wenn du deine Waffe ziehst, da macht es Klick.
Wenn du mich so *ansiehst, macht es Tick…*

Ein paar Leute saßen an den Tischen, doch die meisten standen. Gegenüber an der Wand lehnte meine Mutter, neben ihr war Kilian, der Brigitte im Arm hielt. Die beiden wiegten sich im Takt der Musik hin und her.

Ich ließ meinen Blick durch den dämmrigen Raum gleiten. Im Übergang zum nächsten Raum erkannte ich Mark Odermatt. Er stand neben Eva Müller-Horgau und flüsterte ihr gerade etwas zu. Sie lachte. Eva war eine blonde Elfe in Lederklamotten, die noch nie ein Konzert von Sam versäumt hatte. Ich mochte Eva, denn sie war der Grund, warum ich Sam im vergangenen Sommer kennengelernt hatte. Ihr Ehemann hatte damals die Detektei *Fuchs & Bentwood* beauftragt, Eva bei ihren Konzertbesuchen zu überwachen.

Ich nahm noch einen Schluck Bier.

Sogar Tyra Nilsson war gekommen. Ohne Arztkittel in dem Jeansoutfit wirkte sie erstaunlich cool, wenn auch dünner denn je. Nur Laura war nicht da. Ich glaubte John nicht mehr, dass es „echt gut“ lief zwischen den beiden, wie er mir stets versicherte. Seine Mimik sprach eine andere Sprache.

„Und jetzt alle!“, forderte Sam sein Publikum zum Mitsingen auf, als der Refrain einsetzte:

Du hast mir den Verstand geraubt,
hast Raketen auf mein Herz gebaut.
Komm, wir schießen uns ins All,
nur wir zwei im freien …

„Faaaaaaall“, sangen alle.

Danach brach die Melodie abrupt ab. Nach einem Moment der Stille bedankte sich Sam für die tolle Unterstützung. Die Leute applaudierten, Sam strahlte. Als es ruhiger geworden war, sagte er: „Das nächste Lied widme ich Ruby.“

Mein Puls beschleunigte sich. Sam blickte in meine Richtung, doch das Scheinwerferlicht blendete ihn. Wahrscheinlich konnte er mich gar nicht recht erkennen.

„Es ist ein Liebeslied“, sagte er dann.

Mir wurde heiß.

„Liebeslieder sind schwierig, weil einem nur Klischees einfallen“, hörte ich seine Stimme wie durch einen Nebel zu mir vordringen. „Aber wenn man Glück hat, bricht irgendwann die Oberfläche auf und etwas anderes, etwas Echtes scheint hindurch."

Es war ganz still im Raum geworden. So still, dass ich glaubte, jeder könne meinen Herzschlag hören.

„Ich widme dieses Lied meiner Freundin Ruby, weil ich sie liebe", sagte Sam.

Ich schluckte. Ein paar Leute drehten sich zu mir um. Ich war froh, dass ich im Dunkeln saß.

„Wir haben mehr als genug davon", rief Sam. „Das ist der Titel des Liedes."

Er spielte ein paar leise Takte, unterbrach sie mit einem lauten Akkord und entwickelte eine Melodie, die mir irgendwie bekannt vorkam, aber so im Fluss hatte ich sie noch nie gehört. Ganz still saß ich da und hielt mich an meiner Flasche Bier fest, während Sam sang:

In hundert Teile zerbrochen,
durch den Staub gekrochen,
blaue Flecken und Narben, schillern in tausend Farben.
Und wenn du mich ansiehst
seh' ich die Brüche in deinem Gesicht,
doch hey, Baby, daran stirbt man nicht.
Nur durch die Risse scheint das Licht.

Ich lächelte, um nicht weinen zu müssen. Verbrecher zu jagen war hart, aber Gefühle auszuhalten war härter.

Wir haben mehr als genug
von dem Glatten und Satten, Selbstbetrug.
In hundert Teile zerbrochen
sind wir vollkommen und schön.

Denn wir haben mehr als genug, Baby, Liebe in uns.

Nach dem Konzert gingen Sam und ich zu Fuß nach Hause. Hand in Hand schlenderten wir an der alten Stadtmauer entlang. Es war eine erstaunlich milde Nacht, mit jedem Atemzug weitete der Frühling unsere Lungen, und mit jedem Schritt kamen wir Italien näher. Durch die Ritzen der Mauer schoben sich kleine, blaue Blumen.

Plötzlich blieb ich stehen.

„Danke", sagte ich zu Sam.

Auch Sam blieb stehen. Erst jetzt fragte er: „Dann hat es dir gefallen?"

Statt einer Antwort gab ich ihm einen Kuss. Sam roch nach Aftershave und nach Schweiß, und ich konnte seine Hochstimmung fühlen. Nach einem Konzert war er meist noch stundenlang aufgekratzt, er konnte dann nicht schlafen und tat Dinge, die ein Nervenarzt als manisch bezeichnet hätte – ich aber als wunderbar.

„Wie lange ist es jetzt her?", fragte mich Sam. Seine Augen glänzten.

„Was?", fragte ich zurück.

„Seit wir uns kennen."

„Noch kein Jahr", sagte ich. Dann: „Zehn Monate." Und dann: „Warum?"

Ich wollte weitergehen, doch Sam griff nach meiner Hand und zog mich an sich. Etwas in seinem Blick war anders, ernster als sonst.

„Weil ich dich etwas fragen wollte", sagte er.

„Aha", sagte ich und grinste blöde. „Was denn?"

Er wollte mich doch nicht etwa fragen, ob ich ihn heiraten wollte? Ich blickte ihm forschend ins Gesicht. Doch anstatt Liebe sah ich das reine Entsetzen in seinem Blick.

Ich drehte mich um – und dann sah ich es auch.

Zwei Gestalten in schwarzen Umhängen kamen auf uns zu. Sie rannten beinahe die Straße hinab. Der Hintere schien den Vorderen aufhalten zu wollen, er griff immer wieder nach seinem Arm. Schon waren sie auf wenige Meter an uns herangekommen, als der Vordere aus seinem Umhang eine Pistole zog und auf mich zielte. Es war eine Glock 19. Das Gesicht, das sich aus der dunklen Kapuze schälte, entpuppte sich als das Gesicht von Pockennarbe.

„Verdammt“, schrie Sam. Seine tiefe, sanfte Stimme klang schrill.

Alles ging sehr schnell.

Ezechiel zielte direkt auf meinen Brustkorb, der andere hielt seine Hände über die Waffe, so als versuchte er, sie auf den Boden zu richten. Ein Schuss löste sich. Wie in Zeitlupe sah ich den Kampf zwischen den beiden. Ich sah eine kleine, weiße Hand, die ihm schließlich die Pistole entwunden hatte. Annika. Es war Annika, die Pockennarbe gefolgt war. Sie schrie etwas, das ich nicht verstand. Dann rannten beide davon. Gerade eben war die Luft doch noch mild gewesen, aber jetzt war mir kalt, so kalt, dass es mich fröstelte und dann wurde es warm in meiner Brust, heiß, es brannte. Ich glaubte, verbrennen zu müssen. Ich fasste an mein Herz. Meine Hand war voller Blut. Dann blickte ich Sam noch einmal in die Augen, bevor es schwarz um mich herum wurde.

Schwarz, wie die Nacht.

Schwarz, wie der Tod.

„Ruby, verdammt!"

Wo war ich? Sam war über mir. Und Annika. Beide starrten auf das Loch in meiner Brust, zu dem ich geworden war. Mir war kalt, eiskalt, alles Warme floss aus mir heraus. Gleich würde ich wieder das Bewusstsein verlieren, ich wusste das, denn ich sah Sterne und pulsierte. Die ganze Welt floss in mich hinein, das Blut floss aus mir heraus, alles pulsierte, ich verblutete, die Patrone steckte mitten in meinem Herz, ich spürte das, ich wusste das, sie war eiskalt. Schüsse ins Herz waren immer tödlich. Sam bleib bei mir, schau nicht so erschrocken, schenk mir dein Lächeln, mir ist kalt, Schüsse ins Herz überlebte niemand, Sam bitte, bleib bei mir, Schüsse in den Kopf wären besser, die konnte man überleben, aber das Herz, Sam bitte, das Herz war die Schwachstelle, ich wusste das, ich wusste gar nichts mehr, Sam war bei mir, Sam schrie, er schrie und schrie …

„Bleib bei mir", schrie er und schlug mir mit der Hand mitten ins Gesicht.

33.

Ezechiel hatte mir aus zwei Meter Entfernung mitten ins Herz geschossen. In Fachkreisen sagte man Herzsteckschuss dazu.

Mitten in mein Herz.

Das klang wie der Titel eines Liebeslieds. Ich dachte an Sam, während ich langsam die Augen aufschlug. Es war hell in dem Zimmer, in dem ich lag, ich erkannte etwas Blaues und etwas Weißes, in der Ecke an der Wand hing ein Kreuz. Ich blinzelte. Wo war ich? Erst jetzt spürte ich das Brennen in meiner Brust, dann kam auch noch ein Pochen dazu und zuletzt setzte die Erinnerung wieder ein.

Das Konzert. Ezechiel. Der Schuss.

Das Blaulicht, der Krankenwagen … wahrscheinlich hatten sie mich ins Klinikum gebracht. Denn das hier war eindeutig ein Krankenhauszimmer. Um mich herum blinkten mehrere Apparate, mit denen ich über gefühlte hundert Drähte und Schläuche verkabelt war. Ich drehte den Kopf. Draußen schien die Sonne. Wahrscheinlich war ich eingenickt, denn als ich den Kopf wieder drehte, standen plötzlich vier Ärzte vor mir.

„Können Sie mich hören?“, fragte der Leiter der Truppe.

Ich nickte.

„Wissen Sie, wo Sie sind?“, fragte er.

„St. Elisabethen-Klinikum?“, fragte ich zurück.

Er strahlte mich an. „Richtig", sagte er. „Ich bin Professor Doktor Herzer, Chefarzt der Kardiologie." Mit einem Zwinkern fügte er hinzu: „Bei dem Nachnamen ist mir ja nichts anderes übriggeblieben."

Ich lächelte schwach.

Herzer klärte mich darüber auf, dass ich noch in der Nacht notoperiert worden sei.

Ich drehte den Kopf. Das Zimmer drehte sich mit.

„Blutdruck?", hörte ich Herzer in die Runde fragen, worauf ein allgemeines Gemurmel ausbrach.

Die Sonne schien durch meine geschlossenen Lider hindurch, sie war warm und orange.

„Können Sie mich hören?", fragte Herzer.

Ich nickte.

Ein Schuss in die linke Herzhälfte sei tödlich, erklärte er mir. Der Herzbeutel fülle sich dann mit Blut und der Herzkreislauf kollabiere. Der Angeschossene sterbe innerhalb von dreißig bis sechzig Sekunden. Um zu überleben sei es also entscheidend, ob die Kugel durch die linke oder die rechte Herzkammer rase. Und ob die Hauptschlagader dabei zerfetzt worden sei. In dem Fall sei der Angeschossene sofort tot. Da gebe es keine Diskussion mehr mit Gott.

Ich hielt die Augen geschlossen, nickte aber zum Zeichen, dass ich verstand.

„Aber Sie hatten Glück", sagte Herzer.

Jetzt öffnete ich die Augen und sah ihn an.

Die Jungärzte im Hintergrund nickten synchron.

„Sie hatten wirklich Glück, dass es bei Ihnen die rechte Herzkammer getroffen hat", fuhr Herzer fort. „Die Überlebenschancen liegen da bei 80 bis 90

Prozent." Er blickte auf meine Brust, die in einem Verband steckte. „Wir mussten Ihr Herz zwar öffnen und übernähen, weil da Blut im Herzbeutel war, doch alles verlief komplikationslos. Ihr Kreislauf ist noch etwas schwach, das ist normal. Wenn wir jetzt noch das Infektionsrisiko in den Griff bekommen, dann dürfen Sie in Zukunft zweimal im Jahr Geburtstag feiern."

Ich lächelte. Draußen schien die Sonne, der Himmel war blau und mein Herz pochte in meiner Brust.

„Danke", sagte ich.

„Wofür?", fragte er.

„Dass Sie mein Herz wieder geflickt haben."

„Gern geschehen", sagte er und zwinkerte mir zu. „Passen Sie in Zukunft besser darauf auf. Aber jetzt ruhen Sie sich erst mal aus."

Mit diesen Worten eilte er aus dem Zimmer, zwei seiner Assistenzärzte folgten ihm postwendend, doch ein langer, dünner Mann mit nur wenigen Haaren auf dem Kopf blieb zurück. Er erklärte mir, dass ich aufgrund des hohen Infektionsrisikos nur wenig Besuch empfangen dürfe, das hieß, an diesem und am nächsten Tag am besten gar niemand. Am Ostersonntag könnten sie aber eine Ausnahme machen und enge Familienangehörige durchlassen, meinte er, aber nur, wenn sie absolut gesund seien.

„Wann darf ich wieder raus?", fragte ich.

„Das werden wir sehen", antwortete er, notierte etwas auf seinem Klemmbrett, kratzte sich dann mit dem Kugelschreiber hinter dem Ohr und sagte: „Ach so. Eine gewisse Annika Roth möchte mit Ihnen sprechen. Es wäre sehr dringend. Wenn das so ist, besteht durchaus die Möglichkeit, dass wir sie am Sonntag durchlassen. Aber wenn der Besuch warten kann, dann möchte ich Sie nochmals ausdrücklich daran erinnern, dass es aufgrund der erhöhten Infektionsgefahr …"

„Sagen Sie ihr, sie soll kommen", sagte ich. „Bitte. Das ist dringend."

34.

Auf dem Frühstückstablett neben meiner Tablettenbox lag ein kleines, gelbes Osterei. Es war in glänzendes Aluminiumpapier eingewickelt und erinnerte mich daran, dass heute Ostern war, der 21. April. Ich ließ das Ei über das Tablett kugeln. Das aufrechte Sitzen im Bett verursachte mir zwar noch Schmerzen, trotzdem war ich stolz darauf, heute mein Frühstück erstmals wieder sitzend einnehmen zu können. Gerade spülte ich ein Stück Laugenstange mit Kaffee hinunter, als es an der Tür klopfte.

„Ja?", sagte ich.

Es war Annika. Sie trug einen Mundschutz, einen Overall, Handschuhe und Überschuhe. So schlich sie bis ans Ende meines Bettes und blieb unbeholfen stehen.

„Wie geht es dir?", fragte sie. „Die Ärzte haben gesagt, ich soll mich da in die Ecke setzen, das sei besser, wegen …"

Sie starrte auf die Kabel und Schläuche, die unter meinem Brustverband hervorkrochen.

„Ich weiß, wegen der Infektionsgefahr“, sagte ich. Und dann: „Aber hey, es ist Ostersonntag, kurz vor acht, was machst du da hier im Krankenhaus?“

„In die Kirche gehe ich später“, entgegnete sie. Unter dem Mundschutz war ein schüchternes Lächeln zu erkennen. Dann bewegte sie sich in ihrem grünen Anzug sanft raschelnd zum Tisch hinüber, zog einen Stuhl hervor und setzte sich.

„Es tut mir leid, wegen …“, begann sie unvermittelt. Dann blickte sie auf den Boden, auf ihre Hände, rutschte auf dem Stuhl nach vorne und sagte schließlich: „Also ich habe noch versucht, ihm die Waffe abzunehmen … aber … aber ...“

„Es ist nicht deine Schuld“, erwiderte ich, wenn auch schwach.

Annika blickte auf ihre Hände, unter dem dünnen, grünen Stoff der Überhandschuhe zeichnete sich deutlich ab, wie sich ihre Finger bewegten.

„Woher wusstest du, was Ezechiel vorhatte?“, fragte ich. Ich setzte mich anders hin und fügte hinzu: „Warum hast du mich nicht gewarnt?“

„Dein Handy war aus!“

Die Antwort kam schnell. Und sie stimmte. Ich hatte mein Handy vor dem Konzert ausgeschaltet.

„Ezechiel hat irgendwie rausbekommen, wo ich wohne“, sagte Annika. Sie klang verzweifelt, als sie fortfuhr: „Am Donnerstagabend stand er plötzlich vor meiner Tür. Er brauchte Geld. Madame de Rochat wäre einfach abgehauen. Er müsste die Mission alleine durchziehen. Aber dafür brauchte er Geld. Seit Wochen würde er draußen schlafen und so weiter.“ Sie starrte auf den grauen Linoleumboden, ihr war sichtlich unwohl, als sie sagte: „Ich hab ihm das Geld gegeben. Aber nur, damit er mich in Ruhe lässt!“ Sie sah mich kurz an, bevor sie fortfuhr: „Und dann zog er plötzlich die Pistole unter seinem Umhang hervor. Heute wäre doch die Nacht, meinte er. Heute müsste es passieren. Irgendjemand müsste es doch zu Ende bringen. Wenn ich wollte, könnte ich mitkommen, wenn nicht, würde er es alleine durchziehen.“ Unruhig huschte ihr Blick durch das Krankenzimmer, als sie sagte: „Ich habe versucht, ihn aufzuhalten, aber …“

Die Hand unter dem grünen Handschuh ballte sich zu einer Faust und löste sich wieder.

Ich tastete mit meinen Fingerkuppen über das Osterei, suchte nach der Bruchstelle im Aluminiumpapier und begann, das Ei auszupacken.

„Bei der Scheune da gegenüber vom Café *Glücklich* hat er euch aufgelauert“, hörte ich Annikas Stimme. „Ich habe die ganze Zeit auf ihn eingeredet, er sollte mir die Waffe geben.“ Wieder blickte sie kurz zu mir herüber, bevor sie fortfuhr: „Also ich bin nur mit, weil ich ihn aufhalten wollte. Ich hab mir den Umhang angezogen, weil ich dachte, er hört dann eher auf mich. Damit er denkt, ich wäre noch auf seiner Seite. Und tatsächlich, nach einer Weile dachte ich, jetzt hat er kapiert, was für ein Schwachsinn das alles ist. Er wurde ruhiger. Doch dann bist du mit Sam rausgekommen und er ist voll durchgedreht …“

Das Osterei lag nackt vor mir, es war braun und glatt und glänzend. Es gab keine Nahtstelle.

„Woher hatte er die Waffe?", fragte ich. „Es war eine Glock 19, richtig?"

„Eine Glock was?"

„So nennt man die, aber egal. Also woher?"

„Sie gehört Madame de Rochat. Wir wussten alle, wo sie die Pistole versteckt hält. Ezechiel hat sie ihr gestohlen, bevor sie abgehauen ist."

„Und wo versteckt sich Ezechiel jetzt?", fragte ich schließlich.

„Ich weiß es nicht", entgegnete sie schwach. „Ich habe der Polizei schon gesagt, was ich weiß, dass er draußen schläft und so weiter. Ich glaube nicht, dass er zurück zu seinen Eltern fährt. Wahrscheinlich will er in die Schweiz oder nach Frankreich."

„Wo wohnen seine Eltern?"

„Er kommt aus der Nähe von Nürnberg. Seine Eltern haben da eine Fabrik, sie sind stinkreich, trotzdem nimmt er von denen kein Geld", sagte sie und fügte empört hinzu: „Aber von mir! Stefan hat da echt ein Problem …"

„Stefan? Ich dachte, du weißt nicht, wie Ezechiel wirklich heißt."

„Das habe ich herausgefunden", sagte sie schnell. „Du hast doch gesagt, ich soll das herausfinden, deshalb …"

Annika stand jetzt auf. Unruhig ging sie an der Wand hin und her, um mir nicht zu nahe zu kommen. Die Wand war weiß und Annika ein dunkler Schatten, der sich davor bewegte. Das Mädchen hatte abgenommen, der Bauch war verschwunden, ebenso die Löcher und rasierten Stellen in den Augenbrauen. Unter der grünen

Haube auf ihrem Kopf waren kurze, braune, glänzende Haare zu erkennen.

„Du siehst gut aus", sagte ich. „Wie geht es dir?"

Sie blieb stehen. Wieder ein schüchternes Lächeln. Dann die Antwort: „Danke. Die Therapie tut mir gut. Ich bekomme jetzt Antidepressiva. Das ist viel besser als diese Tranquilizer. Endlich kann ich wieder denken."

„Und wie geht's dem Kleinen?", fragte ich.

„Auch gut", kam die Antwort viel zu schnell. Dann fügte sie hinzu: „Meine Mutter kümmert sich ja um ihn. Ich darf ja nicht … also das Jugendamt … also … du weißt schon, die halten mich immer noch für … für … nicht ganz zurechnungsfähig." Für einen Moment starrte Annika vor sich hin. Dann rückte sie den Mundschutz zurecht. In den Bewegungen ihrer Hand lag plötzlich etwas Zielstrebiges.

Ich presste das Aluminiumpapier zu einem Kügelchen zusammen, kickte es in Richtung Fenster und fragte: „Warum bist du hier?"

Annika sah mich an. In ihren klaren, sanften Mädchenaugen flackerte ein Schatten. Sie setzte sich wieder, ihre Haltung wurde aufrechter und ihr Blick klarer, als sie sagte: „Mir ist einiges klar geworden in den letzten Wochen. Ich will kein Opfer mehr sein, ich will eingreifen." Und dann: „Ich muss eingreifen!"

Ich sah sie an.

„Ich habe viel zu lange wie so eine betäubte Kuh vor mich hinvegetiert. Aber damit ist jetzt Schluss."

Ich schob das Frühstückstablett von mir weg.

„Wir müssen etwas unternehmen, Ruby. Ich weiß, wo Madame de Rochat sich versteckt hält. Und ich weiß auch, was ihr Plan ist.“

„Wir?“, fragte ich kopfschüttelnd. Dann drehte ich mich auf die Seite, um das Brennen in meinem Brustkorb zu mildern.

„Es geht um Jakob Löwental“, fuhr Annika mit energischer Stimme fort. „Er ist der Dreh- und Angelpunkt dieser Geschichte. Der alte Mann gehört zu den zehn reichsten Menschen in der Schweiz. Sein Vermögen wird auf über 15 Milliarden Franken geschätzt.“

Ich griff nach der Fernbedienung, die von meinem Bett herabbaumelte, und drückte einen Knopf, von dem ich hoffte, dass das Kopfteil herunterfahren würde. Doch stattdessen fuhr das gesamte Bett nach oben.

„Alfred Löwental, der Vater von Jakob Löwental, gründete 1910 das Chemieunternehmen Löwental Basler“, fuhr Annika in ihrem Vortrag fort. „Anfangs stellten die nur Farbstoffe her, später dann auch Medikamente und so Sachen wie Süßstoff. Jakob Löwental gründete 1966 die ersten Auslandsniederlassungen in Deutschland und Frankreich, man fusionierte und wuchs und wuchs.“

Zu dem Pochen im Brustbereich gesellte sich jetzt ein Ziehen in meiner Schulter. Ich drückte einen anderen Knopf. Diesmal war es der richtige – das Kopfteil fuhr herab.

„Hast du schon mal von *Provartis* gehört?“, fragte Annika.

Ich schüttelte den Kopf.

„Die drei größten Chemieunternehmen der Schweiz fusionierten 2002 zu *Provartis*", sagte sie. Das Mädchen wirkte aufgeregt, beinahe so, als hielte sie ihr erstes Referat vor der Klasse. „Das war damals doch überall in den Medien, das habe sogar ich mitbekommen, obwohl ich 2002 erst neun Jahre alt gewesen war. Jakob Löwental verkaufte sein Siebzig-Prozent-Aktienpaket für 14,8 Milliarden Franken an *Provartis*. Seitdem ist er aus dem Geschäft ausgestiegen und widmet sich nur noch seiner Leidenschaft, dem Studium von alten Schriften." Sie zupfte an ihrem Mundschutz herum. In ihren Augen stand etwas Vitales, geradezu Euphorisches, das ich ihr niemals zugetraut hätte.

Ich fuhr das Kopfteil wieder etwas hoch.

„Jakob Löwental ist ein hochgebildeter Mann", sagte Annika. „Ihn interessierte der Kaufmannsberuf eigentlich nie. Schon zu seinen aktiven Zeiten überließ er das Unternehmen weitgehend den Geschäftsführern. Er studierte lieber Altgriechisch, Latein, Sanskrit und Hebräisch, daneben Theologie und Philosophie."

„Woher weißt du das alles?", fragte ich jetzt.

„Ich habe dir doch gesagt, mein Dämmerschlaf ist vorbei", sagte sie. Ihre Stimme klang plötzlich trotzig. „Wir haben in der Bewegung ja regelmäßig Input bekommen. Wir sollten uns fortbilden, studieren, etwas lernen. Mein E-Mail-Fach quillt heute noch über von dem ganzen Mist. Damals habe ich das alles nicht gelesen, aber dann habe ich mich hingesetzt, ich habe das alles gelesen und meine eigenen Recherchen angestellt. Und siehe da, die Puzzleteile fügen sich zu einem Bild.“

Ich schloss meine Augen und badete in dem orangegelben Licht.

„Löwental ist nicht der Gott, zu dem ihn Madame de Rochat immer erklärt hat“, hörte ich Annika.

Ich nickte mit geschlossenen Augen. Natürlich nicht. Das Mädchen war doch noch sehr jung.

„Jakob Löwental ist halt ein alter Mann mit viel Geld. Ich habe mit meiner Therapeutin über ihn gesprochen und die meint, im Grunde ist er psychisch erkrankt. Doch das Geld ermöglicht ihm, mit dieser Mischung aus Paranoia, Verschwörungstheorie und Wahn ganz gut zu leben.“

Ich sah sie an. Ihre Wut und die Entschlusskraft waren neu.

„Wie alt ist der Mann?“, fragte ich.

„Einundneunzig.“

„Verheiratet?“

„Seine Ehefrau starb früh an Krebs, danach hat er nie mehr geheiratet.“

„Kinder?“, fragte ich.

Sie zupfte an ihrem Mundschutz herum. „Die Ehe blieb kinderlos“, sagte sie dann.

„Okay“, sagte ich und blinzelte in die Sonne, die durch das Fenster fiel. Plötzlich wurde ich müde, meine Brust schmerzte und ich wollte mit Sam sprechen, ein bisschen schlafen, träumen. Deshalb sagte ich: „Der Mann hat also Kohle. Und er finanziert die Kinder der Nacht. So what? Worauf willst du hinaus?“

Annika strich sich über den Overall.

Draußen klapperte ein Geschirrwagen.

„Als Madame de Rochat 2008 im Unternehmen Löwental als Pressesprecherin anfing, lernte sie auch Jakob kennen“, sagte Annika. „Sie erkannte sofort, was für ein Potenzial in dem alten Mann lag. Anfangs stieg sie mit dem Alten nur ins Bett, doch dann…“

„Mit einem 81-Jährigen?“, unterbrach ich sie.

Annika nickte, wieder wirkte es beinahe trotzig, dann fuhr sie fort: „Auf jeden Fall stieg sie sehr schnell zu seiner engsten Vertrauten auf. Der Mann hatte keine Chance.“

Ich sah sie an und staunte, wie sehr sich das Mädchen doch verändert hatte in den letzten Wochen. Es war nicht nur ihr Bauchumfang, sondern sie war so entschlossen geworden, fast schon aggressiv.

„Madame de Rochat ist brandgefährlich“, sagte sie. „Ihr Geist ist brillant, das gebe ich ohne Neid zu, außerdem hat sie diesen Willen zur Macht und diese Ausstrahlung und dann noch diese … diese … Stimme.“

Ich nickte. Ja, die Stimme.

„Jakob Löwental leidet seit Jahren an einer Netzhautablösung, die ihn sukzessive erblinden lässt“, fuhr sie fort. „Das Gehör ist immer wichtiger für ihn geworden. Auch deshalb hatte Madame de Rochat leichtes Spiel mit ihm.“

Auf dem Gang waren Stimmen zu hören.

„Nur eines hat sie noch nicht erreicht“, sagte Annika hart.

„Hm?“, machte ich.

„Er hat sie immer noch nicht zur Alleinerbin seines Vermögens bestimmt."

„Denkst du, das ist ihr Ziel?"

„Natürlich", erwiderte sie. „Was denn sonst?"

Ich blickte auf die Geräte, um meinen Herzschlag zu überprüfen.

„Jakob Löwental hat sich schon immer für Geheimgesellschaften interessiert", fuhr Annika hektisch fort. „Er sucht seit Jahren nach einer anderen, nach einer neuen Gesellschaft, in die er sein ganzes Geld stecken kann. Im Gegenzug dazu will er Ruhm, Unsterblichkeit. Bisher ist in seinem Testament ein Dorf in Afrika als Haupterbe eingetragen. Er hat da bereits schon viel Geld reingesteckt, das Dorf trägt sogar schon seinen Namen: Löwental, das liegt im Kongo. Jedes Kind kennt ihn dort. Dort wird er schon heute als ein Gott verehrt."

Ich legte mich anders hin.

„Nur eine Religionsgemeinschaft von der Dimension, wie sie die *Nocturna* prophezeit, könnte das noch toppen. Damit wäre er der Gründungsvater der zweiten Christenheit, sozusagen."

Ich nickte. „Annika", sagte ich dann. „Ich muss jetzt eine Runde schlafen, wir können ja später wieder …"

„Aber Löwental ist nicht blöd!", entgegnete sie bloß. „Er wollte immer einen Beweis, dass die *Nocturna* echt ist. Damit er nicht in ein krankes Pferd investiert, sozusagen."

„Wie meinst du das, ein Beweis?", fragte ich. Dann begannen meine grauen Zellen wieder zu arbeiten. Ich ließ das Kopfende ein Stück hoch und fügte deutlich wacher hinzu: „Der beste Beweis für die Echtheit der *Nocturna* wäre ja wohl, wenn sich erfüllt, was dort prophezeit wird. Meinst du das?“

Annika nickte.

„Ich dachte anfangs ja auch, dass es Schicksal war, dass ich Elias kennengelernt habe. Es war in einem U-Bahnhof in Paris am *Pont Neuf*. Heute glaube ich aber, dass er mich bewusst angesprochen hat. Ich war damals ein leichtes Opfer gewesen, gerademal fünfzehn, kein Plan, null Bock, aber auf der Suche nach der großen Liebe. Mein Gott, war ich naiv. Anfangs hat er sich auch echt bemüht, doch dann hat er mich nur noch gefickt“, sagte sie bitter. „Und zack, als ich schwanger war, hat er mich überredet, zu den Kindern der Nacht zu kommen.“ Sie sah mich an und fügte hinzu: „Wahrscheinlich war das alles geplant.“

Ich nickte.

„Also ich glaube, es ging denen nicht um mich, sondern die haben einfach nach einer dummen Kuh gesucht, die gleich mal schwanger wird und keine Fragen stellt. Und na ja, das war eben ich.“ Sie lachte bitter. „Und dann haben sie nach einer Stadt gesucht, die was mit Raben zu tun hat, so kamen die hierher. Danach mussten die nur noch dafür sorgen, dass auch die anderen Dinge so geschahen wie vorhergesagt.“

Ich nickte wieder.

„Und siehe da, die Prophezeiung erfüllt sich“, sagte Annika.

In diesem Moment klopfte es an der Tür. Der Assistent von Herzer streckte seinen kahlen Schädel durch die Tür und meinte, Annika hätte noch fünf Minuten, dann sollte sie bitte gehen.

Wir nickten beide.

„Dann seid ihr gar keine weltumspannende Organisation?“, fragte ich, nachdem er wieder weg war.

Sie schüttelte den Kopf. „Nein“, sagte sie. „Wir sind nur wir. Also Madame de Rochat, die drei Männer und ich.“

„Aber die ganzen User im Forum, MarieCurie und so, ich habe sie doch gesehen“, erwiderte ich.

„Alles Fake“, sagte sie. „Das waren Elias, Petrus und Ezechiel.“

„Aber warum?“, fragte ich. „Warum sollen die sich selbst vorspielen, sie wären ein paar aggressive Jugendliche mehr? Das gibt doch keinen Sinn.“

„Wegen diesem Arzt?“, sagte Annika, doch auch sie wirkte plötzlich unsicher. „Ja, so muss es gewesen sein“, sagte sie dann sogleich wieder selbstbewusster, „damit dieser Koreaner dachte, er wäre nicht allein mit seinem Hass auf Adlerstamm, sondern die ganze Welt steht hinter ihm.“

Draußen wurden wieder Schritte laut. Doch sie gingen vorbei.

„Und du bist dir sicher, dass nicht noch eine Frau zu euch gehört?“, fragte ich misstrauisch. „Kennst du vielleicht eine Laura?“

„Laura?“ Sie schüttelte den Kopf.

Wie zum Beweis, dass sie nichts mehr verbarg, gab sie großzügig andere Informationen Preis: „Nathalie und Elias kennen sich schon ewig aus diesem Kack-Vorort. Petrus kam später dazu, er hat mal Politik und

Geschichte studiert, dann aber eine Ausbildung zum Elektriker angefangen. Ezechiel hat auch mal bei Löwental Basler gearbeitet, von daher kannte er Madame de Rochat, er ist ihr so gut wie hörig, der arme Kerl."

Auch der Anflug von Zynismus in Annikas Stimme war neu. Komplett neu.

„Also haben Elias und Petrus den Busfahrer Peter Zürner umgebracht?"

„Ja", sagte sie. Dann schränkte sie allerdings ein: „Ich glaube schon. Wir haben nie darüber gesprochen."

„Und Professor Adlerstamm?"

„Das hat sich ja quasi selbst erledigt mit diesem Trottel von Arzt, den sie einfach eingespannt haben."

„Und Orpheus?", fragte ich. „Das war doch kein Unfall in der Allianz Arena, oder?"

„Ich glaube nicht", sagte sie und blickte wieder auf den Boden. „Petrus hat sich ab und an Geld verdient, indem er auf Festivals beim Auf- und Abbau geholfen hatte. Er war ja Elektriker. Ich weiß nur, dass er an dem Wochenende … an dem dieser Hofstädter starb … in Frankfurt war."

Ich schloss die Augen.

„Das ist aber alles dokumentiert", fügte Annika rasch hinzu. „Wenn es so war, können wir das beweisen. Darum ging es ja letztlich immer. Wir mussten immer alles dokumentieren, damit Jakob Löwental sah, dass es passierte. Er musste ja sehen, dass die Prophezeiung sich erfüllte. Darum ging es. Nur um ihn. Und die Presse hat ja nicht über alles berichtet, die tappten ja auch im Dunkeln."

„Dokumentieren?“, fragte ich. „Deshalb habt ihr …“

„Ja.“ Wieder blickte sie verlegen zu Boden, als sie sagte: „Deshalb habe ich auch im Park von dir … das Video gedreht … das, auf dem Elias sagt, dass du der Teufel bist … das ging dann alles zu Löwental nach Lausanne.“

„Dass ich der Teufel bin?“, fragte ich nach. „Hat er das gesagt?“

„Ja“, antwortete sie. „Du bist die 666, hat er gesagt. Der Teufel. Also auf Französisch zwar, aber er hat es gesagt.“

Ich schloss die Augen. Plötzlich sah ich wieder das scharfe Gesicht des Rabenmannes und erinnerte mich an diese unangenehme Stimme, die gezischt hatte: „Sisisi. Seladämo.“ Und ich begriff, dass ich nichts mehr damit zu tun haben wollte.

Auf dem Gang wurden Stimmen laut.

„Ich brauche deine Hilfe, Ruby“, sagte Annika rasch. „Madame de Rochat darf nicht davonkommen!“

Ich schüttelte den Kopf. „Geh zur Polizei“, sagte ich dann.

„Du musst mir helfen“, sagte sie trotzig.

„Ich muss gar nichts“, entgegnete ich sanft. „Warum auch?“

Annika stand auf. Sie kam bis auf einen Meter an mich heran. Dann nahm sie den Mundschutz ab und sagte: „Damit du keine Angst mehr zu haben brauchst, Ruby.“ Sie lächelte, als sie hinzufügte: „Damit du nicht Opfer eines zweiten Mordversuchs wirst. Deshalb, Ruby. Madame de Rochat wird keine Ruhe geben, bevor sie das Geld hat. Und wenn sie dich dafür persönlich umbringen muss – sie wird es tun, glaub mir.“

35. Drei Wochen später

Annika hatte mich überzeugt. Wenn ich ohne die Angst leben wollte, von einem verrückten Sektenmitglied erschossen zu werden, dann musste ich ihr helfen, die Geschichte zu Ende zu bringen. Doch es war nicht nur die Angst, die mich dazu bewogen hatte, einen schwarzen Van zu mieten und damit nach Lausanne zu fahren. Nein. Es war die Stimme von Madame de Rochat, diese raue und zugleich melodiöse Stimme, die im Traum zu mir gesprochen hatte. „Ruby“, hatte sie gesagt. „Es ist anders, als du denkst. Komm. Bringen wir es zu Ende.“ Und obwohl mein Französisch nicht das Beste war, hatte sie sogar im Traum hinzugefügt: „Ce n’est pas la fin.“

Es war nicht so, dass ich viel auf Träume gab. Nicht jedem Traum maß ich Bedeutung bei, doch dieser Traum enthielt eine Botschaft – und die war offensichtlich: Die Geschichte mit Madame de Rochat hatte noch zu viele offene Enden, deshalb ließ sie mich nicht los. Deshalb rief sie im Traum nach mir.

Bringen wir es zu Ende.

Wir standen in einer Parkbucht und blickten auf den Genfer See hinab. Wir, das waren John Bentwood, Emil Zoran und ich. Und Annika war auch dabei. Ursprünglich hatte ich das Mädchen nicht mitnehmen wollen, doch ihr Argument, dass sie über Insiderwissen verfüge, das im Gespräch mit Jakob Löwental vielleicht hilfreich sein könnte, hatte mich schließlich überzeugt. Drei Stunden Fahrt lagen bereits hinter uns. Wir hatten hier angehalten, um unseren Plan nochmals durchzugehen.

Es war 17:20 Uhr.

Alle schwiegen beim Anblick der Berge, die sich direkt aus dem See erhoben und die Erde mit dem Himmel zu verbinden schienen. Das hatte eine enorme Kraft, so als würde man Zeuge einer Schöpfung. Dagegen kam mir der Bodensee, bei dem die Alpenkette nur eine Zeichnung am Horizont war, geradezu melancholisch vor.

In der Talsenke unter uns glänzte eine Stadt.

„Das ist Vevey“, sagte John. „Vevey gilt als kleine Schwester von Lausanne.“ Er blickte auf sein Handy und fügte hinzu: „Noch zwanzig Minuten, dann sind wir da.“

Ich zückte mein Handy und machte ein Foto.

Selbst Zoran blickte fasziniert hinab.

„Wir nehmen die Seestraße“, sagte John, „alle einsteigen, bitte.“

Kurz darauf lenkte er den Van eine Serpentinenstraße hinab. Zoran saß auf dem Beifahrersitz, Annika und ich auf der Rückbank. Mein Herz schlug regelmäßig, die Infektionsgefahr war vorbei. Ich sollte noch keinen Leistungssport betreiben, aber sonst war alles erlaubt. „Seien Sie vorsichtig“, hatte Herzer, der Kardiologe, zum Abschied gesagt. „Man sollte sein Schicksal nicht zwei Mal herausfordern.“

Ich blickte zum Fenster hinaus. Der Genfer See war jetzt ganz nah. Eine riesige Gabel ragte aus dem Wasser.

Nach nur zehn Minuten Fahrt erreichten wir Lausanne. Die Stadt wirkte robust wie ein ehemaliges Bergdorf und strahlte doch zugleich etwas Mondänes aus. Wie eine Diva räkelte sie sich am See und wartete darauf, dass man ihr verfiel.

Ich dachte an Madame de Rochat.

Nach dem Ortsschild nahm John die erste Ausfahrt im Kreisverkehr rechts. Eine schmale, gut befestigte Straße schlängelte sich den Berg hinauf. Nach etwa zwei Kilometern fuhren wir an einer hohen Mauer entlang, dahinter ragten die Wipfel von exotisch aussehenden Bäumen in den Himmel, Palmen, aber auch schlangenähnliche Äste mit weißen Blüten.

Es war 17:45 Uhr.

Unten im Tal glänzte der See wie ein blauer Spiegel.

„Das hinter der Mauer muss es sein“, sagte John. „Die Villa von Jakob Löwental steht mitten in einem botanischen Garten, der in den achtziger Jahren privatisiert wurde. Heute gehört das ganze Grundstück Löwental. 25 Hektar für sich allein.“ Kopfschüttelnd fügte er hinzu: „Und das in einer Gegend, in der der Quadratmeterpreis mit Gold aufgewogen wird.“

Annika blickte mit großen Augen hinaus.

Zoran verschränkte die Arme.

Am Ende der Mauer bog John rechts ab und lenkte den Van auf ein Tor zu. Rechts und links waren Kameras angebracht. Der Kies knirschte leise, als wir darüberfuhren. Wir hielten neben einer Betonstehle, auf der sich eine Armatur mit Knöpfen und einem riesigen, schwarzen Kameraauge befand. John ließ die Autoscheibe herab.

„Hallo?“, drang sogleich eine Stimme aus dem Lautsprecher.

„Hallo“, sagte John und räusperte sich. „Wir sind von der Nostradamus-Gemeinschaft. Wir haben um 18 Uhr einen Termin. Herr Löwental erwartet uns.“

Ich hielt den Atem an. Es hieß Nostradamus-Gesellschaft, nicht Gemeinschaft. Hoffentlich bemerkten die nichts. Doch meine Sorge schien umsonst zu sein, denn das Tor öffnete sich und John lenkte den Van hindurch. Es war, als fuhren wir in ein riesiges Gewächshaus. Zwischen den Palmen und exotischen Bäumen blühten Büsche, Sträucher und seltsame Blumen, auch Schmetterlinge und Vögel flogen herum.

Annika schüttelte immer wieder den Kopf.

Zoran blickte stur auf seine Notizen hinab.

Nachdem wir ein zweites Tor passiert hatten, fuhren wir direkt auf die Villa zu. Es war ein strenges Gebäude aus dem vorherigen Jahrhundert, dessen einziger Schmuck ein riesiges Walmdach war. Doch gerade im Kontrast zu der üppigen Vegetation flößte einem die Klarheit dieser Architektur Ehrfurcht ein.

36.

Wir betraten einen Salon. Im Eingangsbereich der Villa war es hell gewesen, doch hier drinnen war es düster. Die Fenster waren mit schweren Vorhängen verschlossen. Zögerlich blieb ich in der Nähe der Tür stehen und horchte auf das seltsame Rauschen, das den Raum erfüllte. Nachdem sich mein Blick an das Dämmerlicht gewöhnt hatte, erkannte ich in die Wände eingelassene Regale, alte Buchrücken und abgewetzte Ledersessel. Wir schienen uns in einer Bibliothek zu befinden. Es roch nach Zigarrenrauch.

Wieder lauschte ich.

Es lag ein Rauschen in der Luft, das mich an eine Schar auffliegender Vögel erinnerte.

Das Mädchen, das uns durch die Villa hierhergeführt hatte, schritt durch die Bibliothek und öffnete die Vorhänge eines Fensters. Sofort flutete das warme Abendlicht herein. Der Blick ging hinaus in einen Garten, der an das Paradies erinnerte. Große, knorrige, alte Bäume rahmten eine wildgewachsene Wiese ein, bei deren Anblick ich unmittelbar Friede empfand.

Das Rauschen trat für einen Moment zurück, ein Ticken löste sich heraus und ging in ein Sirren über, bevor es wieder im Klangteppich verschwand.

War das ein Ventilator?

Eine Klimaanlage?

Und dann erkannte ich den alten Mann. Das musste Jakob Löwental sein. Er saß in einem Ledersessel am Kamin, hatte die Arme vor der Brust verschränkt und hielt die Augen geschlossen. Es sah aus, als schliefe er. Um ihn herum türmten sich Regale mit ledergebundenen Büchern in die Höhe, an den Wänden hingen Ölgemälde mit barocken Allegorien, und der riesige Globus, der mitten im Raum stand, sah sehr alt aus. Ich erkannte eine mit Leder bespannte Tür und fragte mich, wo sie hinführte. Über uns befand sich eine Galerie, die rundum lief und noch mehr Platz für Bücher bot.

Das Hausmädchen überprüfte das Feuer im Kamin.

Der Alte bewegte sich nicht.

Die Bücherregale waren mit holzgeschnitzten Säulen verziert, aus denen sich nackte Figuren schälten, Männer wie Frauen, die wahrscheinlich der griechischen Mythologie entstammten. Zwischen den Regalen waren schmale Konsolen angebracht, auf denen Uhren standen. Ich blickte genauer hin. Ich erkannte goldene Uhren, die aussahen wie Eulen, silberne Uhren mit einer Glasglocke darüber, Holzuhren mit Schnitzereien und Uhren, aus denen das Uhrwerk hervorlugte. Und dann erkannte ich sie überall: Der Raum war voller Uhren, kleine, große und riesige Uhren, goldene, hölzerne, stählerne Exemplare, verzierte und einfache, moderne und antike Varianten, die auf mannigfache Weise tickten und surrten, klopften und vibrierten, summten und brummten. In der Ecke erhob sich eine mindestens zwei Meter hohe Standuhr, deren Pendel langsam und bedrohlich hin und her schwang.

John blickte mich an.

Annika stand wie versteinert in einer dunklen Ecke.

Zoran wartete draußen im Auto auf uns. Ihm fiel die Rolle zu, für unsere Sicherheit zu sorgen und Verstärkung anzufordern, falls doch etwas schief laufen sollte.

„Danke, Lena“, sagte der alte Mann plötzlich, „du kannst jetzt gehen.“

Das Mädchen verließ den Raum.

Löwental erhob sich mühsam aus dem Sessel, stützte sich auf seinen Gehstock und schien in unsere Richtung zu blicken. Im Gegenlicht war aber nur eine schwarze, gebeugte Gestalt zu erkennen.

„Didier, mein Freund“, brachte er mit einer erstaunlich kräftigen Stimme hervor. Er sprach ohne Schweizer Akzent und sagte: „Wie schön, dich zu sehen.“ Kurz lachte er auf, bevor er hinzufügte: „Na ja, das mit dem Sehen ist nicht mehr so weit her, aber du weißt, was ich meine.“

Die Hand, mit der er sich auf den Gehstock stützte, zitterte.

„Ganz meinerseits“, sagte John.

Der alte Mann stutzte. Für einen Moment drehte er sein Gesicht ins Licht. Die Abendsonne, die golden durch das Fenster fiel, legte sich darüber wie die Patina über eine Figur des Bildhauers August Rodin. Löwental hatte hohe Wangenknochen, eine markante Nase und ein ausgeprägtes Kinn. Über diese Knochenlandschaft spannte sich eine Haut wie altes Pergamentpapier. Zwei weißliche Murmeln stachen hervor.

Nur das anschwellende Ticken der Uhren war zu hören.

„Sie sind nicht Didier“, sagte Löwental schließlich und richtete die toten Augen auf John. „Wer sind Sie? Was wollen Sie hier?“

„Professor Didier ist leider verhindert“, stammelte John.

Das war so abgemacht. Wir hatten uns als Vertreter der Nostradamus-Gesellschaft angekündigt, unter dem

Vorwand, Löwental etwas Wichtiges über die *Nocturna* mitteilen zu müssen.

„Ich bin Doktor Justus Raaf", sagte John. „Ich bin der Assistent von Professor Didier. Und das sind meine Mitarbeiterinnen Charlotte Fournier und Vanessa Durand."

„Guten Abend", sagten Annika und ich im Chor.

„Es tut Professor Didier sehr leid, dass er nicht selbst kommen kann, aber die Sache ist so dringend, dass sie keinen Aufschub duldet", fügte John hinzu.

„Verschwinden Sie", sagte Löwental. Er klang nicht wütend, nur müde. „Ich spreche ausschließlich mit Didier."

Die goldenen Uhren tickten schneller als der Rest.

John blickte mich ratlos an.

„Wir müssen Sie warnen, Herr Löwental", sagte ich. „Es geht um Madame de Rochat."

Löwental drehte den Kopf in meine Richtung.

Seine Hand zitterte, doch seine Stimme war klar: „Soso", sagte er. „Warnen wollen Sie mich."

Auf Löwentals blutleeren Lippen erschien ein Lächeln.

„Wie es aussieht, sind Sie einer Erbschleicherin aufgesessen", fuhr ich fort. „Madame de Rochat tut sehr viel dafür, dass Sie glauben, die Prophezeiung der *Nocturna* erfülle sich tatsächlich. Dabei schreckt sie selbst vor kriminellen Mitteln nicht zurück." Nach einer kurzen Pause fügte ich hinzu: „Selbst vor Mord nicht."

„Tut sie das?", wiederholte er amüsiert. Diesmal war die Ironie in seiner Stimme unverkennbar.

Irritiert blickte ich John an. Ich hatte mit vielen Reaktionen des alten Mannes gerechnet, aber nicht mit Ironie.

„Ja", sagte ich trotzdem. „Oder glauben Sie etwa wirklich, dass dieses arme Kind der Messias ist? Soterias? Glauben Sie etwa wirklich, dass die Welt zu Beginn des 21. Jahrhunderts so furchtbar ist?"

„Die jungen Leute leben heutzutage doch nur noch im digitalen Delirium", sagte er und schüttelte den Kopf. „Mit all den wertvollen Schätzen unserer Kultur", er deutete mit einer zitternden Armbewegung durch seine Bibliothek, „wissen die doch gar nichts mehr anzufangen."

Das Ticken der Uhren schwoll wieder an und ab.

„Solche Prophezeiungen schüren altbekannte Ängste", fuhr ich fort. Dabei bemühte ich mich, ruhig und besonnen zu sprechen. „Zu jeder Zeit haben Menschen Angst vor dem Neuen", sagte ich. „Die Angst vor dem Fremden und Ungewohnten ist tief in uns drin. Zu Zeiten von Kopernikus hatten die Menschen Angst davor, dass die Erde vielleicht doch keine Scheibe ist und sie von der Kugel herunterfallen könnten. Später hatten sie Angst vor der Dampflock, vor dem Auto, vor dem Flugzeug, der Rakete und dem Kino. Jede Veränderung macht Angst. Auf dieser Klaviatur spielt Madame de Rochat, wenn sie in den Kommentaren zur *Nocturna* die größte Veränderung unserer Zeit mit dem Teufel verbindet." Ich blickte mich im Raum um, der mit den ganzen Büchern wie aus einer anderen Zeit wirkte, und fügte sanft hinzu: „Es ist doch nur normal, wenn Sie sich in der heutigen

Welt nicht mehr zurechtfinden. Aber deshalb ist die heutige Welt nicht schlechter als andere Welten es waren."

Löwental ging, auf seinen Gehstock gestützt, ein paar Schritte.

„Beleidigen Sie bitte nicht meine Intelligenz", sagte er schließlich und blieb vor einem Tisch stehen, der mit Zeitschriften, Fotos, Büchern und Notizen übersät war. Über dem Tisch war eine Scheibe montiert, die offenbar als Vergrößerungsglas diente. Löwental knipste einen Schalter an, und der Tisch erstrahlte in einem gleißend hellen Licht.

Über das Vergrößerungsglas gebeugt stand er da, stützte sich auf die Tischplatte und sagte: „Ich weiß, warum Sie heute hier sind. Und ich bin enttäuscht von meinem alten Freund Didier, dass er nicht den Mut fand, es mir selbst zu sagen."

Löwental sah in unsere Richtung, doch ich bezweifelte, dass er uns wirklich erkannte.

„Nach Jahren der Prüfung sind Sie also endlich zu dem Resultat gelangt, dass die *Nocturna* eine Fälschung ist", fuhr er fort. Seine Hand am Vergrößerungsglas zitterte, als er fragte: „Habe ich recht? Der Urheber der Schrift ist nicht Nostradamus. Das wollen Sie mir doch heute mitteilen. Habe ich recht? Natürlich habe ich das. Deshalb sind Sie hier. Eine Schrift, für die ich auf Empfehlung der Nostradamus-Gesellschaft über 250 Tausend Franken bezahlt habe, ist nicht echt. Eine Fälschung. Um mir das mitzuteilen, sind Sie doch heute hier!" Seine Kiefermuskulatur verhärtete sich, als er hinzufügte: „Ich bin wirklich enttäuscht von Didier, dass er mir das nicht selbst sagt."

Ich trat von einem Bein aufs andere.

Löwental griff nach dem Stock, der am Tisch lehnte, doch der Stock fiel um. Sogleich tastete er nach dem Stuhl hinter sich, ließ sich erschöpft hineinsinken und atmete gut hörbar ein und aus.

„Aber wissen Sie was?" fragte er dann. „Das ist mir nicht neu. Ich wusste von Anfang an, dass die *Nocturna* nicht von Nostradamus stammt. Aber es war mir egal."

Wieder klang er müde, als er sagte: „Madame de Rochat hat die *Nocturna* selbst geschrieben. Ich weiß das."

John und ich blickten uns ungläubig an.

Annika wankte, dann hielt sie sich an einem Regal fest.

„Sie hat sie selbst geschrieben?", wiederholte ich.

Löwental lächelte jetzt sogar, als er hinzufügte: „Aber sie hat es so gut gemacht, dass selbst die altehrwürdige Nostradamus-Gesellschaft den Betrug jahrelang nicht bemerkte."

Ich setzte mich in einen Ledersessel.

John tat es mir gleich. Nur Annika blieb weiterhin in der dunklen Nische zwischen zwei Bücherregalen stehen. Ihr Gesicht lag im Schatten, und ich fragte mich, was diese Nachricht in ihr auslöste.

„Alle Weltreligionen basieren doch auf Geschichten, die erfunden sind", fuhr Löwental fort. „Denken Sie nur mal an das Christentum. Glauben Sie etwa wirklich, dass eine Frau, die nie Sex hatte, ein Kind zur Welt bringt? Oder dass Jesus gestorben und wieder auferstanden ist? Wer so etwas wirklich glaubt, ist ein Schwachkopf."

John warf mir einen ratlosen Blick zu. Unser Plan drohte zu scheitern. Wir hatten mit einem alten, gutgläubigen Mann gerechnet, vielleicht sogar wirklich mit einem Schwachkopf – aber nicht mit jemandem, der noch voll bei Verstand zu sein schien.

„Alle großen Religionen basieren auf erfundenen Geschichten", wiederholte er. „Das ist nicht der Punkt. Aber haben Sie sich schon einmal gefragt, warum sich manche Geschichten zu einer Bewegung auswachsen, die die ganze Welt erfassen, und andere nicht?"

„Sagen Sie es uns", bat ich.

Löwental schloss die Augen, als er sagte: „Der Schöpfer einer Großerzählung braucht nicht nur die Kraft, aus Worten etwas Ganzes zu machen, sondern auch die Kraft, Menschen zu bündeln und zu formen. Darauf kommt es an."

Mit seinen Händen tastete er über die Lehne des Sessels, als er fortfuhr: „Und Madame de Rochat hat diese Kraft. Natürlich hat sie die *Nocturna* erfunden. Denken Sie etwa, ich wüsste das nicht? Doch alles Bedeutende findet zunächst im Kopf statt. Alles Große hat seinen Ursprung im schöpferischen Bereich der Phantasie – und nicht in der Realität. Die Wirklichkeit formt sich nach dem kraftvollen Geist. Es gibt nichts außerhalb unseres Bewusstseins. Warum ist das nur für Leute wie Ihresgleichen ein Problem?"

Löwental machte eine verächtliche Handbewegung in unsere Richtung, beinahe so, als wären wir Geziefer. Dann hielt er sein Gesicht wieder ins Licht. Seine weißlichen Augen glänzten golden im Widerschein der Abendsonne.

Das Ticken der Uhren verdichtete sich zu Schlägen, hellen und dunklen, langen und kurzen, die für einen Moment unsere Aufmerksamkeit fesselten. Die große Pendeluhr gab zwei tiefe Töne von sich, die Schläge der kleineren Golduhren stolperten ineinander, als sie gleichzeitig anschlugen. Es war jetzt Viertel nach sechs.

„Für mich ist etwas anderes wichtig", erklärte Löwental, nachdem das Gebimmel vorüber war. „Madame de Rochat hat mit den jüngsten Entwicklungen gezeigt, welche Kraft in ihr steckt. Sie hat bewiesen, dass sie die Prophezeiung aus dem Bereich des reinen Geistes in den Bereich des Sich-Ereignenden überführen kann."

Die Uhren tickten wieder vor sich hin.

„Wenn Sie damit meinen, dass Madame de Rochat Menschen manipuliert und zum Mord angestiftet hat, dann haben Sie recht", sagte ich, verschränkte meine Arme und fügte scharf hinzu: „Madame de Rochat ist eine Mörderin."

„Alle Religionsgründer waren Mörder", entgegnete Löwental. „Entsetzt Sie das wirklich so sehr? Jede Kraft, die Neues schafft, tötet Altes. Das ist das ewige Gesetz der schöpferischen Natur."

Das Ticken der Uhren machte mich langsam nervös. „Madame de Rochat geht es doch nicht um die Schöpfung", sagte ich. Freundlich, aber entschieden fügte ich hinzu: „Es geht ihr ums Geld. Und zwar um Ihr Geld, Herr Löwental."

Ich erhob mich aus dem Sessel und ging auf den alten Mann zu, langsam, damit er sich nicht erschreckte.

„Wissen Sie", sagte er und blickte in meine Richtung. Er schien genau zu wissen, wo ich stand. „Wissen Sie, ich bin Kaufmann von Geburt an. Ich habe ein pragmatisches Verhältnis zu allem Monetären." Wieder schloss er die Augen, so als wollte er niemanden den Anblick seiner trüben Kugeln zumuten, selbst Leuten nicht, die er verachtete. Löwental verschränkte die Hände vor der Brust und sagte: „Ich weiß, dass ein Genie vor allem eins braucht, um die Welt zu formen – und das ist Geld. Erst durch die finanzielle Kraft erhält die schöpferische Kraft ihre Realität. Sonst verbleibt alles im Bereich des Traums. Ein Träumer, wer glaubt, es ginge ohne Geld in dieser schönsten aller …"

Er lächelte.

Im Ticken und Rauschen der Uhren lösten sich seine letzten Worte auf.

„Darf ist das anschauen?", fragte ich leise und fuhr mit der Hand durch die Unterlagen auf dem Tisch.

Löwental nickte. Aus der Nähe erkannte ich die Flecken auf seinem Gesicht und die nach innen gezogenen Lippen. Ich roch sein Aftershave, grundiert von Zigarrenrauch und dem Tod.

Wahllos griff ich nach einem Artikel. Es war ein Bericht über Ravensburg, in dem der Ausdruck *Stadt der Türme* mit Textmarker hervorgehoben war. Ich legte den Artikel zurück und betrachtete eine Montage von Artikeln aus verschiedenen Zeitungen: Alle berichteten über das Kind, das an der Bushaltestelle am Marienplatz ausgesetzt worden war. Ich legte auch das

Dokument zurück und fand ein Foto, das die Leiche von Peter Zürner zeigte, die mit dem Stab in der Schussen trieb. Schließlich fischte ich auch ein Bild aus dem Papierberg, auf dem Tyra und ich neben Adlerstamm auf dem Boden des OP-Saals knieten.

Ich drehte mich zu John um und machte aufgeregte Handzeichen. Wir mussten es irgendwie schaffen, diese Dokumente mitzunehmen. Am besten alle.

„Langweilen Sie mich jetzt bitte nicht weiter mit Ihrer kleinen Welt", sagte Löwental in diesem Moment. „Verlassen Sie bitte mein Haus. Ich habe keine Zeit mehr für solche Gespräche. Meine Lebenszeit ist begrenzt. Es geht mir um eine andere Form der Erkenntnis, jenseits von verlogener Moral und Plattitüden. Das bisschen Zeit, das ich noch habe, möchte ich nicht mit Archivmäusen wie Ihnen vergeuden."

Als ich ihn ansah, erschrak ich. Er hatte die Augen geöffnet. Deutlich erkannte ich die trübe Haut, die fast über seine ganze Iris gewachsen war.

Löwental tastete nach seinem Stock und sagte: „Worauf warten Sie noch? Los! Gehen Sie jetzt. Ich bin müde."

„Herr Löwental", begann ich, „wir wollten noch …"

„Raus!", brüllte er. „Ich gebe Ihnen noch eine Minute, zu verschwinden, dann lasse ich den Sicherheitsdienst rufen." Seine Hand zitterte heftig, doch er schien sich schon wieder beruhigt zu haben, als er leiser hinzufügte: „Bitte gehen Sie. Ich habe nicht mehr viel Zeit."

Die Uhren rauschten und tickten.

Ich blickte auf das Foto mit der Leiche von Peter Zürner, das meines Erachtens nur der Mörder gemacht haben konnte.

„Aber vielleicht haben Sie noch ein bisschen Zeit für Ihre Tochter übrig“, sagte Annika, die plötzlich aus der Nische hervortrat.

Es kam mir vor, als verstummten die Uhren für einen Moment.

Der alte Mann drehte seinen Kopf in die Richtung, aus der Annika gesprochen hatte, und fragte: „Wer sagt das?“

„Ich“, antwortete Annika. Und dann: „Mein Name ist Annika Roth.“

John und ich sahen uns irritiert an.

„Annika Roth“, wiederholte Löwental nachdenklich. „Dann sind Sie die Tochter von Isabella?“

„Ja“, sagte Annika. „Und von Ihnen.“

„Ach, daher weht der Wind“, sagte Löwental wie zu sich selbst. Dann bat er mich, ihm den Stock zu reichen. „Sie sind gar nicht von der Nostradamus-Gesellschaft“, fuhr er fort und erhob sich. Auf seinen Stock gestützt ging er wieder zum Fenster. Dort hielt er sein Gesicht in das warme Abendlicht, als wäre es eine Berührung.

„Mein Name ist Annika Roth“, wiederholte Annika. Ihre Stimme klang mechanisch, wie die einer Puppe, als sie sagte: „Ich bin am 14. März 2003 in Basel geboren. Meine Mutter hat mich alleine großgezogen, ohne jemals einen Cent von Ihnen erhalten zu haben. Deshalb bin ich hier. Auch ich habe eine schöpferische

Kraft in mir, die durch die finanzielle Kraft Realität werden möchte."

Ich hörte den Hass in ihrer Stimme.

Doch Löwentals Gesicht badete im Licht.

„Ich erinnere mich", sagte er nur. „Sie haben mich vor ein paar Jahren schon einmal verklagt. Aber der Anspruch wurde abgelehnt. Ich bin nicht Ihr Vater. Das hat die DNA-Analyse eindeutig ergeben." Er sah uns nicht an, niemanden von uns, als er brüsk hinzufügte: „Sie sind die Erbschleicherin, nicht Madame de Rochat. Und jetzt verschwinden Sie endlich."

„Madame de Rochat hat den Test manipuliert", sagte Annika.

„Das hat sie nicht", entgegnete Löwental nun deutlich gereizt. „Der Arzt entnahm mir damals eine Speichelprobe und steckte das Wattestäbchen in ein Röhrchen. Ich habe das gesehen. Damals war ich noch nicht zu 80 Prozent blind."

„Keine Ahnung, wie sie es gemacht hat", erwiderte Annika. „Aber …"

„Moment", unterbrach Löwental sie brüsk. „Woher kenne ich ihre Stimme? Ich kenne Sie doch. Sie haben doch letzten Sommer hier gearbeitet? Im Garten draußen?"

„Ich", stotterte Annika. Dann sagte sie: „Das stimmt. Ich wollte einfach nur in Ihrer Nähe sein. Sie sind mein Vater, Herr Löwental. Bitte, ich …"

„Verschwinden Sie aus meinem Haus!", sagte Löwental scharf. „Ich wiederhole das nicht noch einmal."

Das Ticken der Uhren.

Annika ging Schritt um Schritt auf den alten Mann zu. Mit tonloser Stimme sagte sie: „Ich kam in einer Notlage zu der Sekte, der Madame de Rochat vorsteht. Ein Typ dort hat mich geschwängert. Madame de Rochat hat mich gezwungen, das Kind nach der Geburt auszusetzen, damit sich die Prophezeiung erfüllt." Sie tat noch einen Schritt. „Bitte", sagte sie, doch wieder lag keine Empfindung in ihrer Stimme. „Wenn *ich* Ihnen schon egal bin, dann denken Sie wenigstens an Ihren Enkel. Soterias ist *Ihr* Fleisch und Blut."

Löwental schwieg.

Doch etwas in seinem Gesicht hatte sich verändert. „Ein Enkel?", fragte er dann. „Soterias soll mein Enkel sein?"

„Ja", sagte Annika, die nichts mehr anderes wahrzunehmen schien als den alten Mann. „Meine Mutter hat mir viel von Ihnen erzählt. Sie hat mir auch erzählt, wie sie vor sechzehn Jahren an einem lauen Sommerabend im Juni unten am See zusammen spazieren gewesen waren. Meine Mutter hatte kurz zuvor auf einer Konferenz ein neues Medikament vorgestellt, das euphorisch aufgenommen worden war. Sie waren beide in Hochstimmung, saßen noch lange in einem Café zusammen und tranken Champagner."

Löwental stand mit dem Rücken zu uns am Fenster. Er stützte sich auf seinen Gehstock. Bis auf die zitternde Hand stand er ganz still.

„Und dann passierte etwas", fuhr Annika fort, „mit dem Sie beide nicht gerechnet hatten. Etwas Unerklärliches. Meine Mutter beschrieb das als eine unvorhersehbare chemische Reaktion. Sie sahen sich an und küssten sich. Noch in derselben Nacht schliefen Sie miteinander und zwar in einem Zimmer im Hotel *Royal Savoy*."

Löwental schwankte leicht.

„Meine Mutter hat gesagt, dieser Abend wäre das größte Geheimnis ihres Lebens gewesen."

Löwental hielt sich am Fensterbrett fest, während Annika fortfuhr: „Meine Mutter hat mir erzählt, dass angesichts dieser Nacht alles andere verblasst wäre. Auch die Beziehung, die sie vielleicht hätten führen können. Deshalb wollte meine Mutter Sie nicht mehr treffen."

Das Rauschen der Uhren nahm ich jetzt nicht mehr wahr.

Fieberhaft fotografierte ich mit dem Handy so viele Dokumente wie möglich, auch ein Foto, auf dem Peter Zürner noch lebend in der Pose des Fährmanns zu sehen war, eine Pose, zu der sie ihn gezwungen zu haben schienen.

„Exakt ein Jahr später haben Sie meiner Mutter eine Einladung geschickt", fuhr Annika fort. „Sie haben sie darum gebeten, wieder in dasselbe Zimmer im *Royal Savoy* zu kommen. Sie würden dort auf sie warten."

Ich fotografierte eine Liste von Pflanzen, die mit einem Totenkopf gekennzeichnet waren, außerdem ein Rezept für eine Mixtur, die daraus angefertigt werden konnte.

„Aber meine Mutter kam nicht", sagte Annika. „Sie kam nicht, weil sie zu Hause ein erst wenige Monate altes Baby hatte. Und dieses Baby war ich."

Als Löwental sich umdrehte, sah es aus, als hätte er Tränen in den Augen.

„Warum sagt Isabella mir das nicht selbst?“, fragte er.

„Ich weiß es nicht“, sagte Annika. „Was denken Sie, wie oft ich das meiner Mutter vorgeworfen habe. Aber sie ist halt so. Sie interessiert sich nur für die Forschung. Für sonst nichts.“

Löwental nickte.

„Kommen Sie doch einmal zu mir“, sagte er dann.

Zögernd ging Annika die letzten Schritte auf ihn zu.

„Geben Sie mir Ihre Hand“, forderte er das Mädchen auf.

Annika reichte ihm ihre Hand, die er mit seinen eigenen, zitternden Händen umfasste. „Ich bin zwar fast tot und fast blind“, sagte er, „aber noch lebe ich. Wenn Sie mir wirklich einen Enkelsohn geschenkt haben, dann ... “

„Sie ist nicht deine Tochter!“

Eine schneidend scharfe Stimme fuhr durch den Raum wie ein Schwert. Alle erstarrten. Selbst die Uhren schienen stillzustehen, als Madame de Rochat durch die lederbespannte Tür den Raum betrat und bedrohlich hinzufügte: „Sie ist eine Lügnerin!“

37.

„Nathalie?“ Löwentals weiße Augen richteten sich auf Madame de Rochat, die ganz in Schwarz gekleidet vor dem Kamin stand. Leise fügte er hinzu: „Ich dachte, du bist in Paris?"

Obwohl er leise gesprochen hatte, sehr leise sogar, war das Entsetzen über ihre plötzliche Anwesenheit laut und deutlich zu hören gewesen, aber auch die Liebe und Bewunderung, die er für diese Frau zu empfinden schien. Durch den ganzen Mann ging ein Zittern, es fing mit einem Wackeln des Kiefers an und endete in einem Schlottern der Knie. Als es vorüber war, ließ er die Hand des Mädchens abrupt los. Dann machte er sich auf den Weg in die Richtung, aus der die bekannte Stimme gekommen war. Im Gehen schwankte er, einem Betrunkenen gleich. Für einen Moment glaubte ich, Löwental würde stürzen, doch Madame de Rochat eilte ihm entgegen, ergriff seinen Arm und stützte ihn. So führte sie ihn zu dem Ledersessel am Kamin, in dem er uns eine Stunde zuvor bereits empfangen hatte.

„Setz dich", sagte sie, „assieds-toi." Dann nahm sie ihm den Gehstock ab und drückte den Alten in den Sessel hinab.

Er leistete keinen Widerstand.

Annika schien nicht zu begreifen, was vor sich ging. Sie stand am Fenster, blickte auf ihre leere Hand und dann zu dem Mann hinüber, von dem sie soeben noch geglaubt haben musste, ihn als Vater wiedergefunden zu haben.

Löwental gab ein seltsames Geräusch von sich, es klang, als schmatzte er, bevor er schließlich fragte: „Was geht hier vor, Nathalie? Was soll das? Warum sind die ganzen Leute hier?"

„Jakob“, sagte Madame de Rochat. Ihre Stimme klang zärtlich. Sie stand hinter ihm, beugte sich zu ihm herab und sprach tadelnd wie zu einem Kind: „Das ist doch keine wahre Geschichte, die das Mädchen dir da aufgetischt hat.“ Dann stellte sie sich wieder aufrecht hin und fixierte Annika. „Okay“, sagte sie wieder nüchtern. „Diese Person dort mag die Tochter von Isabella Roth sein. Aber bedeutet das automatisch, dass sie auch deine Tochter ist?“

Löwentals Kiefer bewegten sich. Durch das Ticken der Uhren drang ein leises Schmatzen.

„Nein, natürlich nicht“, antwortete Madame de Rochat sich selbst. „Absolument pas“, fügte sie auf Französisch hinzu und fuhr dann mit ihrer rauen, melodiösen Stimme fort: „Isabella ist Chemikerin in deinem Unternehmen. Das stimmt. Wir kennen sie beide. Und wir wissen beide, dass du mal mit ihr im Bett warst. Sie hat daraus ja nie einen Hehl gemacht.“ Madame de Rochat lachte. „Selbst mit mir hat sie über diese Nacht gesprochen, die, na ja, mit den Jahren im Rückblick wohl immer phantastischer wurde.“ Sie legte ihre Hand auf Löwentals Schulter und fügte schmunzelnd hinzu: „Aber so toll kann es jetzt auch wieder nicht gewesen sein, Jakob. Sonst hättet ihr doch wenigstens versucht, die Sache weiterzuführen.“ Sie tätschelte ihn. „Aber egal“, fügte sie versöhnt hinzu: „Ce n’est pas grave.“

Löwental griff nach ihrer Hand und hielt sie fest.

„Okay“, fuhr Madame de Rochat wieder mit kaltem Blick auf Annika fort. „Diese Person dort ist die Tochter von Isabella, *und* du hattest vor sechzehn oder siebzehn Jahren eine intensive Begegnung mit unserer Frau Roth. Aber reicht das nun aus, um zu beweisen, dass Sara deine Tochter ist?“ Wieder beugte sie sich zu dem alten Mann hinab, sah ihm zärtlich in die toten Augen und sprach leise: „Nein, natürlich nicht. Absolument pas.“

Nur das Rauschen der Uhren war zu hören.

Dann drang ein gequältes Stöhnen vom Fenster herüber. Es war von Annika gekommen. Ich ging zu ihr, doch auf halbem Weg gab sie mir durch ein Kopfschütteln und eine abwehrende Handgeste zu verstehen, dass sie meinen Beistand nicht wünschte.

„Isabella ist eine selbstständige Frau, die in ihrem Leben sicher nicht nur mit dir geschlafen hat“, sagte Madame de Rochat. Sie fuhr dem alten Mann mit dem Handrücken über die Wange und fügte beinahe tröstlich hinzu: „Auch wenn es mit dir sicher etwas ganz Besonderes war, Jakob.“

Löwental hielt die Hand von Madame de Rochat fest.

Annika schüttelte den Kopf. Es war ein Kopfschütteln, das im Gegenlicht alles bedeuten konnte: Ratlosigkeit, Verzweiflung, Wut. Dann ging das Mädchen auf das Gespann am Kamin zu, doch nach ein paar Schritten blieb sie mitten im Raum stehen, so als hätte sie es sich anders überlegt.

„Aber Schluss mit dem Gerede“, sagte Madame de Rochat, die die Veränderung genau registriert hatte. „In diesem Fall sind wir nicht auf Spekulationen angewiesen. Diese Person dort hat dich vor drei Jahren schon einmal zu einem Vaterschaftstest verklagt. Und der Test ist negativ ausgefallen. Wir können das Prozedere aber gerne noch einmal wiederholen, Sara."

„Ich bin nicht Sara", sagte Annika. Ihr Gesicht lag weiterhin im Schatten, doch an ihrer Stimme hörte ich, dass sie jetzt kampfbereit war: „Ich heiße Annika Roth, ich bin die Tochter von Jakob Löwental, und ich möchte meinen Anteil an dem Erbe haben. Zumindest den Pflichtteil. Für meinen Sohn." Sie ging noch einen Schritt weiter und sagte: „Ich lasse nicht zu, dass du dir alles unter den Nagel reißt, Nathalie."

„Bestehe doch einfach auf einen zweiten Vaterschaftstest", erwiderte Madame de Rochat ruhig. „Gerne vor unseren geschätzten Zeugen *Fuchs & Bentwood*."

Annika ging noch einen Schritt weiter.

Madame de Rochat trat jetzt hinter dem Sessel hervor und stellte sich schützend vor den alten Mann. Die beiden Frauen standen sich gegenüber wie zwei Cowboys zum Duell.

„Du bist nicht Jakobs Tochter", sagte Madame de Rochat. „Und das mit dem Kind ist gelogen, das weißt du genau. Du hattest im Dezember eine Fehlgeburt, da warst du gerade mal im fünften Monat." Aus ihrer Stimme war jede Zärtlichkeit gewichen, als sie sagte: „Du hast nur erkannt, was du daraus machen kannst, dass deine Mutter mit Jakob Löwental gevögelt hat."

„Und du hast erkannt, was du aus seiner Blödheit machen kannst", erwiderte Annika scharf.

Löwental zuckte zusammen.

„Okay, du kleines Aas, ich gebe zu, ich habe dich unterschätzt", sagte Madame de Rochat. Ihre Augen glühten. Sie zischte: „Aber dass du so weit gehst, das hätte ich nicht gedacht!"

Annika bewegte ihre Schultern vor und zurück.

„Weißt du, wer heute Morgen bei mir war?", fragte Madame de Rochat. Ohne eine Antwort abzuwarten fuhr sie fort: „Ezechiel war hier. Und er hat mir erzählt, was passiert ist, Annika." Madame de Rochat drehte ihren Kopf in meine Richtung und sagte: „Ich denke, Ruby Fuchs wird das auch interessieren."

Annikas Blick war stur auf den alten Mann gerichtet.

„Es war Annika, die auf dich geschossen hat", sagte Madame de Rochat zu mir. „Und es war Ezechiel, der sie davon abhalten wollte." Sie verschränkte die Arme und blickte wieder Annika an: „Ezechiel hat mir erzählt, dass es ein Unfall gewesen sein muss, dass du wahrscheinlich gedacht hast, die Waffe wäre nicht geladen. Dass du Ruby Fuchs damit einfach nur Angst einjagen wolltest." Ihre Augen verengten sich zu tödlichen Schlitzen, als sie hinzufügte: „Aber soll ich dir mal was sagen? Ich glaube das mittlerweile nicht mehr. Das war kein Unfall. Du hast das alles geplant."

Annika antwortete nicht.

Nur das Rauschen und Ticken der Uhren schwoll an.

Madame de Rochat spie beinahe auf den teuren Teppich, als sie rief: „Das war kein Unfall! So wie alles kein Unfall war. Du bist nicht das arme Mädchen, das du uns vorgegaukelt hast. Du hast das doch alles von Anfang an geplant! Du hast Elias manipuliert. Mein Gott, wie blind war ich! Ich dachte immer, es wäre andersherum, das arme, bürgerliche Mädchen und der Vorstadtproll." Sie lachte laut und wütend und rief:

„Du steckst hinter alldem! Und du wolltest auch Ruby Fuchs erschießen und Ezechiel sollte dafür ins Gefängnis.“

Mit beiden Händen fuhr sie sich durch die roten Haare, die im Dämmerlicht des Zimmers gefährlich schimmerten.

„Warum sollte ich Ruby Fuchs erschießen wollen?“, fragte Annika und kippte wieder die geradezu teilnahmslose Haltung von früher.

„Ja, warum wohl?“, fragte Madame de Rochat und stampfte mit dem Fuß auf den Boden. Dann gab sie die Antwort selbst: „Erstens, weil du uns *alle* ins Gefängnis bringen willst! Mich, Elias, Petrus und Ezechiel. Aber Ezechiel kann keiner Fliege etwas zuleide tun. Anders als Elias machte er nicht mit bei deinem Plan. Also musstest du etwas nachhelfen.“

John und ich standen wie erstarrt da, beinahe so, als gehörten wir zu der Sammlung der geschnitzten Säulen.

Die Uhren tickten der vollen Stunde entgegen. Es war zehn vor sieben, als Madame de Rochat wieder das Wort ergriff: „Und es gibt noch einen Grund, warum du Ruby Fuchs lieber tot als lebendig sähest. Habe ich recht?“

Für den Bruchteil einer Sekunde blickte Annika zu mir herüber, dann sagte sie: „So ein Quatsch. Warum sollte *ich* Ruby Fuchs aus dem Weg haben wollen?“ Höhnisch fügte sie hinzu: „Damit der alte Narr da denkt, du hättest es doch noch geschafft, die Prophezeiung wahr werden zu lassen? Ganz sicher nicht.“

„Das ist nicht der Grund“, sagte Madame de Rochat scharf. Dann fügte sie auf Französisch hinzu: „Tu sais bien pourquoi.“

Du weißt warum.

Für einen Moment hatte ich das Gefühl, mein Herz schlage unregelmäßig, doch dann pochte es wieder im Takt.

„Weil sie gerade dabei ist, herausfinden, wer dein wahrer Vater ist“, fuhr Madame de Rochat fort. „Du bist die Tochter von Anton Krachler, dem ehemaligen Leiter der Abteilung Forschung und Entwicklung bei Löwental Basler.“

„Anton?“ Plötzlich hatte sich Löwental wieder eingeschaltet. Er war also noch voll da, auch wenn er durchaus verwirrt geklungen hatte. Seine Beine wurden unruhig, es sah aus, als wollte er aufstehen, doch Madame de Rochat drückte ihn wieder in den Sessel hinab.

„Nachdem er gesehen hat, dass Anika bei mir wohnte, suchte er das Gespräch mit mir“, antwortete Madame de Rochat. „Anton Krachler ging vor siebzehn Jahren, mit gerade mal 54, in Frührente, weil er psychische Probleme hatte. Danach übernahm Isabella Roth den Posten. Der Mann ist davon überzeugt, dass Isabella damals ein Kind von ihm bekommen hatte, was sie aber immer abstritt. In den letzten Jahren scheint die Ungewissheit Anton Krachler so geplagt zu haben, dass er endlich mit dir in Kontakt trat, Annika.“

„Der Anton?“, fragte Löwental wieder.

Madame de Rochat drehte sich zu ihm um. Der alte Mann zitterte am ganzen Körper, und ich glaubte,

Schweißperlen auf seiner hohen Stirn zu erkennen. Außerdem bewegte sich der Brustkorb sehr schnell auf und ab; Löwental schien Probleme mit der Atmung zu haben.

„So, die Herrschaften“, sagte Madame de Rochat entschieden, während sie seinen Puls fühlte. „Verlassen Sie jetzt unser Haus. Auf der Stelle. Wir sehen uns vor Gericht wieder, keine Sorge.“

An mich gewandt fügte sie hinzu: „Ich werde mich einem Prozess stellen, keine Sorge. Ich kann mir nichts vorwerfen außer meine anfängliche Naivität, was diese Schlange dort drüben betrifft.“

Ich räusperte mich und blickte zu John, um ihm zu verstehen zu geben, dass es wohl besser sei, wenn wir jetzt gingen.

Doch John sah mich nicht an.

Er starrte panisch auf Annika. Plötzlich hatte sie eine Waffe in der Hand und richtete diese abwechselnd auf Löwental und Madame de Rochat.

„Los, gib mir das Geld!“, sagte sie zu dem alten Mann.

„Bastard“, fauchte Madame de Rochat.

„Annika, bitte, lass die Waffe fallen!“, sagte ich entschieden, doch ich blieb hinter dem Sessel stehen. Herzers Worte klangen ungut in mir nach.

Währenddessen schlich John die Galerie hinauf. Aus dem Augenwinkel sah ich, wie er sein Handy herauszog, sicherlich, um Zoran zu informieren. Doch in diesem Moment schlug es die volle Stunde. Es war sieben Uhr. Ein überwältigendes Getöse und Gebimmel setzte ein, dunkle, tiefe Schläge wurden von hellen übertönt, schnelle von langen und laute von leisen.

Mitten in diesem Lärm sank Löwental zu Boden.

Madame de Rochat stürzte zu dem alten Mann hinab, doch unter ihm färbte sich der Teppich bereits schwarz. Die Kugel schien ihn seitlich am Hals direkt unter dem Ohr getroffen zu haben, zumindest klaffte dort ein großes, schwarzes Loch. Madame de Rochat fühlte seinen Puls und blickte ihm in die Augen; die weißen Murmeln schwammen in einer roten Flüssigkeit. Als das letzte Geläut verstummte, schien er bereits tot.

„Lass die Waffe sinken, komm, das bringt doch nichts", redete ich auf Annika ein, doch ich wagte nicht, meinen Platz hinter dem Sessel zu verlassen. Madame de Rochat kniete neben Löwental, sie hatte Annika den Rücken zugewandt, als befürchtete sie nichts.

Wo war John, verdammt?

Annikas Arm war durchgestreckt, die Mündung der Pistole zeigte auf mich. Es war eine Glock 19. Es war dieselbe Waffe, mit der sie mir bereits ins Herz geschossen hatte.

„Bitte, Annika", sagte ich. „Denk an dein Kind. Ist es nicht dein Sohn? Trotz allem? Eines Tages wird er fragen, wer seine Mutter ist und was sie getan hat."

Annika lachte irre.

Dann drehte sie sich um neunzig Grad, richtete die Waffe auf den Nacken von Madame de Rochat und drückte ab.

38. Wochen später

Die blaue Stunde brach an. Das war die Stunde, in der die nächtliche Dunkelheit bereits vorüber war, doch die Sonne noch nicht aufging. In der Ferne schlug eine Kirchturmuhr fünf Uhr morgens. John und ich saßen auf einer Parkbank am Ufer des Bodensees und blickten über die Landschaft. Ein sanfter Blaufilter lag über den noch schlafenden Schwänen, die ihre Köpfe unter das Gefieder gesteckt hatten, aber auch über dem Wasser, dem Himmel und sogar über der Luft, die in Silberblau, Türkisblau und Dunkelblau changierte. Am Horizont zeichnete sich die Alpenkette zart und unwirklich ab, mehr noch wie eine Ahnung.

„Ist das nicht wunderschön?“, fragte John.

„Vollkommen“, sagte ich.

Am Abend zuvor waren John und ich durch die Kneipen von Friedrichshafen gezogen. In unserer ehemaligen Stammkneipe hatten wir auf unserem ehemaligen Stammtisch die ins Holz geritzten Initialen *F&B* wiedergefunden. Sie stammten noch aus der Zeit, in der ich als Kriminalkommissarin in der Abteilung für Organisiertes Verbrechen gearbeitet hatte und John zu einem immer wichtiger werdenden Bestandteil meines Teams geworden war. Doch anstatt völlig in der Erinnerung zu versinken, waren wir schließlich weitergezogen, um das zu tun, was wir schon lange hatten tun wollen: die Nacht durchtanzen.

Mein Blick glitt müde und zugleich hellwach über den See.

„Es ist wirklich vollkommen“, sagte ich. Unwillkürlich dachte ich an Madame de Rochat.

Heute wusste ich, warum sie in der Bibliothek so ruhig neben Löwental am Boden gekniet war, obwohl Annika mit der Pistole hinter ihr gestanden hatte. Madame de Rochat hatte gewusst, dass insgesamt nur zwei echte Patronen in der Glock 19 gewesen waren. Die erste hatte mein Herz durchbohrt und die zweite den Kopf von Jakob Löwental. Deshalb war Madame de Rochat nach dem Knall, den die Platzpatrone verursacht hatte, einfach aufgestanden. Sie hatte Annika keines Blickes gewürdigt, sondern war zum Telefon gegangen und hatte die Polizei alarmiert. Eine Minute später war bereits Zoran in die Bibliothek gestürmt, kurz darauf eine ganze Schweizer Garde. Doch für Jakob Löwental war jede Hilfe zu spät gekommen. Bei seiner Beerdigung hatte ich Madame de Rochat zum ersten Mal weinen sehen. Wie immer war sie ganz in Schwarz gekleidet gewesen, doch die Rosen, die sie in das Grab geworfen hatte, waren weiß gewesen. Vielleicht tröstete sie ja der Gedanke, dass sie Alleinerbin eines riesigen Vermögens geworden war.

Ich zog meine Jacke enger um mich. Obwohl es bereits auf den Sommer zuging, war es um diese Stunde noch empfindlich kühl.

Eine Frau mit einer Tragetasche vor der Brust kam den Uferweg entlang, ihr Gang war wiegend, tänzerisch. Es war der Gang einer Mutter, die ihr Baby zum Einschlafen zu bringen versucht. Als die Frau uns auf der Bank sitzen sah, legte sie beide Arme schützend um die Tragetasche und ging schnell an uns vorbei.

John und ich blickten ihr nach, bis sie sich im Blau auflöste. Wahrscheinlich dachte er dasselbe wie ich.

„So ganz kann ich es immer noch nicht glauben“, sprach er es schließlich aus.

Annika hatte ihr Kind am 18. Dezember in einem kleinen, von katholischen Nonnen geführten Krankenhaus in der Nähe von Basel entbunden. Das Kind war bereits in der 35. Schwangerschaftswoche zur Welt gekommen, fünf Wochen vor dem errechneten Geburtstermin, und mit 2650 Gramm ein Leichtgewicht. Trotzdem war es kräftig genug gewesen, um ohne Brutkasten überleben zu können. Auf dem Geburtsschein war bereits der Name Jako Roth eingetragen gewesen, Vater unbekannt. Die Geburt war nicht komplikationslos verlaufen und Annika hatte viel Blut verloren. Trotzdem war sie nach acht Tagen mit ihrem Kind entlassen worden, laut den Unterlagen des Krankenhauses am 26. Dezember. Auf Befragung der Polizei hin hatten die Nonnen ausgesagt, dass Annika in der Zeit ihres Krankenhausaufenthalts wiederholt Besuch von zwei Männern bekommen habe, die sie auf Fotos als Elias und Petrus identifiziert hätten.

Über dem See stieg ein blauer Nebel auf.

In der Presse war viel spekuliert worden, warum eine Sechzehnjährige und ihr zwanzigjähriger Freund das Baby einfach ausgesetzt hatten. Fehlte es an Babyklappen? An staatlich geförderten Beratungsstellen? Ob die Generation Smartphone das alles nur für ein Spiel halte, hatte der Redakteur einer großen Tageszeitung gefragt.

Aus dem Gehölz flog eine Ente auf, eine andere verfolgte sie. Ihr Kreischen zerriss für einen Moment die Stille.

Das ganze Ausmaß der Geschichte war bisher noch nicht an die Öffentlichkeit gelangt. Über den Zusammenhang der Kindesaussetzung mit der Prophezeiung der *Nocturna* und dem Mord an Peter Zürner hatte ich bisher nichts in der Presse gelesen. Das lag daran, dass vor dem Landgericht Ravensburg drei Gerichtsprozesse parallel eröffnet worden waren und der vierte höchstwahrscheinlich in Frankfurt am Main stattfinden würde. Zudem hatte Annikas Anwalt erwirkt, dass die Befragungen unter Ausschluss der Öffentlichkeit stattfanden, weil es sich bei seiner Mandantin noch um eine Jugendliche handelte. Isabella Roth hatte einen der besten und teuersten Anwälte für ihre Tochter angeheuert.

Es war 05:15 Uhr.

Noch immer blickten wir schweigend auf den See hinaus.

Die Aussagen von Annika, Elias und Petrus entlasteten Madame de Rochat insofern eindeutig, als alle drei ausgesagt hatten, dass Madame de Rochat nichts von ihren Plänen gewusst habe. Madame de Rochat war davon ausgegangen, dass Annika am 18. Dezember eine Fehlgeburt im fünften Monat erlitten habe. Eine Nachricht von Elias auf dem Anrufbeantworter von Madame de Rochat sowie eine E-Mail, die er ihr am 19. Dezember aus Basel geschickt hatte, bewiesen das. Deshalb war Madame de Rochat vom Verdacht der Anstiftung auf Aussetzung sowie vom Verdacht der Anstiftung zum Mord an Peter Zürner freigesprochen worden.

Über dem Horizont der Alpenkette begann es blassrosa zu schimmern.

„Weißt du, was krass ist?“, fragte John ohne den Blick aus der Ferne zu nehmen.

„Hm?“

„Madame de Rochat muss wirklich gedacht haben, sie habe prophetische Kräfte“, sagte er. Als ich ihn anblickte, sah ich ein kleines Lächeln auf seinen Lippen.

„Da erfindet man eine Prophezeiung und dann wird sie plötzlich wahr“, sagte ich. Auch ich lächelte, als ich hinzufügte: „Also wer da nicht an seinem Verstand zweifelt, der hat keinen.“

Das Schimmern am Horizont ging in ein kräftigeres Rosa über.

„Erinnerst du dich eigentlich“, fragte ich John, „dass Madame de Rochat in Clichy-sous-Bois geboren wurde?“

„Ja und?“

„Das ist da, wo die Aufstände begannen.“

„Welche Aufstände?“

„Es gab da doch mal diese Unruhen in Frankreich“, sagte ich. „Die begannen, nachdem zwei Jugendliche von der Polizei erschossen wurden. 2005 war das.“

„Ich erinnere mich, ja“, sagte John, der damals selbst kaum älter als zwanzig gewesen war.

„Wegen dieser Aufstände gelangte Clichy-sous-Bois damals zu trauriger Berühmtheit, ein ziemlich hässlicher Vorort von Paris. Dort leben fast nur

Sozialhilfeempfänger, Flüchtlinge, Arbeitslose, alle zusammengepfercht in Hochhäusern."

John verschränkte unsicher die Arme vor der Brust. Mit sozialem Elend hatte er, der Spross aus adligem Haus, noch nie umgehen können.

„Doch Madame de Rochat hat es geschafft", fuhr ich fort. „Und weißt du auch, wie?"

John rieb sich die Augen. „Nein", sagte er dann und gähnte. „Aber ich wette, sie hat es dir verraten."

Ich nahm das letzte Blau in mir auf und schloss für einen Moment die Augen.

„Also, spuck's schon aus", sagte John.

„Poesie", sagte ich.

„Poesie?", wiederholte er ungläubig.

„Madame de Rochat hat als Kind jedes Buch verschlungen, das ihr in die Hände fiel. Vor allem eines hat sie wohl geprägt: *Les enfants terribles* von Jean Cocteau. Im Original heißt das also *Die schrecklichen Kinder*, doch das Buch wurde später unter dem Titel *Kinder der Nacht* in Deutschland veröffentlicht."

„Kinder der Nacht?", fragte John. „Aber das ist doch …"

„Ja", bestätigte ich. „Das Buch hat Madame de Rochat so beeindruckt, dass sie den Namen später übernahm. Ursprünglich ist es ein Buch über Kinder, die sich mittels ihrer Phantasie über das Elend ihrer Umgebung erheben. Mit Elend ist aber nicht nur das soziale Elend gemeint, sondern vor allem das Elend der Langeweile, der Erstarrung und der ängstlichen Enge der Erwachsenenwelt. Es ist eine Hommage an die Poesie."

John strich sich das feine, englische Haar aus der Stirn.

„Madame de Rochat wollte auf diesem Weg auch den Jugendlichen ihrer Heimatstadt helfen. Als die Aufstände begannen, studierte sie längst in Paris. Doch sie war sofort bereit, eine Bildungspatenschaft für einen achtjährigen Jungen zu übernehmen – und dieser Junge war Saïd Campos. Madame de Rochat führte das Kind, das bis dahin kaum der französischen Sprache mächtig war, in die Welt der Bücher ein, unterstützte den Jungen aber auch finanziell, so gut sie konnte. Sie hatte damals ja selbst kaum Geld."

John stand auf und ging ein paar Schritte zum Ufer vor. Er suchte nach einem flachen Stein und ließ ihn über den See springen, dreimal, viermal berührte er das Wasser, bevor er unterging. Dann setzte sich John wieder neben mich auf die Bank und sagte:

„Vor Gericht war Elias, also ich meine Saïd, doch gefragt worden, warum er das getan hatte, warum er das Kind ausgesetzt hatte und vor Mord nicht zurückgeschreckt war."

„Ja", sagte ich.

„Und er hatte geantwortet, weil er nicht mehr nur Bücher lesen und über Texte diskutieren wollte wie Schwächlinge." John sah mich an, als er hinzufügte: „Weil er endlich die Realität verändern wollte."

John schüttelte den Kopf. Es war das Kopfschütteln des englischen Adligen, der seine Vorurteile bestätigt sah, dass man mit Poesie bei solchen Leuten nicht weit kam. „So etwas endet doch immer in Gewalt", sagte er dann.

Jetzt stand ich auf, suchte ebenfalls einen flachen Stein und ließ ihn über den See springen.

„Mir ist aber die Rolle von Annika immer noch nicht ganz klar“, sagte John, als ich zurückkehrte. „Hat sie das wirklich alles von Anfang an so geplant?“

„Wie es aussieht schon“, erwiderte ich.

Ihr ursprünglicher Plan, über einen ihrerseits manipulierten Vaterschaftstest als Tochter von Jakob Löwental anerkannt zu werden, war aufgrund der Kontrolle von Madame de Rochat gescheitert. Danach hatte sie sich als Hilfsgärtnerin in den Haushalt von Löwental eingeschlichen, der alte Mann hatte tatsächlich ein hervorragendes Stimmengedächtnis gehabt. Dort hatte sie mitbekommen, dass Löwental sein ganzes Geld in eine Gruppe Jugendlicher stecken wollte, die in irgendeiner Schrift als Zukunft der Menschheit prophezeit worden war. Laut Annikas Aussage hatte er ihr sogar selbst, als er abends auf einer Bank in seinem Garten saß, von der *Nocturna* erzählt, aber vor allem davon, dass seine ganze Hoffnung auf einem jungen Mann namens Soterias lag, der erst noch geboren werden würde. In Lausanne hatte sie auch Elias kennengelernt, der mehrmals bei Madame de Rochat in der Villa zu Besuch gewesen war. Nach und nach war Annikas Plan gereift. Im Frühjahr 2018 fuhr sie nach Paris, weil sie wusste, dass Elias beziehungsweise Saïd damals in einem kleinen Hotel am *Place de Clichy* gearbeitet hatte. Ihr Plan, von ihm schwanger zu werden und als seine Freundin in den inneren Zirkel der Kinder der Nacht aufgenommen zu werden, war schließlich aufgegangen.

„Sieh mal“, sagte John und deutete in Richtung Horizont.

Die ersten Sonnenstrahlen kletterten über die Alpenkette und lösten dort, wo sie hinfielen, das hellblaue Nebelgespinst über dem Wasser auf.

Es war 05:27 Uhr.

Ich dachte an Sabia, die um diese Uhrzeit nicht mehr an der Bushaltestelle am Marienplatz stand und darauf wartete, nach Markdorf zum Putzen zu fahren. Denn sie arbeitete jetzt als Aushilfskraft in einem Büro für politische Bildung, ein Job, den ihr Polizeirätin Vera Lindt vermittelt hatte. Denn Sabia Malik, wie sie mit vollständigem Namen hieß, hatte sich bereiterklärt, sowohl im Fall der Kindesweglegung als auch im Mordfall Peter Zürner auszusagen. In beiden Prozessen warteten auf Elias und Annika hohe Strafen von bis zu zehn Jahren Haft, wobei Elias jeweils als Täter und Annika als Anstifterin vor Gericht standen. Petrus würde sich in beiden Fällen wegen Mittäterschaft verantworten müssen. Während Elias von niemandem Mitleid bekam, war die Öffentlichkeit gespalten, was Annika betraf. Die einen sahen in dem Mädchen ein Opfer der Gesellschaft, die anderen sahen in ihr eine Hexe. Der Einzige, der trotz allem bedingungslos zu ihr hielt, war ihr Vater Anton Krachler, der sie bereits wiederholt im Jugendgefängnis besucht hatte, auch wenn sie ihn nicht sehen wollte.

Die Sonne schob sich immer weiter über den Alpenrand hinauf. Das oberste Drittel ihrer Rundung war bereits deutlich zu erkennen.

Auch im Fall Thomas Hofstädter war Vera Lindt vermittelnd an die Frankfurter Kollegen herangetreten. Denn Petrus beziehungsweise Bernhard Aymon, wie er mit bürgerlichem Namen hieß, hatte mit einer Mischung aus Stolz und Fatalismus gestanden, für den Tod von Orpheus verantwortlich zu sein. Er hatte behauptet, bei den Aufbauarbeiten zwei Kabelhalterungen manipuliert zu haben. Ob das wirklich stimmte, damit mussten sich jetzt die Kollegen herumärgern. Ich ging fest davon aus, auch wenn mich sein Wille und Wunsch, selbst ebenfalls als Haupttäter vor einem Gericht zu stehen, zutiefst schockiert hatte. Petrus wolle ein Held sein, hatte seine Anwältin gesagt, und auch diese Naivität hatte mich zutiefst schockiert.

Die Rundung der Sonne nahm deutlich Gestalt an.

Im Prozess im Mordfall Adlerstamm gab es noch immer kein Ergebnis. Der Streit um den Geisteszustand von Kim Thai Pham hielt nach wie vor an. Letztlich war aber alles gesagt. Es ging nur darum, ob Kim Thai Pham die nächsten zehn Jahre seines Lebens in einer Forensischen Psychiatrie oder in einem Gefängnis verbringen würde. Ein Detail war jedoch noch hinzugekommen: Kim Thai Pham hatte ausgesagt, das Gift, mit dem er die Handschuhe präpariert hatte, sei ihm übers Internet von einer Schweizer Gärtnerin angeboten worden, die sich als Annika Roth entpuppt hatte. Aus den Wurzeln der *Brunfelsia Pauciflora*, einem Nachtschattengewächs aus dem Botanischen Garten von Jakob Löwental, hatte sie das hochgiftige Extrakt gewonnen.

Die Sonne stand jetzt als runder Feuerball am Horizont, in dem es zu kochen schien. Der Himmel leuchtete in intensiven Rottönen und die Sonnenstrahlen schnitten mit der Kraft eines goldenen Schwerts in den See.

„Ein neuer Tag beginnt“, sagte John und sah mich an. In seinen Augen stand jene Wachheit, die einsetzt, wenn die Müdigkeit überwunden ist.

„Lass uns aufbrechen“, entgegnete ich.

Dann erhoben wir uns von der Parkbank und schlenderten über den Uferweg zurück zum Parkplatz. John erzählte mir noch von seiner Begegnung mit Ezechiel, der Stefan Müller hieß und sich interessiert an dem Beruf des Privatdetektivs gezeigt hatte.

„Um Himmelswillen“, sagte ich und lachte. Doch dann stutzte ich. Etwas stimmte nicht. Ich konnte es fühlen. Nervös ließ ich meinen Blick über den Weg und die Sträucher schweifen. Doch da war nichts. Dann blickte ich über den Parkplatz – und tatsächlich, neben Johns Auto stand eine dunkle Gestalt. Sie trug einen Umhang. Es machte den Anschein, als wollte sie in den Wagen einbrechen.

„Vorsicht“, zischte ich.

Doch im selben Moment drehte sich die Gestalt zu uns um und zog etwas aus ihrem Umhang. Noch bevor John reagieren konnte, warf ich mich auf ihn und wir landeten beide auf dem Asphalt. Sofort begann meine Schulter zu pochen.

„Bist du verrückt?“, brachte John nach der ersten Schrecksekunde hervor, wendete den Kopf und blickte mich perplex an. Seine Wange war aufgeschürft.

„Pst“, sagte ich und deutete mit einer Kopfbewegung zu seinem Auto hinüber. Flüsternd fügte ich hinzu: „Da, noch so ein Verrückter. Keine Ahnung, wo der jetzt herkommt, aber ich habe keine Lust, mich noch mal durchlöchern zu lassen.“

John spähte zu seinem Auto hinüber. Dann setzte er sich entschieden auf und sagte: „Das ist doch bloß Laura!“

Bevor ich ihn davon abhalten konnte, rief er auch schon laut: „Laura!“

Die Gestalt im schwarzen Umhang kam langsam auf uns zu.

„Was macht ihr denn da auf dem Boden?“, fragte sie und zog ihre Hand aus dem Umhang hervor. Es war eine schmale Frauenhand, die sie John reichte, damit er wieder auf die Beine kam. Auch ich stand auf und klopfte mir den Staub von den Klamotten, ohne Laura aus den Augen zu lassen. Tatsächlich sah sie mit dem blonden Pferdeschwanz und dem feinen Gesicht sehr harmlos aus, durchaus hübsch sogar, doch was bedeutete das schon. Instinktiv zuckte ich zurück, als sie mir die Hand reichen wollte.

„Ruby, bitte“, sagte John. Dann, an Laura gewandt, fügte er hinzu: „Ruby ist nicht immer so. Du weißt ja, dass jemand erst kürzlich auf sie geschossen hat. Jemand in einem schwarzen Umhang. Seitdem ist sie halt, na ja, sie ist halt etwas …“ Er blickte sich um, als suche er nach dem richtigen Wort. Dann fügte er auf Englisch hinzu: „Hypersensitive.“

„Verstehe“, sagte Laura und zog den Umhang aus. Darunter trug sie ein blaues Hemd und eine weiße

Jeans. „Das ist mein Lieblingsponcho", fügte sie erklärend hinzu. „Ein Erbstück von meiner Mutter. John hat mir schon erzählt, dass Sie deshalb dachten, ich gehöre zu dieser Sekte."

Wieder streckte sie mir ihre Hand entgegen. Diesmal ergriff ich sie und sagte: „Ruby." Ihre Augen blickten mich warm und offen an. Deshalb fügte ich hinzu: „Du kannst gerne Du zu mir sagen. Ich freue mich, dich endlich kennenzulernen, Laura."

Nachdem Laura Johns Wange verarztet hatte, stiegen wir in sein Auto ein. Es war ein alter Bentley, sein ganzer Stolz. Dass er Laura das Steuer überließ, bedeutete schon etwas.

Wir fuhren los.

Laura schaltete das Radio ein.

Es war morgens früh um sechs, und es war eine Regionalsendung, die sicher nicht allzu viele Hörer erreichte, aber trotzdem war es sensationell: Während Laura den Bentley aus Friedrichshafen hinauslenkte, spielten sie im Radio einen Song von Sam.

„Hört ihr das?", rief ich plötzlich. „Die spielen Sam! Hört ihr das?!"

Sofort zog ich mein Handy aus der Tasche, um Sam anzurufen, der seines allerdings ausgeschaltet hatte. Um diese Uhrzeit schlief er gewöhnlich. Also drehte ich das Radio lauter, machte die Videokamera an und filmte, wie John und ich lauthals mitsangen, während Laura die Melodie von *Wir haben mehr als genug davon* auf das Lenkrad klopfte:

In hundert Teile zerbrochen,

durch den Staub gekrochen,
Blaue Flecken und Narben, schillern in tausend Farben
Und wenn du mich ansiehst
Seh' ich die Brüche in deinem Gesicht,
Doch hey, Baby, daran stirbt man nicht.
Nur durch die Risse scheint das Licht.

Dank

Wie immer gilt mein erster Dank meiner Mutter – für alles, aber insbesondere dafür, dass sie auf meine kleine Tochter aufpasst, während ich schreibe. Da die Kleine mittlerweile auch schon lesen und schreiben lernt, darf ich mich erstmals sogar bei ihr bedanken: Dafür, dass sie mir mit viel Phantasie beim Fortgang der Geschichte zu helfen versucht und auch mal ungefragt „Korrekturen“ vornimmt, indem sie sich heimlich an meinen Laptop setzt.

Für das Lektorat danke ich wie immer Volker Maria Neumann, diesmal besonders dafür, dass er mich im Hinblick auf die Figur Sam zum Nachdenken gebracht hat. Professionell gearbeitet haben wieder meine Probeleserinnen: Ich danke Tatjana Buck, Antje Henkel, Carmen Hugger, Anja Jelly, Stefanie Knebel und Claudia Spranz für ihre Zeit. Vielen Dank, dass ihr mir geholfen habt, die letzten Fehler aus dem Manuskript zu filtern!

Natürlich danke ich noch viel mehr Menschen um mich herum, für all die kleinen und großen Gesten der Freundschaft, die das Leben so lebenswert machen: Sabine Pevny danke ich für die Durchsicht der französischen Stellen in *Nocturna*, Gesine Kessler für ihren juristischen Rat, für das Formatieren danke ich Roland, für die entspannte Zusammenarbeit beim Cover danke ich Anja Jelly, für medizinischen Rat danke ich Dietmar Craß.

Nicht zuletzt danke ich Ihnen, lieber Leser und liebe Leserin. Und ja, gerade wenn Sie es bis hierher geschafft haben und Ihnen der Krimi gefallen hat (gerade dann!), raffen Sie sich doch auf und hinterlassen mir eine Rezension bei Amazon oder einen Kommentar auf meiner Seite. Auch wenn Sie es nicht sehen können, bedanke ich mich dafür immer mit einem Lächeln.

Mehr Informationen über mich und mein Werk finden sie auf meiner Internetseite www.silkenowak.de

Von Silke Nowak bisher erschienen:

„Spannend, fesselnd, toller Plot“

Dandy, lovelybooks.de

„Alinas Grab ist super spannend, voller Wendungen und mit einer guten Portion Dramatik.“

Bibbikatze, amazon.de

Kurz nach ihrem achten Geburtstag wird der Kinderstar Alina Odermatt ermordet im Garten ihrer Eltern gefunden. Obwohl die Ermittlungen unter Hochdruck laufen, kann der Fall nicht aufgeklärt werden. Er gehört zu den größten Rätseln in der deutschen Kriminalgeschichte.
Jahre später wendet sich der Vater des getöteten Mädchens an die Detektei *Fuchs & Bentwood* mit dem Auftrag, Alinas Bruder Mark ausfindig zu machen. Der damals Elfjährige stand zeitweise selbst unter Tatverdacht und brach später den Kontakt zur Familie ab.
Ruby Fuchs und John Bentwood machen sich auf die Suche nach dem jungen Mann. Schnell wird klar: Sein Verschwinden hängt mit dem Geheimnis um den Mord an Alina zusammen. 12 Jahre nach der schrecklichen Tat bricht das Eis des Schweigens – und der Alptraum beginnt erneut. Wie weit würdest du für die Wahrheit gehen?

Als E-Book oder Taschenbuch
Weitere Informationen bei silkenowak.de

„Ich habe schon so viele Krimis gelesen, doch selten hat mich einer so fasziniert und erschüttert ...“

Sinerike, amazon.de

„Die Auflösung ist genial, bis zum Schluss bin ich nicht auf dieses Ende gekommen.“

Diana, amazon.de

Dr. Julian Kraft gilt als Koryphäe auf dem Gebiet der Forensischen Psychiatrie. Er beurteilt, ob ein Verbrecher zum Zeitpunkt der Tat schuldfähig war oder nicht.
Sein neuester Fall führt ihn in die Klinik Marienberg am Bodensee. Linda Fallersleben steht im Verdacht, ihren Mann ermordet zu haben. Obwohl der Leiter der Klinik, Professor Sombra, ihn vor der Patientin warnt, kann sich Julian nur schwer der Faszination entziehen, die von ihr ausgeht. Zunehmend teilt er Lindas Angst, ein Serienmörder könnte sein Unwesen auf Marienberg treiben. Denn nachts verschwinden Patientinnen aus der Klinik – und niemand weiß genau, was mit ihnen passiert.
Julian will Linda helfen, stößt damit aber bald an ungeahnte Grenzen. Wem kann er noch vertrauen? Lindas Tochter Delphine? Helen, der freundlichen Krankenschwester? Und warum ist Kommissar Hanta da?

Als E-Book oder Taschenbuch
Weitere Informationen bei silkenowak.de

„…hier hat fast jeder einen Grund den anderen zu ermorden. Und dann der Schluss, was für ein ein geniales Ende!“

Xanaka, whatchareadin.de

„ein Krimi in bester Agatha-Christie-Tradition – nur moderner, blutrünstiger und sprachlich hervorragend.“

BuchFans.com

Die Kommissarin Anna Gaspar steckt mitten in einem aufsehenerregenden Mordfall: der Zuhälter Bela Titus wurde von einer Frau ermordet, die sich „die Tigerin“ nennt. Da erhält Anna eine merkwürdige Einladung: In einem Hotel in den Karpaten soll sie den Dokumentarfilm zeigen, den sie Jahre zuvor in Bukarest gedreht hat. Der Film dokumentiert den Alltag von Zwangsprostituierten – und das Verschwinden eines Mädchens, das von allen nur „die Tigerin“ genannt wurde. Anna ist irritiert. Erst als ihr Chef und Ex-Freund Richard Parker verspricht, sie zu begleiten, fährt sie in das Hotel in den Bergen. Dort treffen acht Personen aufeinander. Schnell wird klar, dass es sich nicht um ein zufälliges Wiedersehen handelt. Jemand scheint dieses Treffen von langer Hand geplant zu haben.

Als E-Book oder Taschenbuch
Weitere Informationen bei silkenowak.de

„Abgekaute Fingernägel und kein Entkommen vor der letzten Seite ..."

nariel, amazon.de

„Atemlose Spannung bis zum Schluss"

Xanaka, LovelyBooks

Penny und Chris Winter gelten als Traumpaar. Aber ein Schicksalsschlag verändert ihr Leben: Chris erleidet beim Segeln einen Schlaganfall und Penny ist bereit, alles für ihn zu tun. Doch dann entdeckt sie, dass er ihr offenbar jahrelang etwas vorgespielt hat.
Während Chris sich zurück ins Leben kämpft, wird Penny von den Dämonen einer Vergangenheit heimgesucht, die ihr alles zu nehmen drohen: ihre Liebe, ihre Hoffnung – und schließlich auch ihr Leben.

Als E-Book oder Taschenbuch
Weitere Informationen bei silkenowak.de

„Eine wirklich gelungene Fortsetzung von "Auserwählt „...“

nariel, amazon.de

„…hat mich absolut überzeugt und spannungsgeladene Lesestunden beschert.“

Diana, amazon.de

Achim ist Investmentbanker. Doch nach dem tragischen Unfalltod seiner Eltern verändert sich alles. Er beschließt, von London zurück auf die Schwäbische Alb zu ziehen, um den Hof seiner Eltern in ein Wellnesshotel umzubauen. Dort möchte er mit seiner Familie ein neues Leben beginnen. Sagt er. Seine Frau Iris kämpft seit der Geburt des zweiten Kindes mit Depressionen und mit etwas, das sie nicht benennen kann. Auf dem Lande soll das besser werden. Hofft sie. Leif ist der zuständige Architekt. Außerdem ist er ein langjähriger Freund der Familie. Das ist der Schein, den alle wahren. Das Ehepaar befreundet sich mit Clara. Sie ist eine Hausfrau aus dem Dorf – das ist die größte Lüge von allen. Vier Erwachsene spielen mit dem Feuer. Bis die Katastrophe passiert. Dann sind es nur noch drei. „Spielende ist ein Krimi, in dem es um Lebenslügen und den Mut zur Wahrheit geht. Aber vor allem ist es ein Roman über eine Mutter und ihre Liebe, die stärker ist als der Tod.“.

Als E-Book oder Taschenbuch
Weitere Informationen bei silkenowak.de

„... Insgesamt habe ich mich spannend unterhalten gefühlt, sehr gerne vergebe ich 5 von 5 Sternen! ...“

Jarmila Kesseler
TOP 1000 REZENSENT
amazon.de

„... Dieses spannende Buch kann ich jedem Krimi-Fan empfehlen und es wird auch definitiv nicht das letzte Buch der Autorin sein ...“

Angélique Sa, amazon.de

In Frankreich war die Lilie (Fleur de Lys) das Wappenzeichen des Königs. Die schwarze Lilie aber war das Symbol des Bösen. Sie wurde Verbrechern mit einem glühenden Eisen auf die Schulter gebrannt. Auch Frauen, die „unkeusch“ und modern lebten, wurden mit der schwarzen Lilie gebrandmarkt.
Als die Studentin Maria Adler mit einer Brandwunde tot aus dem Landwehrkanal geborgen wird, denkt niemand an diesen Zusammenhang. Allein die junge Psychologiestudentin Clara Schwarzenbach zweifelt am Selbstmord ihrer Freundin.
Zusammen mit Kriminalhauptkommissar David Mayer stellt sie Ermittlungen an und betritt ein Gebäude aus Lebenslügen und Illusionen. Schnell wird klar: Wer hier einstürzt, findet den Tod.

Als E-Book oder Taschenbuch
Weitere Informationen bei silkenowak.de

„… hat mich von der ersten bis zur letzten Seite gefesselt. Hatte ich am Anfang nur auf die Aufklärung der Ursachen von Annes Phobie gehofft, fand ich mich schnell in einen abwechslungsreich gestrickten Krimi … “

Matheelfe

TOP 500 REZENSENT

amazon.de

„Überraschend, mitreißend - einfach spannend!“

Solitary77, LovelyBooks

Anne ist Hebamme an der Berliner Charité. Sie leidet an einer seltenen Angststörung, von der sie regelmäßig in der Nacht des 24. Dezembers heimgesucht wird. Erst die Begegnung mit dem attraktiven Chirurgen Alexander Marquard gibt ihr die Kraft, dagegen anzugehen: Die frisch Verlobten beschließen, dieses Jahr ein großes Weihnachtsfest im Kreis der Familie zu feiern. Der Landsitz der Marquards in Süddeutschland bietet dafür die ideale Kulisse. Es soll eine Reise zum Ursprung ihrer Angst werden, „um sie zu überwinden“, wie Annes Psychotherapeut Dr. Samuel Frey hofft.
Doch ein Mord lässt Annes Ängste wahr werden. Ein Albtraum beginnt, bei dem am Ende nichts mehr ist, wie es zu sein scheint.

Als E-Book oder Taschenbuch
Weitere Informationen bei silkenowak.de

„Schönes Debüt einer Autorin, die gekonnt mit unserer Sprache das Kopfkino des Lesers zum Laufen bringt ...“

Räuerlin, amazon.de

„ ... Mit Silke Nowak hat die Autorenwelt eine neue Schriftstellerin, die man sich merken muss. Absolute Leseempfehlung!“

Leia Walsh, wasliestdu.de

Als Lehrerin an einem Elitegymnasium in Leipzig hat Helga Kramer ein Gespür für Begabung: Sie entscheidet, welches Kind etwas Besonderes ist – und welches nicht. Doch dann gerät sie ins Visier eines Unbekannten: „Ich bin auserwählt“, lautet die Botschaft, die er ihr zukommen lässt. Wenig später wird ihre Leiche im Berliner Stadtpark Steglitz entdeckt.
Der Traum vom Wunderkind scheint verlockend: Wohin er führen kann, wenn er scheitert, erkennt das Team um Hauptkommissarin Margot Kranich erst, als es zu spät ist. Fassungslos muss die Kriminalpsychologin Clara Schwarzenbach mitansehen, wie der Fall aus dem Ruder gerät.

Als E-Book oder Taschenbuch
Weitere Informationen bei silkenowak.de

45732183R00181

Printed in Poland
by Amazon Fulfillment
Poland Sp. z o.o., Wrocław